从外公
废名
身边走来

去探寻生活的"诗与远方"

文璐 著

文璐与外公废名

在外公废名身边度过美好童年

文璐与外婆

在外公废名身边生活时期，幼年文璐与舅舅冯思纯在长春胜利公园留念

文璐

和女儿文汇

和妹妹文静

2018年9月,与舅舅冯思纯、表弟冯作(右一)在黄梅新南街废名铜像处。

入社工作30年时获得的纪念徽章

参加第二届黄梅文艺奖全国征文的获奖证书

爱生活的"60后"1

我一直珍藏着外公废名留给我的最后的礼物——派克钢笔

爱生活的"60后"2

2021年12月,参加黄冈师范学院纪念废名诞辰120周年暨学术研讨会作"我眼里外公废名的人与文"的发言

序

我与废名（冯文炳）后人之间的交往，始于30年前。

最先联系的一位，是冯健男先生。1992年4月，我编印了一份《废名研究资料》，寄了一本给时为河北师范大学教授的健男先生。他收到后，很快写了一封回信，充分肯定了我的工作，并说这封信是他在病床上写的。遗憾的是，这封信被我的一位同事借去弄丢了。

健男先生是废名的哥哥冯力生（文清）的长子，深得废名喜爱和器重，废名在《一封信》《立志》《莫须有先生坐飞机以后》等作品中多次提到他。抗战期间，他曾与废名同时执教于黄梅县初级中学。1946年考入北京大学西方语言文学系，成为废名的学生。

在废名研究史上，健男先生厥功至伟。他编有《谈新诗》《废名散文选集》《冯文炳选集》，著有《我的叔父废名》，发表了《说废名的生平》《谈废名的小说创作》《废名在战后的北大》《人静山空见一灯——废名诗探》等一系列论文。诚如刘中树所言，健男先生的废名研究是整个废名研究的"标志性的学术成果"，"标志着当代冯文炳研究的学术水平，给了人们解读冯文炳及其创作的金钥匙"。

2001年，是废名100周年诞辰。废名的儿子冯思纯先生在《新文学史料》上发表了一篇《为人父，止于慈——纪念父亲废名诞辰100周年》，文末署"于济南徐家花园十四号"。2002年，我根据这一信息，试探着给思纯先生写了第一封信。嗣后，除互通电话外，我们书信往来不断。迄今为止，我收到思纯先生的来信（包括明信片），约有四五十封。每向思纯先生请益，他都是有问必答。有时，他想到了什么问题，也会主动来信告知。思纯先生在信中所谈到的不少鲜为人知的事情，是研究废名的重要史料。这里，不妨将2004年4月2日的一封抄录如下：

建军先生：

来信早收到，恕回信晚了。年谱一书编得的确很好，我估计一千册不一定够卖。现在你查出了废名入作协的准确时间，这很重要。当时他是省作协副主席，不是文联副主席。省作协办公地点就在"长春地质学院"（旧皇宫地址）西边不远的一座小洋楼里，门口还挂了个"吉林省作家协会"黑字白底的大牌子。我经常路过门前。

现在有两件事想告诉你，因为我也七十了，有些事想说清楚，我们这些人不在了，有些真相就很难让世人知晓。废名逝后的骨灰盒一直存放在我母亲身边。当时母亲住在长春，我在北京，我姐姐在天津。1970年3月我从四机部河南叶县干校回四机部（后改电子部，前年电子部和邮电部合并，改为现在的信息产业部）后（我1962年大学毕业就分到四机部计划司工作），被分配到济南军区国防工业办公室（在山东济南，后改成山东省电子局）工作。1971年我爱人从吉林省黄金公司调到山东大学（她是北大地球化学系毕业）任教，夫妻总算在一起。1971年我接母亲到济南和我在一起。1978年她去姐姐那里打算长住，父亲的骨灰盒她也带着，不幸的是她当年在天津也去世了。因此父亲母亲的骨灰就一直在我姐姐那里。1994年清明节前，我去天津把父母的骨灰盒取走，经北京、武汉、九江带到黄梅安葬。为什么要谈这个问题，是因为友人的回忆文章说是从吉林取回的，因此想澄清此事。

还有一件事想说明一下：《阿赖耶识论》现在只存两本手抄本，一本是废名和冯健男二人合抄的，现在我这里。另一本在北大图书馆，不外借。王风曾拿我这一本的复印件到北大图书馆去对，内容一字不差，但字迹不一样。除废名的字迹外，另一种不是冯健男的笔迹，不知是谁的。我考虑很久，觉得北大的那一本是废名和他在黄梅的学生潘镇芳抄的（此人1994年已在武汉去世）。我今年写信问他的哥哥潘敬思，他把潘镇芳"文化大革命"中改名潘向东1994年给他写的信给我看，向东在信中提到他抄过《阿赖耶识论》，这就和我的估计一致了。潘敬思现在昆明，离休前是云南省外办主任，也是废名在黄梅的学生。黄梅政协那本书中有他的文章。

今后还想起有什么事要说明的，我会写信告诉你。你有什么问题，可来信，我一定尽力说明。

祝春安！

冯思纯
2004年4月2日

2004年暑期，当时还是大学生的梅杰，陪我和黄冈师范学院学报编辑部张吉兵到黄梅。我们在黄梅一中原校长张汉舟老师的帮助下，复印了黄梅县档案馆所藏有关废名的全部资料，包括其为毕业班同学录所作序文、致廖秩道信和参加黄梅县初级中学校务会议记录等。同时，还趁机采访了废名的学生冯奇男、翟一民、李英俊等。

奇男先生是废名的弟弟冯文玉的儿子，曾任黄梅县博物馆馆长。1963年，黄梅县民政局拟为废名的堂兄冯文华烈士树碑立传，奇男先生写了一篇《冯文华同志生平简历与活动》。后黄梅县民政局把这篇稿子寄给废名，废名在其基础上，于1964年9月30日写成《冯文华烈士传略》。

采访奇男先生时，他已中风，无法言语。我们刚离开他家，背后即传来号啕大哭的声音。梅杰忙去探听究竟。回来后，他说，奇男先生的夫人讲，奇男先生因不能给我们提供任何资料而感到十分愧疚和伤心。

2005年8月，我赴青岛参加郭沫若国际学术研讨会，吉兵到河北参加一个学术会议。我们按事先的约定，乘火车到济南，一同拜访思纯先生，并见到了他的夫人每方老师和儿子冯作。

看过废名的遗物后，征得思纯先生同意，冯作和我们一起带上废名的部分手稿、毕业纪念册、印章及周作人在日本亲自为废名制作的茶杯等，到附近的照相馆拍了十余张照片。我请照相馆刻录了两张光盘，送了一张给思纯先生。

晚饭时，才知道抵达济南的前一天，正好是思纯先生的70岁生日。思纯先生不善饮酒，偶尔抽烟。印象至深的是，他点燃一支烟，吸几口，掐灭，小心翼翼放在一个锈迹斑斑的铁盒里，过一会儿，又拿出来，点燃，再吸。

第二天一大早，吉兵就离开了济南。上午，冯作陪我逛了一下趵突泉公园，下午我坐火车去了青岛。

思纯先生常回黄梅，每次几乎都会在武汉逗留几天。2005年10

月，思纯先生在梅杰的陪同下，专门看望了我。那天，我们三人在武汉大学牌坊前照了一张合影。这张合影，梅杰后来收在了他的《关于废名》一书中。

2006年夏，思纯先生又到武汉。我应约前往湖北省群众艺术馆，见到了一直想见的冯康男先生。康男先生是冯力生的次子，曾任《布谷鸟》文艺月刊主编和湖北省群众艺术馆文化与学术委员会顾问。记得那天，吉兵听说思纯先生在武汉，便携黄冈师范学院的夏元明和现任浠水县作家协会主席的程小成从黄州赶来。晚饭时，我特地点了一份思纯先生小时候爱吃的芋头。

2007年，我与思纯先生合作编订了《废名诗集》和《废名讲诗》。此前，即1997年，他编了一本《废名短篇小说集》，由汪曾祺作代序《万寿宫丁丁响》。

2009年9月5日至6日，我应北京大学王风之邀，参加由他牵头组织、举办的"2009北京大学现代作家全集（文集）整理编纂"学术研讨会。会上，我见到了健男先生的儿子冯荣光。王风编《废名集》，我与荣光、刘中树、钱理群、陈振国、陈方竞等列名编委。会议间隙，我和他，还有夏元明，同游北大校园，在李大钊雕像前照了几张合影。此后，我与荣光常有联系。据他讲，他母亲曾告诉他，废名的两种《阿赖耶识论》手抄本都是他母亲手工装订的。现在，思纯先生已将家中的手抄本转送给他收藏了。

2011年11月3日，"纪念废名诞辰110周年暨首届全国废名学术研讨会"在黄冈师范学院召开。这次学术研讨会是全国废名研究队伍的大集结，刘中树、格非、吴晓东都参加了，思纯先生、荣光也应邀出席。荣光提交了一篇会议论文，题为《废名：一个文学者的教育家之路》，后发表在《黄冈师范学院学报》2012年第4期。

陪同思纯先生前来参加会议的还有一位年轻女士，经介绍，原来是废名的外孙女文静（Jean）。文静是冯止慈的小女儿，当时在美国从事IT行业。

2016年11月，为纪念废名诞辰115周年，以推动废名的文学普及和学术研究，山东大学当代中国文学生活研究中心特举办"废名和他的文学世界"学术工坊。受山东大学谢锡文委托，我邀请北京大学的吴晓东、王风、张丽华、陈均，中央民族大学的冷霜，海豚出版社的梅杰等，在山东大学文学生活馆举行系列专题讲座。王风和我的讲座分别被安排在11月17日和18日晚。18日白天，我们一起到思纯先生家，翻看、整理废名的手稿。晚上，思纯先生全程听了我的讲座。第二天，我又到思纯先生家，请他带上废名的手稿（包括笔记本）等到山东大学，一位研究生按我们的要求拍摄了大量照片。

2017年，废名逝世50周年。经梅杰安排，思纯先生在冯作、荣光陪同下回黄梅祭祖。4月1日，在武汉待了一天。晚上，由武汉出版社做东，在湖北省群众艺术馆附近酒楼餐叙。席间，认识了康男先生的儿子冯变。饭后，冯作和我与武汉出版社正式签订了《废名全集》出版合同。

不久，冯变建了一个"废名研习平台"微信群，除废名亲属外，把吉兵、梅杰、谢锡文等废名研究者也拉了进去。我看到冯止慈的大女儿文璐在群里，遂加了她的微信。

文璐比我略大，我当称她为姐。文璐姐3岁左右，被父母送到长春，在废名身边生活了3年多的时间。2012年，她曾在《湖北日报》上发表了一篇《记外公冯文炳》，文中附有一张她与废名的合影。她将这张照片通过微信发给我，我收在了2022年由商务印书馆出版的《说不尽的废名》中。

2021年12月4日，文璐姐代表家属，参加在黄梅县太白小镇举行的"纪念废名诞辰120周年暨学术研讨会"。会上，她作了题为《我眼里外公废名的人与文》的主题发言，谈了她对外公的印象和阅读废名作品及有关废名研究著作后的感悟与思考。这篇发言稿，后发表在《黄冈师范学院学报》2022年第2期。期间，我与文璐姐多有交流。她是孙辈中唯一在废名身边生活过的人，因此我建议她多写一点回忆性文章。研讨会结束后，全体与会者到黄梅县苦竹乡后山铺，拜谒了刚刚由文璐姐领衔、四位家属出资修葺一新的废名墓。

回京后，文璐姐给我寄了一本《我的〈中国记者〉之路：一位新闻女性的特色人生》。文璐姐是新华社高级编辑，《中国记者》原总编辑，长期从事新闻传播实务研究，曾获评新华社"十佳编辑"。《我的〈中国记者〉之路：一位新闻女性的特色人生》主要记录了文璐姐对如何办好一本"有情怀，有高度，有温度，有品质"的新闻专业期刊的思考与探索，展现了一位新闻女性"积极进取、顺其自然的特色人生"。

2022年年初，文璐姐说她有一书稿，希望我推荐出版。我当即联系华中科技大学出版社策划编辑陈心玉，她看过部分内容之后，表示可交由她们社出版。4月，文璐姐与华中科技大学出版社签订了出版合同。这本书，就是摆在读者诸君面前的《从外公废名身边走来：去探寻生活的"诗与远方"》。

《从外公废名身边走来：去探寻生活的"诗与远方"》可以视为《我的〈中国记者〉之路：一位新闻女性的特色人生》的续篇，但后者侧重写的是作者的"职业生涯"，前者则主要写的是其退休后的"生活片段、思考点滴，以及身边的人和事"，是其"继续以媒体人敏锐观察、记录的集纳"。有意思的是，两本书第一章都写到了在废名身边度过的那段时光。对于作者而言，那段时光虽然短暂，但极其珍贵。那段时光是她生命的底色，"外祖父母给予的慈爱、温暖、教诲"，成为她"生命的启航并延续一生的动力"。

文璐姐命我为其大著写篇"简单序言"，而我却拉拉杂杂记了一堆流水账。

武汉大学文学院教授，博士生导师，废名研究专家

陈建军

2022年11月23日于野芷湖畔

自序

我在外公废名膝下生活的岁月，算起来距今已经近60年了，关于"自己"的模糊记忆正是从那时开始的。和外公外婆在吉林长春一起生活的3年，时间虽然短暂，却是我一生中最无忧无虑、最温暖有爱的时期，因此无论岁月流淌到哪里，他们给予我的爱与温暖都难以忘怀。它是我日后跨越沟坎、勇敢前行的动力。

2018年6月退出工作岗位一年多后，我在新华出版社出版了《我的〈中国记者〉之路——一位新闻女性的特色人生》一书。书中深情回忆20世纪60年代，我在外公外婆家生活的快乐童年，也袒露了一名青涩女生在时代大潮裹挟下，求学奋斗，从懵懂走向成熟的蜕变历程，有经历感悟，也有自省剖白。一些阅读检视过的朋友反映还不错，认为至少没有太"假"。真情实感，无关对错，走过的每一步都是财富！

或许惯性使然，奋斗、思考成为生活中不可或缺的一部分，既然停不下来，就续写人生新篇章，即便已告别职场，即便正通往暮年……本书作为前一本书的续篇，记录后来的生活片段、思考点滴，以及身边的人和事，就算弥补未像不少勤勉媒体人那样开通微博及个人公众号的一点缺憾——写什么、怎么写，实时更新，流量几何？势必又似绷紧了发条，"赶鸭子上架""搜肠刮肚"的情形想必还会发生，压力仍在。因此，将一些思考集中起来，结集发出，亦未尝不可！虽然少了些"鲜"度，但总算有所记录。仍可苟日新、日日新，每天思考不断！

日记或月记的集纳，遂成此书。

目录

第一章　我与外公废名　001

第一次参加外公废名学术研讨会　001
我眼里外公废名的人与文　005
参加《黄梅文艺》一次全国性征文活动　021
有感于专家学者对废名全面深入的研究　030
吴晓东教授的线上讲座把废名作品讲"活"了　036
冯家子弟圈子里的"废名语录"　037
《废名谈读书》读后　042
为修整废名墓千里赴黄梅　044
修墓一路人和事　046
2022年清明，终于给外公办了个像样的仪式　048
隐忍与坚守——废名之子、我舅舅冯思纯的晚年岁月　052
　　见证生命奇迹　054
　　"挫"而弥坚　057
　　不抛弃不放弃，才会有"奇迹"　059
为《废名集》影印卷编纂而备　061
有感于外公废名一封短信手稿的民间拍卖活动　062

第二章　那些奋力生活、令人难忘的身边人　065

为什么这么多人评论、收藏这本书？　065
"第二青春"也需要励志吗？　068
一位"老新闻"、老朋友打来电话……　069
这位时常啃读"大部头"的，谁呀？　072
总说可轻松过90，不到65的他竟突然走了……　076
总是想怎么活得有意义的老人　079
感悟一位老朋友、"老报人"的世界级萨克斯演奏　081
曾想拜他为师：街边公园里的手风琴独奏老军人　084
首次与"特殊家庭"的父母们一起摘苹果　086
一位有资历的领导大姐"招"我去工作　089
曾和一位有故事的"名记"阿姨同一办公室　092

第三章　"突飞猛进"中，老人总有"可怜"时……　095

碰上位没有智能手机的老人　095
解决问题，逐步推进　099
喜见"绿色通道"搭起　100
有些"个例"让人不寒而栗　101
"他不是我老爸，我是……"——亲见一位胜似家人的
　护工　103
"信念已到骨子里"的老人　104
"养老服务时间银行"来了　105
大妈追星：这波舆情令人羞愧悲凉　107
温暖有趣的"特色小镇"　108

新敬老爱老观：能想通、能面对吗？　　　　　　111
又见老人抢吃抢喝的"情景再现"　　　　　　　112

第四章　路上"风景"刚好　　　　　　　　　114

享受互联网时代新读书法　　　　　　　　　　114
再叹"在线教育"　　　　　　　　　　　　　　117
亲历在线考试，高分通过　　　　　　　　　　119
谁能如此精准为你记录生活　　　　　　　　　121
听小白财商课的启示　　　　　　　　　　　　122
有个新行当逐渐走进人们的生活　　　　　　　125
一名失败的音乐爱好者　　　　　　　　　　　128
让弥足珍贵的友情和感恩滋养心灵　　　　　　130
　　永远的情谊：张家口媒体的老朋友们　　　130
　　一位院长朋友　　　　　　　　　　　　　132
　　曾经是同事　　　　　　　　　　　　　　132
　　一位在群里"寻人"的姐妹　　　　　　　134
　　总是让人"意外"收获温暖的师长　　　　136
　　家乡的邀约　　　　　　　　　　　　　　137
　　对自己要求颇高的"闺蜜"　　　　　　　138

第五章　在"琐碎"中找寻"诗与远方"　　139

在与疫情的持续搏斗中迎来新的2021年　　　139
春节前，收到个大红信封　　　　　　　　　　142

为社庆生，参与制作小视频	143
走进一座"高冷"博物馆	144
走进寒冬北戴河	148
40年"老"北京，第一次进"鼓楼"	151
这里有座"移民博物馆"	153
这辈子没机会考状元，转转状元博物馆	156
一次旅途文化消费体验	159
在高铁时代乘"通勤火车"	161
又见《觅渡，觅渡，渡何处》	163
感受惠山古镇祠堂文化	166
胡同中的"飘萍故居""京报馆"	167
从昆曲《牡丹亭》惊叹作家的"想象力"	169
被一首动人乐曲"击中"是什么感觉	171
去这家津门"老字号"，"吃"什么？	173
大运河古城"遇见"吴承恩	176

第六章　一位奋斗女在美工作生活的几个片段　178

60后，再上岗	178
"只能又饥又冷地挨到这个周末了"——"得州危机"亲历	182
生活感受点滴	184
见闻种种	187
睡前"海聊"	189
家有考生说高考	190

7轮面试，得到知名公司录用机会 192
  也谈那里的退休与看病 193
  "看看而已" 195
  难忘精彩冬奥 199

第七章 另一些视角的"观察思考" 201

  人总有兴趣探测未来
  ——有感于《未来简史》与《零工经济》等讨论的现实与未来
   202
  "知识付费"有感 204
  感悟越来越有力量的心理学 206
  令人自省与成长的课程 210
  由盛会领悟的辩证思考 212
  做"新媒体小编"的日子 215
  一场未能报上名的研讨会 217
  通过几个活跃传媒号继续"业务研究" 218
  看"炫酷"新招，展青春活力 220
  有感于几篇引发思考的调查分析 223
  从研究"好新闻"，到关注爆款"短视频" 227

附录A 新传播环境下新闻研究的变化与论文选题的重点关注 229
  随时以追踪的态势在变化的新闻实践中发现选题 229
  近期选题方向与思路 231

附录 B　查错纠错是综合能力的考验　　　　　　236
　　"从众"也可能有误　　　　　　　　　　　　　　236
　　"专业素养"从来不是空话　　　　　　　　　　　237
　　如此"事与愿违"　　　　　　　　　　　　　　　238

参考文献　　　　　　　　　　　　　　　　　　　240

第一章　我与外公废名

有关外公废名，在很长的时间段里，他仅仅是我的外公——慈祥的姥爷。其他的一切，比如身份、地位、学识、知名度等，对于"人之初"的我而言，都是些太陌生、太遥远的词汇。大约1962年初的样子，牙牙学语的我来到外祖父母身边，在他们位于长春的家里度过了三年多学龄前的美好时光。我之前的乳名"天长"，取天津、长春之意，即是为了纪念这一时段而起。具体情况下文多有记述。

第一次参加外公废名学术研讨会

2021年8月间，湖北黄冈师范学院通过微信等多种渠道发出了会议邀约，为纪念废名诞辰120周年，计划于11月上旬组织召开全国性学术研讨会。这不啻是个好消息。此前，在废名诞辰100周年之际，2001年11月9日，北京大学与黄梅县委县政府在黄梅联合召开了纪念座谈会，当时及后来的110周年诞辰时，黄冈师范学院和其他高校，也包括一些国外文学爱好者都曾组织过类似的纪念研讨会，但我因在职期间工作繁忙，都没有能够出席。现在终于可以"自由"支配自己的时间，所以定不能再错过这样的学习交流机会了。基于这样的决心，我早早按照要求填写了参会回执，并拟定了论文题目《我眼里外公废名的人与文》。

未承想，好事多磨。临近会期，又一波新冠肺炎疫情突袭国内几省市，黄冈师范学院会务组不得不发出通知，研讨会延期一个月举行。即便如此，眼看会议日期临近时，许多地方还是因为疫情严格限制出行。北京也出台了"从11月17日0时起进返京人员必须持48小时核酸检测阴性证明及健康码绿码"的刚性规定，而且要求"近期非必要不出京"。这就意味着，如果去湖北黄冈参会，必须遵守沿线几个地区的防疫政策，返程时还得按要求去医院做核酸检测，拿到阴性结果才能顺利回家。确实麻烦不小。但既然决定参会，就没有什么困难可以阻挡我"出发"的脚步。

2021年12月4日上午，期盼已久的"纪念废名先生诞辰120周年暨学术研讨会"终于开幕。会议由中国新文学学会、中国现代文学学会、黄冈师范学院主办，黄冈师范学院文学院、黄梅县文学艺术界联合会承办，地点选在了黄梅的太白小镇——一处由美丽乡村升级而来，徽派风格建筑与别致的江南园林交相辉映的大型农文旅特色小镇。

开幕式上，除了会议组织方黄冈师范学院的领导和专家学者，还见到了武汉大学文学院教授、博士生导师陈建军，华中师范大学出版社梅杰等多位废名研究专家，以及黄冈市、黄梅县文联、作协，黄梅县人大常委会的几位主任、副主任和其他嘉宾。平时在"黄梅文艺""黄梅文学""灵秀黄梅"等微信平台上，经常读到他们的作品，见到他们的大名，这次见到了"真人"，也是意外收获。尽管很多知名专家、领导受疫情影响未能出席学术研讨会，但仍有大量执着前来的嘉宾们汇聚一堂，分享近年来废名研究的成果和思考，畅叙友情，结交新友，大家都觉得十分享受和惬意。

会议主题其实早已由黄冈师范学院的汤天勇老师公布给与会者了，那就是：废名的"未完成性"与"未来性"。其开放性议题有：废名文学作品研究、废名学术思想研究、废名与传统文学的关系、废名与外国文学的关系、废名与地域文化的关系、废名生平与史料研究等等。

开幕式由黄冈师范学院文学院党委书记胡立新主持，文学院院长陈志平致欢迎辞。废名的学生、吉林大学原校长刘中树，北京大学中文系教授吴晓东都由会议安排专门人员代读了贺词。上午的主题报告阶段，张吉兵老师作了《流连而不执着于人生的生命主体——废名诗歌主体论》的发言，陈建军老师谈了他近20年的废名研究，我谈了"我眼里外公废名的人与文"，梅杰讲了他的废名研究之路。

接下来，与会的40余名专家学者，有的按照此前报告的题目宣讲了论文主要观点，有的则是即兴挥洒。各有角度，各显所长。每个人的发言我都认真聆听，记录重点。比如，中南民族大学文学与新闻传播学院副院长陈啸教授的《从南文化到京海之争并及废名》，武汉大学文学院荣光启教授的《废名诗歌中的基督教意向》，废名研究者张星星的《我是梦中传彩笔——废名小说的诗境、画境与禅境》，日本庆应义塾大学博士李亚敏的《1949年前废名的思想及其变化》，等等。

虽然参会人数减少，但研讨会还是取得了极大成功。湖北日报客户端、黄冈师范学院、黄冈市与黄梅县作协、《文学报》、中国教育在线等单位与机构的官方微信公众号都及时报道了会议，并给予高度评价。报道主要认为，此次研讨会较之往届：一是学术研讨水平高，研究更深入，发现了一些极富意义的论题，拓展了废名研究的学术空间；二是有许多新人加入，使废名研究的队伍不断壮大。

会后由"黄梅文学"公众号刊发、黄梅县作家协会副主席聂援朝撰写的此次会议总结的文章写道："废名的笔下有黄梅的小河、木桥、沙滩、街巷、城门、古塔，碧绿的菜园、破旧的城垣、无风自凉的菱荡……近百年前，废名先生在他的文学天地里'梦游'，梦境里的故乡黄梅的风土人文景观，还有许多平凡人的平凡故事已然成为废名文学作品里，那种飘逸着淡淡的隐逸色彩、流淌着缕缕乡愁的梦幻而唯美的'文学意向'。随着时光的流逝，先生梦境中的黄梅，仍然在中国文学史上恒久地熠熠闪光。"

平生第一次参加自家亲人的学术研讨会，而且是"跨界"参加与以往众多传媒界会议大不相同的讨论，既新鲜，又有成就感。学到了东西，结交了朋友。并通过多方努力，领衔修缮的废名墓已基本顺利完工，修葺一新的墓园迎来首拨规模性参观、拜谒，而且还是一批专门研究废名的专家学者，意义非同一般！对工程给予过各方面支持和帮助的黄梅县苦竹乡、后山铺村、徐碾村的主要领导和书记，以及墓园施工负责人等，都前来迎接嘉宾，与这些打过多次交道的乡亲们见面，我感觉非常亲切、高兴，感觉他们都是些淳朴实干的家乡人！

2021年12月6日，载着满满的友情与成果，包括一纸合格的核酸检测证明，我一切顺利地回到了北京。

2021年12月8日

我眼里外公废名的人与文

在这次黄冈师范学院举行的"纪念废名先生诞辰120周年暨学术研讨会"上，我提交了题为《我眼里外公废名的人与文》的论文（后刊发于《黄冈师范学院学报》2022年第2期，收录此书时略有删改）。选择这样的角度是因为，进入21世纪以来，"废名热"渐起，对废名作品及人生经历，各路专家学者从各个能够想到的方面，都进行了透彻的研究，成果丰硕。本人非文学科班，对这些成果，只有认真学习、了解、理解，新建树应该是谈不上的。所以，只能从一个"外孙女"的角度，谈谈基于个人经历之上的所思所感，也代表着我对外公的认知和特别纪念。

以下是论文的全文——

我眼里外公废名的人与文

我的幼年时期，曾在外公废名身边生活过三年多。那是20世纪60年代初废名于东北吉林大学任教的时期。那一时期，既是他人生多方面的收获期、巅峰期，也是相对彷徨、苦闷、纠结，直至逐渐谢幕的时期。但外公废名和外婆还是给了我一生中最宝贵、最难忘的呵护与关爱，在他们身边生活的几年，成为我一生里最温暖、最明亮的岁月，也是我赖以回味的宝贵财富和日后跨越沟坎、激励前行的动力。

一、抚育过我成长的外公废名印象

经过几十年人生积淀以及对废名人品、文品不断深入的认识了解后，在今天的我眼里，外公废名是一个温暖慈爱的人，一个刻苦做学问的人，一个倾其心力教书育人的人，一个有独特风格的作家与诗人。

我在外公废名膝下生活的岁月，算起来距今已经五十多年了。20世纪60年代，外公调任吉林大学任教，而我正值三岁左右牙牙学语时。其实，于我而言，对外公的最早印象，只是温暖慈祥的姥爷。对于外公，我有任性撒娇，有嗷嗷待哺、吃喝拉撒等基本生活需求。这阶段，外公外婆给了我"人之初"所需的养育与呵护。这是我一辈子无论何时回味，都会在心底里涌现出来的最为深刻的记忆。

依稀记得当年居住的是一片温馨的单门独院小平房。木栅栏门，小石子路铺就的院子，宽绰地向前延伸出几十米才能走到屋前，屋后是小土山，长满绚烂的野花和各种绿色植物。后来得知，那是长春市太平路1号。此前他们曾居于东朝阳胡同27号一栋日式小楼。

那时的我拎着小桶、铲子，给屋后的花花草草挖坑、浇水、培土。那是每天最快乐的时光，那份专注、那份上心……外公去院子对面的吉大中文系上课了，快到中午时，我便坐着小板凳在屋门口等。高高的，瘦瘦的，戴着黑框眼镜的外公一出现，头顶扎着两条小辫子的我便飞也似的欢叫着跑上去，抱住他的腿，我冲上去的惯性常常让他停顿，甚至后退半步，他会抱起我，再放下，拉起我的手走进屋里。此时，外婆多半已经做好了一种玉米面发糕样的粑粑。有些发旧的枣红色木桌前，我们三人开始简单的午餐。

经常是在下午或傍晚，外公看书写作累了，便把我叫到身边，将铅笔塞进我的手里，再握住我的小手一笔一画在纸上"画"出几个简单的字，有时是"人民"，有时是我的小名，时常也讲故事、教背《红旗歌谣》……有时星期天，外公会带着我们去公园，看戏。

我还记得长春的大剧院、公园、有轨电车……因为当时毕竟年纪幼小，如今留存在心底的多是些模糊、碎片化的记忆。为了纪念在长春和外公外婆生活的这段时光，后来安家于天津的父母还为我取了乳名"天长"，即天津、长春之意。

2011年8月，我曾专赴长春，只为着心中一直的牵挂与思念——循着记忆，在老吉林大学中文系对面，今天的一片葱茏中寻找儿时与外公外婆一同居住过的那片房子（后又得知长春市太平路1号，物理学家朱光亚先生调往北京前曾在这里生活）。

二、从他人回忆中感悟废名

我今天上学，我的名字叫冯思纯；早上起来，打开后门，看看山还在不在那里。

……

废名还是位诗人，诗作充满童趣与纯真。此诗就是外公为他的儿子，即我的舅舅冯思纯四五岁时编写的启蒙教材的第一课。

其实，对于拥有作家、学者、诗人等身份的外公，我则是成长到一定阶段后，才通过外界的各个渠道逐渐认识、了解、学习的。比如从其亲属、学生、研究者的文章、演讲之中慢慢系统地了解了他的思想、风格、创作活动、经历等等。

印象最深的还是他的正直、善良、纯粹、仁爱。比如在艰难困境中对自己老师的不离不弃；即使执教中小学，也孜孜矻矻，尽心尽力；对身边穷苦的乡亲邻里慷慨相助，救人于危难贫困之中的点点滴滴；还有其在国难当头时面对诱惑不为所动的坚定与决绝。

在《废名先生》[1]一书中，多位学生深情追忆恩师"冯二先生"

---

1 黄梅县政协教文卫文史资料委员会：《废名先生》，黄梅文史资料，第11辑。下文所引废名学生谈论废名的文章均出于此书。

（家乡习称，废名在兄弟中排行老二）对他们的教诲和对其生活际遇乃至人生的改变。

已为黄梅知名教育家的李华白先生在《我最崇敬的老师废名》一文中，追忆了和老师废名就读《古文观止》的一次对话。有次废名问学生们有谁读过此书，看到三四位学生举手，还有的说能背诵，废名接下来说："《古文观止》好些文章可以读，但韩昌黎这篇不读也罢，因为他的文章，没有多少实际意义，没有感情，尽是装腔作势的空洞官话。读多了，要受其影响，为作文而作文，形式程式化。八股调，特别不能学，非徒无益，而又害人不浅。"

废名的学生、离休干部翟一民撰写的《永不消逝的"声音"》一文，情深意切，生动鲜活，将废名倾心教学的音容笑貌、举手投足，栩栩如生地再现出来。作者让我们觉得，那些五六十年前的陈年往事，仿佛就发生在昨天——

从五祖寺第一堂课，"身着浅灰色竹布长衫，脚穿白底黑帮布鞋，蓄平顶头，戴黑框圆眼镜，相貌古朴，文质彬彬，和蔼可亲的冯二先生"一出场，写到他讲授鲁迅《一件小事》等印象深刻的课文，到"水从山上下来""声音"等作文题目的讲解、布置，到对作者文学才华的发现、发掘，再到引导作者领悟泰戈尔的诗歌"果实的事业是尊贵的，花的事业是甜美的，但是让我做叶的事业吧，叶是谦逊地、专心地入垂着绿荫的……"后来，本文作者还真真就成为一名出色的农艺师！

"二先生给我画的一个'世界'，替我写的一个'美'字，指点我做'叶'的事业。(讲授时)'谦逊地''专心地'两处的声音都要重一些，他的言传身教永存我心，他所启悟我的德音永不消逝……"

读了这些文字，不禁深有感触，觉得人的一生，倘若有机会做一个废名那样，心系学生，倾情投入，真正教书育人、桃李天下的优秀教师是多么光荣与伟大！该是多么有价值和值得自豪！

废名的另一位学生，台湾女教师李英俊在《怀念我的恩师冯文炳先生》（2001年12月于台中）一文中，深情回忆老师对她的资助、提携。她在小学、初中阶段，因为是女孩且家境贫寒几次面临辍学，都是"斗起胆子找到废名先生给家父做工作，初中那次，在废名帮助下学校减免她和弟弟中一人的书费、学杂费，并承诺成绩好还可申领奖学金"。她如此坚持读到高中，后考入湖北二师，又转湖北一女师，此后在台湾执教数十载。李英俊说："我之所以有今天，全是恩师冯文炳先生所赐。我几次回大陆探亲，多方打听先生，后来听说先生已经过世，我悲痛极了……"文末，这位老师以一首诗表达对恩师的永久怀念——

恩师辞人世，遗爱在人间。
悠悠生死别，永难忘厚爱。

当年北大学生高翔谈其听课体会："隆起的眉峰，消瘦的两腮，多棱角的头骨，天然有道高僧的模型。""刚开学不久的一天，后来一星期两小时的《论语》，继续听下去，在课堂上，废名先生永远是谈着自己的人生观：'仁永远存在，如太阳之永远存在，阴天乃乌云遮住了太阳，人生也时常为利所蔽。''天就是良心，就是真理。'"他印象中，讲台上、课堂里的废名先生是活泼的、亲切的。

总之，通过亲历者的回忆，我们看到的废名，是个性情率真、有血有肉、正直善良的慈爱之人。他爱教育、爱学生、爱家人、爱家乡、爱乡里乡亲。他的学生中有不少长大后也从事教育工作,其中多人以肺腑之言感叹,之所以做这样的职业选择,与当年自己的老师废名的言传身教和榜样力量分不开!

三、有感于废名作品的一大风格特色

认真研读废名作品,我们看到,这里有秀美的风景、淳朴的劳动者,有原汁原味的大自然。纵有晦涩玄妙的情况,但也有很多通俗易懂的哲理与鲜明的爱恨。而且废名还在多篇著述中不遗余力地提倡文学应该源于生活,反映生活,言之有物,反对八股腔,因为他自己就是旧私塾八股文风的受害者。所以他曾多次多场合以亲身经历现身说法,倡导文学的鲜活之风。若以现代观点来表述,就是文学家应该弄清传播对象,如果是写给孩子,就一定要让孩子看懂、明白;他还以在金家寨小学任教五六年级国语的实践经历,谈到如何教学生写实,写自己最熟悉的事物,并称这是成功的经验之谈。

外公废名热爱故乡,眷恋故乡,拥抱故乡。他笔下家乡的山水清凉优美,如诗如画;笔下的人物质朴平实又不失风趣。品读他的作品,本人最有感觉的是他对家乡人文的独特表现。

对此,已有学者总结得十分恰切。

刘西渭:"在中西文化相撞击的年代里,反传统、反文化往往是普遍的社会心态。废名与众不同,他转过身去,向故土回归,对宗法制农村文化采取静观的认同态度。他不像有些作家那样,以一种批判的眼光描写生活之苦、死之痛,而是尽力冲淡悲痕,从乡村翁媪、儿女身上寻找并展现一种自然状态下的人性美和人情美。"

沈从文:"笔下明丽而不纤细,温暖而不粗俗,风格独具,应推废名。""周作人称废名作品有田园风,得自然真趣。文情相生

略近于所谓'道'。不粘不滞，不凝于物，不为自己所表现'事'或表现工具'字'所拘束限制，谓为新的散文一种新格式。"

1929年至20世纪30年代初，朱自清在清华大学和其他高校开讲中国新文学第一课。在其《中国新文学研究纲要》专讲废名小说的章节中，所列提要为：（一）平凡人的平凡生活；（二）乡村的儿女翁媪；（三）梦想的，幻影的写象；（四）隐逸的趣味；（五）讽刺的作品——滑稽与悲哀的混合；（六）平淡朴讷的作风；（七）含蓄的古典的笔调（思想的深奥或混乱，文体的简洁或奇僻）。

关于废名作品，已有以时段、以人物形象、以作者署名、以年龄等为标准的分期，不同时期肯定写作的特点会有所不同，风格亦有差异，但总体特色已然清晰。我感觉，前述这些都是关于废名作品特色极准确、极形象的概括与评述。

著书立说，教书育人，无论是在北京还是在东北，感觉废名从未忘记养育他的黄梅家乡和乡里乡亲。同时另一鲜明感受是，外公的一生还是那么认真、纯粹，一个"旧"知识分子，那么真心实意地去了解、理解社会主义新中国，赤诚地欢呼、歌唱他所感受到的每一个进步和胜利。1956年，《与青年谈鲁迅》出版，转年《新民歌三百首》问世，他还在激情下写作了数万字的《一个中国人读了新民主主义论后欢喜的话》，除去"欢喜"，还不忘表达如将几千年的中国传统文化丢弃太可惜的忧虑，试图通过武昌熟识的董必武老先生呈送给党中央。晚年眼疾，右眼几近失明，在不能低头伏案的情况下，他将书或稿纸装在特制木架上，昂着头，靠一只眼睛看书写字，完成了鲁迅、杜甫、美学等课程总计六七十万字的讲稿……

在现已出版的研究废名的书籍中，大家看到有学者专门编汇、集中起来的：周作人、鲁迅、朱光潜、沈从文、卞之琳、李健吾、沙汀、刘晴等从各个角度"论废名"，共同还原了完整的、特色的废名。

四、从大众传播角度看废名《桥》之外的另一座"桥"

除去亲情，如前所述，本人因非文学科班出身，各位专家学者的研究成果正是我和更多人认识废名、了解废名的重要渠道。这些研究和相关文化的普及，又不断借助大众传播的力量，使废名逐渐走向更广阔的天地，为越来越多的人知晓、怀念。

2021年11月13日，诸多微信群里转发了北京大学中文系教授吴晓东"废名及其诗化小说"的讲座链接。作为废名诞辰120周年专题之一，讲座由宁波图书馆微信公众号线上直播推出。大致浏览海报过后，我也在期待中认真收听了讲座。与许多积极反馈一样，我也深感受益。由此对这种专家学者于大众传播的作用也有了更深的认识。

众所周知，废名作品有着田园牧歌、诗意童趣的内容，同时也有佶屈聱牙、晦涩难读，一些叙述零散、片段、无序等特征。作者创作之中驰骋的意念有时他人也很难追寻与准确捕捉。但长期以来，正是吴晓东教授这样的专家学者，将长期的深度研究与自身广博的学识与阅历完美融合，将自己对废名人与作品的深刻理解转化为轻松幽默、通俗易懂的语言，似讲邻家大哥故事般地传授出去，真实生动地再传播的感染力，大大拉近了文学，特别是比较小众作品与大众的距离，使文学的功能与作用得以最大限度地发挥。

比如，吴晓东教授讲座中第三部分"只能重读的《桥》"，开篇便直言不讳：废名的名篇《桥》，一般人读过一遍两遍，很可能还不知所云，一定是要重读再读甚至反复读才能读懂、明白的。为什么这么说呢？之后吴老师开始进行文本解读，细细讲解《桥·路上》中的一段："一路多杨柳，两人没有一个是绿的。杨柳因她们失了颜色，行人不觉得是在树行里，只远远地来了两个女人——一个像豹皮，一个橘红……什么叫没有一个是绿的？初看，我先绿了……"接着，生动地将三个年轻人的内心活动，特别年轻芽儿初见女性那种痴劲儿灵活现地表达出来。听毕让人不禁恍然大悟：哦，原来作家写的是这个意思啊，似乎不难理解呀！继而明白了作品好在哪里，独特之处、传神之处在哪里。

再如讲座的最后一部分"废名对生活的诗性关照态度"。从《桥》联系废名多篇作品中涉及的生活场景——捡柴、看雨、打鱼、果落、秋叶成阵营地飘落等习以为常的琐碎，引出作家的艺术人生观，并指出：看似俗常生活场景描摹的背后，是作家废名的审美观照，是他欲表现的诗性人生、欢喜人生。我体会，其本质意义是提升了对生命内涵的认识：生活总不过如此凡俗，但因观照的眼光不一样了，体验的心境不一样了，站位的角度、高度都不一样了，所以才会渐渐生出美好的感觉。

这些，给比20世纪二三十年代不知浮躁了多少倍的今人带来启迪，也给人们注入了生活的智慧，坚定了对生活的信心。

因此，可以说，正是吴老师们对大师作品的重读、钻研，才使我们大家更易读懂这些作品。

从这个意义讲，我认为，专家学者也正似一座"桥"，将广大文学爱好者"渡"到了废名的文学世界，引进了他的艺术之境。这座"桥"，还将作家废名所处时代与今天相连接，使作家的内心与大众的情感产生了共鸣。

其实，近年来，文化工作者铸就的"桥"越来越宽广，形式愈发多样，大众传播体现出应有的魅力，发挥着越来越大的作用。

五、从进入高考试卷文章看废名作品对今天现实生活的启迪

在本次学术研讨会结束，大家刚刚开启回程时，我就从为本次专门设立的废名研讨会与会专家群里看到一个令人十分欣喜的链接——《高考解读：2021年新高考Ⅱ卷文学类文本阅读解析》，署名者为"牧星人的语文"。

此链接里列出的考题实际是个阅读理解类的题目。即请考生在阅读废名《放猖》一文后，完成几个选项的勾画，指出其后对《放猖》相关内容和艺术特色的分析鉴赏，不正确的一项是什么（3分）。考题中还说明，此文节选自《莫须有先生坐飞机以后》，有删改。

细看了一下，感觉要想在短暂的规定时间里正确答出题目，拿到宝贵3分，还真不是特别容易。必须对原文有准确的理解，还要有较强的分辨力，因为每个选项不但近似，且均似是而非，模棱两可。

为什么堪称"国考"的高考能选择废名这篇作品呢？我认为，其意义恐怕也莫过于对废名人与文的认可与欣赏，尤其是在对于作品的评判标准不断地由单一而多元，文学与审美的品性也受到格外重视的环境下。

其实，废名作品进入教材、进入各种模拟或正式考卷已经多次，譬如随手一搜，就看到咋考网上，2020年高二语文下册月考测验：阅读废名《菱荡》，完成后面选择与简答题。其中两个题目是这样的：1.小说塑造"陈聋子"这一人物形象时，运用了哪些表现手法？2.本篇小说通过片段式情节连缀成一幅过去的南方水乡世俗图。请择三处加以分析。

由于已经远离高考,每年除了关注当期考试过后的一些评论外,并没有特别留意考题,这次是真切地注意到了废名有那么多名篇被列入各类考题,随之还就此作了进一步的思考。

废名的《放猖》一文既描述黄梅乡村驱病灾、祈平安的习俗,也写放猖人、看猖人的内心活动——

> 故乡到处有五猖庙,其规模比土地庙还要小得多,土地庙好比是一乘轿子,与之相比五猖庙则等于一个火柴匣子而已。猖神一共有五个,大约都是士兵阶级,在春秋佳日,常把他们放出去"猖"一下,所以驱疫也。
>
> ……

在对猖兵装束、打脸(化妆)等白描过后,作者写儿时现场感受:

> 看着装备完成的"猖兵"(其中许多为同龄邻里少年),我们简直已经不认得他们,况且拿着叉郎当郎当地响,真是天兵天将的模样了。
>
> ……

在练猖一幕之后,才是名副其实的放猖,即由一个凡人拿了一面大锣鼓敲着,在前面领头,拼命地跑着,五猖在后面跟着拼命地跑着,沿家逐户地跑着,每家都得升堂入室,被爆竹欢迎着,跑进去,又跑出来,不大的工夫在乡村、在城门家家跑遍了。我则跟在后面喝彩。

……

到了第二天,遇见昨日的猖兵时,我每每把他从头至脚打量一番,仿佛一朵花已经谢了,他的奇迹到哪里去了呢?尤其是看着他说话,他说话的语言太是贫穷了,远不如不说话。

感觉此文生动形象，以儿童视角写得活灵活现。文末几句，"过人"的小哲理点到为止，名篇佳作，似不经意间流芳。

而在无所不知的"度妈妈"那里，解读《放猖》的文章如今可说是"信手拈来"了。大多既精炼又准确，比如，一篇回答网友提问"《放猖》是什么文体"的小文——

废名《放猖》是散文。

鬼神祭祀之事在成年人眼中是郑重、严肃，不可亵渎的，作者却将"放猖"习俗置于童真未泯、稚气天真的孩子眼底，用儿童一样纯真而敏感的眼睛来观察，用儿童非理性的直觉来体验。

1. 觉得"放猖"的猖兵很神奇，内心羡慕；
2. "放猖"的习俗简直就是一场快乐的闹剧；
3. "放猖"后要面对热闹后的寂寞；
4. 再见昨日的猖兵时有偶像破灭之感。

找了半天，却未见作者何许人也，只感觉这寥寥数语点评很是到位。遂记录下来。

《菱荡》也是篇常常被提及或列举为范文的作品。其中既写菱荡的得名、菱荡的"深"，更写"独不相信""何仙姑"的"打工仔""陈聋子"——

洗衣女问他讨萝卜吃，——好比他正在萝卜田里，他也连忙拔起一个大的，连叶子给她。不过讨萝卜他就答应一个萝卜，再说他的萝卜不好，他无话回，笑是笑的。菱荡圩的萝卜吃在口里实在甜。

吃烟的聋子是一个驼背。

衔了烟偏了头，听——

是张大嫂，张大嫂讲了一句好笑的话。聋子也笑。

烟竿系上腰。扁担挑上肩。

"今天真热!"张大嫂的破喉咙。

"来了人看怎么办?"

"把人热死了怎么办?"

两边的树还遮了挑水桶的,水桶的一只已经进了菱荡。

"嗳呀——"

……

这个绰号鲇鱼,是王大妈的第三个女儿,刚刚洗完衣同张大嫂两人坐在岸上。张大嫂解开了她的汗湿的褂子兜风。

"我道是谁——聋子。"

聋子眼睛望了水,笑着自语——

"聋子"!

纯朴、憨厚、可爱,又略带可怜的一个乡间小人物,活灵活现,跃然眼前。《菱荡》是1927年出版的废名短篇小说代表作之一。小说以舒缓的笔调描绘了一幅旧时中国南方水乡的世俗图,当时人们的生活状态,人与人之间纯朴自然的关系都在这轻描淡写之中了。

废名笔下的故乡黄梅,小河、木桥、沙滩,街巷、城门、古塔、菜畦、城垣,柚子、琴姐、李妈、陈老爹、陈聋子……

水磨冲、五祖寺、农家稻场、县城护城河、乱石塔、万寿宫、家家坟、八仗亭……

祭祖写包袱单"送牛""送路灯"、看鬼火、过桥……

废名心中家乡的风俗景致、婆姨叔伯,作为生命的一部分,尽可信手拈来。神奇的是,经作家一番看似不加任何修饰的白描过后,却成为生动形象、令人难以忘怀的永恒——成为20世纪中国一个区域农村自然和社会景观、人文风物的"文学意象"。

通常，时间久了，或许还会生出几分"审美疲劳"，觉得不过是贫瘠乡里土得掉渣、让人难免产生"不屑"的景物……只有作家才挖掘到、品咂出其中蕴含的美，独特地表达出来，感染着读懂了这些文字的人！

我在女人的梦里写一个善字，
我在男人的梦里写一个美字，
厌世诗人我画一幅好看的山水，
小孩子我替他画一个世界。

有学者认为，"这应是废名先生文学创作观的集中表达。我深以为然。本人也认为，以文学来观照现实有多种形式，"应该允许作家进行多方面的探索，假如每个作家在自己所擅长探索的领域有所成就，那么合起来就形成了百花齐放的繁荣景象"。"废名研究从沉寂到热闹，也是文学评价标准从单一走向多元的过程。"

正如废名导师关于其作品风格的著名论断——

冯君（废名）的小说我并不觉得是逃避现实的。他所描写的不是什么大悲剧大喜剧，只是平凡人的平凡生活——这正是现实。特别的光明与黑暗固然也是现实之一部，但这尽可以不去写他，倘若自己不曾感到欲写的必要，更不必说如没有这种经验。文学不是实录，乃是一个梦：梦并不是醒生活的复写，然而离开了醒生活也就没有了材料，无论所做的是反应的或是满愿的梦……

的确，废名以文学之名的"渡人"，并非一般意义上的"自觉"，正如有学者所言："废名走上文学家道路，不是像鲁迅那样有着'改造社会'的自觉清醒意识，也不是像钱锺书那样对人性有深刻的洞悉，郁结于中，'物不得其平则鸣'，他可以说仅是从'性之所近'的兴趣、爱好起步，而禀赋加持，加上周作人等的帮助、提携，在新文学上取得成功。"这位学者认为，作为小说家的废名作家的主体意识其实是较为淡薄的。当他在而立之年意识到"成人"更重要，"立志去求归宿"时，却未把握这"有可能成为真正伟大作家的契机"，而是将做作家与做人（成人）离析开来，对立起来，非此即彼，特别是在修习佛学之后。

这样的观点自然有其道理。任何人随着知识阅历的增进，其内心、认识、看法都会是不断变化、升华的，何况作家呢！但这并不妨碍更多的读者、学者从废名各阶段的小说中悟到其丰富内涵与人生的积极意义。

譬如吴晓东教授就专门论述过"废名小说对生活的诗性观照"。这在前一节已经有所涉及。

因此，综上，我认为废名的人与文对今天的一个重要启迪，那就是要全身心地去爱生活，拥抱生活；积极乐观地去探寻，去经历；从每个细节、每个平凡的人或事，以及每个人有幸经受的一切，包括挫折、磨难，以及迈过沟坎后的成长中，去感悟生活，体会它的美好；像废名那样，用一颗纯真的、善于发现的眼睛，析出生命里之值得记忆、记录的所有！

多少"大家""名家"均对生命别有一番独特见解。林语堂说人生幸福无非四件事：一是睡在自家床上；二是吃父母做的菜；三是听爱人讲情话；四是跟孩子做游戏。他在《生活的艺术》里，专门引用了金圣叹在《西厢记》批语中写下的人生"不亦快哉三十三则"：无风无云，别有抵至，空斋独坐，子弟背书，观鼠猫追闹，看人风筝断……在许多参透悟透生命之人的眼里，人生的快乐随处可感可见！

六、今年做了件大事：修缮废名墓

外公废名 1967 年 9 月 4 日病逝于长春，遵遗愿，1994 年在我舅舅冯思纯和各方面努力、支持下终得回葬黄梅。墓地位于苦竹乡的后山铺。此后几十年风雨剥蚀，墓碑字迹模糊，周边杂草丛生，路引缺乏，不少到访者深感找寻不便。近些年，我的舅舅一直病痛缠身，其子一刻不能离开。经他们委派，主持修缮的重任就落到我的头上。

2021 年 4 月至 10 月间，在黄梅县委宣传部、苦竹乡并后山铺村、徐碾村等各级领导，以及多位亲朋好友的大力支持帮助下，本人领衔统筹，家属自筹经费（四位出资者：冯思纯、冯作、文璐、文静），在废名诞辰 120 周年纪念日到来前夕，对废名墓进行了能力范围内的成功修缮，圆了众多废名爱好者、研究者及其亲属期待多年的一个梦想。

此生能为疼我爱我的外公做一点有益实事，我深感欣慰。也借机对在此过程中给予了宝贵支持的黄梅县有关乡镇村各级领导表达最真诚的感谢！还要特别感谢苦竹乡、徐碾村、后山铺村等地的书记和父老乡亲们的帮助与厚爱，感谢石克施工团队以及为修缮做出努力与贡献的亲属和所有人，感谢在炎炎夏日亲临并奋战在工地一线的各位！

2021 年 10 月

参加《黄梅文艺》一次全国性征文活动

2021年9月，我看到网上由黄梅县文化和旅游局等单位组织的"东山小镇杯第二届黄梅文艺奖全国征稿"的信息。细细观之，很有点跃跃欲试的感觉。重在参与嘛，其他都不重要。参与下家乡的活动，与大家分享些思考与见闻，何乐而不为呢？于是很快动笔，一个月左右完成并交稿。而此时距离征文截稿日期还有两个多月呢。毕生急性子，了却一事再做他事，已经成了我的行事风格。

征文主题其实就是写黄梅，包括黄梅非遗文化、民俗文化、旅游见闻、自然景观、人文思考、文旅探索等。于是略加思索，很快草就一文。作为头一次参与家乡黄梅文化活动的经历，亦记录于此。

外公废名"引领"我走近黄梅、认识黄梅

一、在外公外婆身边，只会讲黄梅话的幸福童年

我自出生至前几十年的人生里，其实是从来没有到过湖北黄梅，也未曾踏上过黄梅土地。印象中，那里属长江之畔，山高水远，还似乎是"乡下"，一直颇有几分地理上的陌生感。但我又切切实实是个儿时多年只会讲方言的"准"黄梅后代。因为我是中国现代著名文学家、"京派文学鼻祖"废名的外孙女。废名（本名冯文炳，1901年11月出生于黄梅县城）生于斯、受教成长于斯，是从黄梅这片沃土走向更广阔文学天地的。20世纪60年代，废名在位于长春的东北吉林大学中文系任教期间，我在他和外婆身边生活了近四年，度过了难忘而美好的童年时光，应该是废名孙辈当中唯一有与他老

人家共同生活经历的人。

　　那时的我还属懵懂幼儿。而废名,对于当时嗷嗷待哺的小童而言,只觉得是位温暖慈祥的外公。

　　记得当年居住的是一片浪漫、洋气的日式房子。木栅栏门,小石子路铺就的院子,宽绰地向前延伸出几十米才能走到屋前,屋后是小土山,长满绚烂的野花和各种绿色植物。那时的我拎着小桶、铲子,给这些花花草草挖坑、浇水、培土,这是每天最快乐的时光,那份专注、那份上心……外公去对面吉大中文系上课了,快到中午时,我便坐着小板凳等在屋门口。高高的、瘦瘦的、戴着黑框眼镜的外公一出现,头顶扎着两条小辫子的我便飞也似的欢叫着跑上去,抱住他的腿,惯性常常让他停顿,甚至后退半步,他会抱起我,再放下,拉起我的手走进屋里,此时,外婆多半已经做好了玉米面发糕似的粑粑,那是三年困难时期一种融南北特色于一体的"主食"……经常是下午或傍晚,外公看书写作累了,便把我叫到身边,将铅笔塞进我的手里,再握住我的手一笔一画在纸上"画"出几个简单的字,有时是"人民",有时是我的小名,也时常讲故事、教背《红旗歌谣》。有时外公也会在星期天领着我去公园、看戏……

　　日积月累,耳濡目染,在外公外婆身边这几年,虽然我们生活在距离湖北黄梅两千公里之外的东北,但是,他们浓浓的乡音乡情,已经点点滴滴融进我的血液。到了几年后不得不被接回上小学时,我已经成了个地地道道只能听懂乡音,且操一口纯正黄梅腔的"女婆"(女孩儿)。好长时间里,无论谁跟我说什么,我几乎都"莫斯、莫斯、搞莫斯哟"地不明就里,都要通过母亲将他们的话,哪怕是"国语"级普通话,"翻译"成黄梅话,才能勉强明白大意。这种情况,一直延续到读了天津实验小学,开始系统学习汉语拼音才慢慢结束。

为纪念在外公外婆膝下成长的这几年，本人还有个乳名"天长"，即天津、长春之意。

眼见快6岁，到了上学的年纪，就要被家人从外公外婆身边接走了。记得起初对"离别"还懵懵懂懂，而且外婆还专门叮嘱，不能表现出不乐意的样子，怕母亲不高兴。可当真的被送上火车驶离而去，终于明白怎么回事时，撕心裂肺的痛楚顿时袭来，可一切都为时晚矣……

20世纪70年代，外婆到我们位于天津市和平区的家里待过一段时间。她名岳瑞仁，是黄梅岳家湾的，1921年与废名成婚，多年后陆续有了女儿冯止慈（我母亲），儿子冯思纯（我的舅舅）。外婆一生相夫教子，勤勉持家。她虔诚信佛，是个善良慈爱的妇人。

2002年，我遵母亲遗愿，将她"送回"黄梅，安守于其父母身边。这是我第一次踏上黄梅的土地。

但黄梅，早已在我的心里！

二、永远珍藏外公留给我的两件礼物

1967年，正值"文化大革命"时期，外公废名因病与世长辞。一段时间后，家人将外公生前亲自挑选，在身边保存了很久，嘱咐一定要带给我的唯一礼物——一支进口派克钢笔交给了我。这支笔，我至今并将永远珍藏，哪怕电脑早已取代了纸与笔！在我心里，只有这支笔，助力我著书为文，做优秀编辑，圆满完成人生各阶段历史使命，也带给我书写家乡黄梅的激情。

不久前，看到废名的侄子、文学大家冯健男1987年的回忆文章《我的叔父废名》，里面也有这样的情节——1932年，叔父废名赠送他一支美国造、Watermen牌子、深蓝翡翠笔杆的钢笔（与赠我那支十分相像），作为十岁生日礼物。冯健男后来就是用这支笔做了很多废名事业的传承之事并写下纪念文章，亦宝贵珍藏了一生。

外公留给我的另一件礼物，更让人感觉温暖亲切。那就是一张我与他老人家的合影。

还要回到在外公外婆身边生活的日子。大致在1961—1962年间，和他们待了一段时间后，两位老人决定带我去拍张照片作个纪念，也方便寄给当时远在津门的我的父母。于是，找了家住所附近有名的照相馆，与摄影师商议过后，外公废名将当时也就3岁左右的我放在一把椅子的扶手上坐好，由他抱着，定格了难忘的瞬间——大概是对当时的环境颇感陌生与不适，照片中的我，忐忑中没能绽放如花笑靥，似有点遗憾。可胖嘟嘟的，挺"原生态"。在这张"老照片"上，现在还能看到"长春时代照相"的历史印记。

后来，这张照片，我一直带在身边，高兴时，难过时，人生某些特别节点性的日子时，都会拿出来看看。成家后，它被摆放在最显眼位置。数码技术普及后，我立即翻印多张，以便长久保存。

所以，对于外公，我感觉最强烈的便是儿时几年培养起来的刻骨铭心的爱、依恋以及分别后的想念，以致后来每当人生痛苦时，常常后悔离开……即使现在也差不多活到当年和外公在一起时他的那个年纪了，这种思念情感依旧未曾改变。

三、品读县志　再识黄梅

想必是与外公血脉相通，蒙他老人家福荫庇佑，我从一个青涩女生成长起来。1977年高考恢复后，由天津一家国企性质的船舶修造工人岗位自学几年考入大学，接着又考入北京，就读中国社会科学院研究生院新闻传播专业。1987年获硕士学位后进入中央新闻媒体。因此，后来的岁月，在京参加工作以来，我不仅通过多种渠道了解黄梅、关注黄梅，还借清明扫墓之机，几次踏访、游走这里的山山水水。2018年9月，我和舅舅冯思纯、表弟冯作一道再次拜谒废名墓，并专程前往黄梅县城新南街参观刚刚落成的废名铜像。

2021年4月，我又一次启程前往黄梅，这次是要做一件更为重要而有意义的事情。那就是，在废名诞辰120周年前夕，为多年风雨剥蚀、路行不便的废名墓进行自费清理修缮（四位出资家属：冯思纯、冯作、文璐、文静）。

其实，多年来，每当我徜徉后山铺外公外婆的墓地，都要撒抔土，培棵松，磕几个头，喃喃说些话。我常想，假如外公晚年岁月少些动荡，假如上天让外公足够长寿，假如他能看到今天的我，老人家该多么高兴，他一定会再次抚摸着我的头：嗯，不错，努力了孩子……此刻我的内心总是感觉无比遗憾和痛楚：倘若在您身边待得更久些，倘若您一直健康快乐，有您这样慈爱长者的呵护、引领，我成长的道路肯定会多些滋养而少些无助！

开启修缮废名墓之旅后，我不仅到访了许多地方，感受了巨变的黄梅，还近距离接触到黄梅县委宣传部、苦竹乡、徐碾村、后山铺村等地多位领导和乡里乡亲，感受了他们的新时代风采与传承。这些新一代黄梅带头人，年富力强，有文化，有能力，肯干实干，"指点江山"，自信满满。却原来，黄梅的变迁关键是人的变化，黄梅的可爱是因那里永远勤劳智慧的人民！

在此行交往的亲朋好友中，黄梅县档案馆陈峰老师赠送了我一本厚重的《黄梅县志》（1986—2007年），回京后，专门翻阅，虽看得"粗放"，但也再次全面了解了黄梅县的前世今生。

对全国与世界而言，说起黄梅，很多人首先想到的是黄梅戏，尽管有关起源的争论迄今未曾平息，但黄梅戏毕竟已经和黄梅挑花、禅宗祖师传说、岳家拳一道被纳入国家级非物质文化遗产名录。确为可喜可贺！如今黄梅已被誉为全国的诗词之乡、楹联之乡、武术之乡、民间文化艺术之乡，四祖寺塔（桥）、五祖寺列为全国文物保护单位。科学家、作家、书法家、非物质文化遗产代表性项目代表性传承人不断增加。

通过2018年4月中共黄梅县委书记马艳舟、县长屈凯军为本县志所作之序还了解到，黄梅县历悠久，人文厚重。汉文帝十六年（公元前164年），置寻阳县，设县治于蔡山镇。隋开皇十八年（公元598年），"黄梅"首次成为县名。道信、弘忍、慧能将国学与佛教融合，创立禅宗。

而黄梅县修志则始于明代。嘉靖年间（1522—1566年）陈华编纂、曹麟手抄首部县志问世，已佚。隆庆年间（1567—1572年）、万历十一年（1583年），第二、三部县志问世，今无存。清顺治十七年（1660年），现存首部县志问世，乾隆二十一年（1756年）、乾隆五十四年（1789年）及光绪二年（1876年）时任知县先后组织修志，乾隆二十一年县志今也无存。新中国成立后，首部社会主义新县志上下卷，分别于1985年12月、1999年12月面世。

本届县志断限为1986—2007年。这22年间，黄梅由传统农业大县逐步形成一二三产业三分天下的经济格局；普及九年义务制教育、取消农业税、推行惠及千家万户的社会保障制度等政策，居民生活逐渐步入小康；九江长江大桥、黄梅大戏院等一批标志性工程相继竣工，城乡焕发新貌。

如今，距离本次县志完成又是14年过去，黄梅也乘着国家高速发展的列车，迈进了新时代。经济文化、社会生态各方面又有了新飞跃。

废名墓地所在的苦竹乡，也有着"苦竹不苦"的佳话。虽因境内著名山口苦竹口得名，但这里自然资源独特丰厚，天然矿泉水沁人心脾，紫云山茶香远溢清，野菜营养丰富，林果基地遍布乡间，历史文化遗迹点点。药材、楠竹、银杏、古树名木……山林俊秀，冬暖夏凉。一派大别山乡村特色好风光。

《苦竹》还是唐朝大诗人杜甫的代表作品之一——

青冥亦自守，软弱强扶持。
味苦夏虫避，丛卑春鸟疑。
轩墀曾不重，剪伐欲无辞。
幸近幽人屋，霜根结在兹。

四、历久弥新，废名作品里永远鲜活的灵秀黄梅前程更美好

我感觉，无论时代如何变化发展，废名作品里记录、描摹的那个秀水清山、禅音袅袅、民风淳朴的黄梅已经镌刻在许多读者的脑海里，也一直是我心里一片纯净美好的存在。抑或说，我们心里的黄梅就是那个样子。无关岁月年轮、世事沧桑、变与不变……

比如，他笔下我外婆家所在的岳家湾景致——外婆家的村庄，后面被一条小河抱住，河东约半里，横着起伏不定的山坡。清明时节，满山杜鹃，从河坝上望去，疑心是唱神戏的台篷——青松上扎着鲜红的彩纸。

……

抱村的小河，下流通到县境内仅有的湖泽；湖滨的居民，逢着冬季水浅的时候，把长在湖底的水草，用竹篙子卷起，堆在陆地上面，等待次年三四月间，用木筏运载上来，卖给上乡人做肥料。

冯家宅院景致——我家的前门当街,后门对着在城镇里少有的宽阔的空地,空地当中,仅有同我家共壁的两间瓦屋,一间姓石,那一间姓李。两家大门互相对着,于大空地中更筑成一块小空地,为我家从后门出进的路。

水磨冲景致——水磨冲这地方真算得桃花源,并不是说它的风景,在乱世是没有人想到风景的了,是说它的安全性,它与外面隔绝,四边是山,它坐落在山之底,五祖山作了它的一面峭壁,与五祖寺距离虽近,路险而僻,人知有五祖寺而不知有水磨冲了。

五祖寺景致——莫须有先生很小很小的时候不知道五祖,但知道五祖寺,家在县城,天气晴朗,站在城上玩,望见五祖寺的房子,仿佛看画一样,远远的山上有房子了,可望而不可即。

……

上到讲经台……调转身来……把下面的风景望它一望……五祖寺的庙这时都在他的足下很低很低,房子也很小很小,竹林也像画上的竹林了,只有神采,没有血肉。五祖寺的最高峰叫白莲峰,关于那上面有好些传说,说那上面有水,说那水上从前有花……

黄昏时五祖寺花桥的鼓吹与歌唱也可以写一页的……就在五祖寺山门外花桥前草坡上唱歌弹琴打鼓,同时花桥下水流淙淙,青草与黄昏与照黄昏之月,人在图画中,声音也不在山水外了。[1]

家乡的山水风俗,还有很多很多出现在废名笔下——农家稻场、县城护城河、乱石塔、万寿宫、家家坟、八仗亭等景致,祭祖写包袱单、"送牛"、"送路灯"、看鬼火、过桥、放猖等风俗……所见所闻,真实生动。一幅幅20世纪二三十年代鄂东原生态田园风光、民生画

---

[1] 黄梅县政协教文卫文史资料委员会:《废名先生》,黄梅文史资料,第11辑。以下几段黄梅当年景致均引自此书。

卷，时间愈久，愈为黄梅增添神秘感，撩动着今人向往。

不仅情系家乡山水，外公还与那里的穷苦人心相连。父老乡亲、兄弟姐妹、叔伯侄孙，感觉他的情感是从笔端、从讲台、从教义、从教诲、从惦念、从叮咛，甚至从严厉中流淌、溢出……即使成为大学者暂时离开黄梅的日子，废名也仍然心系家乡，时有资助亲朋好友、邻里乡亲。而乡亲们也始终没有忘记他们的"冯二先生"。前不久在黄梅时，听多人提及、讲述这样感人的一幕，有位老人家（不知是否是那位令人尊敬的族人），看到有人在废名墓动土，便蹒跚着上前问询、阻止，说是这里可不能随便动，除非冯书记（指徐碾村冯劲松书记）说话才行……

当然，废名绘就的，走进大家心里的黄梅，如今已蜕变成更加令人引以为傲的黄梅——打卡景点、网红美食、休闲农业重点园区、国家地理标志产品、民间文化艺术创新……旧貌新颜，不胜枚举。就在着手撰写此文的几天，有刷屏之效、被众人争相转发的正是"黄梅双高铁时代就要来了"的振奋消息。多家媒体报道，2021年9月1日上午，黄黄高铁正线轨道铺设全部完成，全线贯通。黄梅等黄冈所属五个县市区，到武汉仅需半个小时的日子已经指日可待！9月9日，又现"喜大普奔"——安九高铁全线开通进入倒计时！通车后，黄梅将接入国家四通八达的高铁路网体系，由此跨入黄冈、九江"半小时经济圈"，武汉、合肥、南昌"一小时经济圈"，北京、上海、广州"五小时经济圈"。三省交界、七省通衢交通枢纽，县域经济加速发展的崭新黄梅未来更加可期！

悉闻这样的喜讯，怎不令人感慨。记忆中，20世纪70年代那次外婆来津小住，从黄梅出发，水路、旱路、船舶、火车，折腾差不多一个星期才到达，人困"马"乏，竹篓里的水果不少已经腐烂！

更不要说废名记述"我如何上北大"时的20世纪20年代：北上一趟，家乡的马夫、九江的轮渡、武汉的时速仅七八十公里的蒸汽火车……

秀美又与时俱进的家乡，我想，假如外公九泉有知，他又该多么高兴、欣慰！而他熟悉的北京、北大、墨瓦琉璃，特别是一辈子心心念念着他的外孙女，亦是多么热切地期盼、思念着他老人家啊！

这篇征文完成于2021年10月，到了2022年1月4日，新的一年开端，就收到从黄梅传来的好消息，在"东山杯"第二届黄梅文艺奖全国征文比赛的获奖名单中，我看到了自己的名字。这是首次获得新闻传播领域以外的、全国性文学类的奖项，说明人生的半径在扩大，外延在伸展。后来，此文刊发于2022年第四期《黄梅文艺》，《黄梅文学》也向我进行了类似主题的约稿。至少说明，个人兴趣的触角更广泛了。值此记上一笔，以为纪念。

2022年1月10日

有感于专家学者对废名全面深入的研究

近些年来，废名研究有了极大进展，如前所述，众多专家学者功不可没。个人熟悉的如：吴晓东、陈建军、梅杰、张吉兵等等。除了网上听了吴教授的讲座，陈建军老师的书与文章也早已是案头摆放之必备。其实很早就关注到这位研究者，只是此前觉得个人与这样的大学问家距离还比较遥远。通过学术会议平台见面认识后，才感觉渐渐近了起来。陈建军老师在2021年学术会议后接受记者采访时谈到他20年来的废名研究，说他之所以研究废名，是因为感觉到废名在中国文学史上是一个独特的存在。他能够超越一般作家，也能够实现自我超越。他还说，废名是个文体家，如果将废名的三部长篇小说各打一个比方，那么，《桥》是"绮丽的云"，《莫须有先生传》是"呼啸的风"，《莫须有先生坐飞机以后》是"漫漶的水"。这三部长篇小说风格迥异，可见废名不是自我重复或自我复制，而是富有创造精神的。[1]

在我看来，陈建军老师2003年12月出版的《废名年谱》权威、全面、准确，是了解废名人与文的启蒙性读本，难怪成为许多后来者的工具性书籍。2021年12月黄冈废名研讨会上，陈老师又将亲笔签名的新著《说不尽的废名》赠送予我们。这本书收录了他近年在《新文学史料》《鲁迅研究月刊》《长江学术》等刊物上发表的26篇废名研究文章。"既有对废名生平事迹的钩沉、佚文佚简的发掘、作品版本的梳理、学术研究的研究，也有对具体史实的考辨、商讨或争鸣，还有对废名文集编纂问题的看法，对废名研究著作的介绍与评议，等等。"陈老师在本书自序中还谈道："从某种意义上讲，在未来相当长一段时间内，废名及其作品是一个说不尽或难以说尽或不可能说尽的话题，会一直处于未完成时态中。尽管如此，为了逼近废名、抵达其'真'，还是不得不'说'的。这也是本书名为'说不尽的废名'的真实意图之所在。"

翻阅此书，仅将觉得最有趣、最能留下记忆的一段选摘于此，

---

[1] 见2021年12月15日界面新闻对陈建军专访：废名研究从沉寂到热闹，也是文学价值标准从政治性走向审美性的过程。

以飨本书读者。

这是原载于 2009 年第 11 期《名作欣赏》的《废名的童年记忆》——

废名曾在《莫须有先生传》中借传主莫须有先生之口说过,"大凡伟大的小说照例又都是作者的自传"。废名的小说创作,除少数者外,包括《桥》《莫须有先生传》《莫须有先生坐飞机以后》等长篇小说在内的绝大多数作品都带有鲜明的自传色彩。其中,不少作品又是直接取材于其童年经验或以其童年生活经历为蓝本而创作的。

……

通读废名的著述后,我们不难看出,在他的童年记忆里,至少有以下几个方面的人事对他来说是刻骨铭心、挥之不去的。

一是阿妹之死。

废名有兄弟姐妹 6 人,在兄弟 4 人中本来排行第三,因为大哥出生不久就死了,所以后来抗日战争期间他在黄梅初级中学教书时,学生都叫他二先生或者冯二先生。而他在不少文章或作品中所说的大哥,实际上是指他的二哥冯力生。他的姐姐最大,妹妹最小。妹妹叫阿莲,生于 1912 年 6 月 30 日。废名是 1901 年出生的,比他妹妹大 11 岁。妹妹天真、活泼、驯良、懂事,但命运对她实在是太不公平了。出生不久,她就差点被送给别人家做童养媳;从周岁的时候起就患有严重的耳漏,外耳道经常流出带有很重气味的液体,恶臭难闻；后来又不幸得了痨病（肺结核），因为不受父亲重视而没有能够得到及时医治，死时年仅7岁。妹妹的早夭使废名第一次尝到了失去亲人的痛苦，给他的精神创伤是巨大而严重的。在相当长的一段时期内，埋在高高山顶上的阿妹好比是压在他心头上的一座"坟"。1923年12月18日，废名在远离故乡的北平，以阿莲为原型创作了一篇短篇小说，题目就叫《阿妹》，在收入短篇小说集《竹林的故事》之前，没有单独发表。这篇小说一开始就写道："阿妹的死，到现在已经是四年前的事了，今天忽然又浮上心头，排遣不开。"在小说中，废名说，"阿妹的死，总结一句，又是为了我的原故了。"因为那个时候，废名也生病了，父亲大概有重男轻女的传统观念，把主要精力花在为废名请医生看病上，不怎么管妹妹阿莲。阿莲死后第49天（"断七"的那天），父亲还在阿莲的坟前说"阿莲啊，保佑你的焱哥病好"。废名的字里行间，流露出一种懊悔、歉疚、自责之意。《阿妹》虽然是一篇小说，但可以说是一篇祭妹文，一篇悼念阿妹、寄托哀思哀痛的感人肺腑的至情之作。

二是病痛折磨。

在《阿妹》这篇作品里，废名除了写到妹妹的病情之外，还说他自己（"我"）"六岁的时候，一病几乎不起"，"五年的中学光阴，三年半是病，最后的夏秋两季，完全住在家里"。在同一年（1923年）所写的短篇小说《病人》中，废名比较详细地描写了自己的病状："没有谁的病比我更久，没有谁尝病的味比我更深……"

废名得的是什么病呢？他得的是瘰疬症，也就是淋巴腺结核病。严重的病患，对废名的外貌和心灵都造成了很大的伤害。

接下来，陈教授在文中列举了1938年11月周作人在《怀废名》

一文,以及卞之琳对废名形象的描述,体现了病痛留下的痕迹,比如"面目清癯""声音苍哑"等等。

三是私塾教育。

黄梅县城大南门内有一座都天庙,废名在那里断断续续上过近四年的私塾,时间虽然不长,但他的感受和记忆也是非常深刻的。几十年以后,废名"每每想起他小时候读书的那个学塾",多次称之为"黑暗的监狱",简直是"一座地狱","名副其实的地狱";还说他小时候受的教育等于"有期徒刑","乌烟瘴气,把一颗种子盖住了"……

在他看来,"旧时代的教育是虐政","教育本身是罪行",而儿童教育是"残害小孩子的教育",是"黑暗的极端的例子"。他说:"别的事很难激怒我,谈到中国的中小学教育(旧时),每每激怒我了。"他发誓将来要写一篇小说,描写乡村蒙学的黑暗。但是自由的种子终究是盖不住的。教育虽然曾加害于他,而他自己反能得到心灵的自由,从"四书"的阅读中获得一定的乐趣和喜悦,在"坐井观天"的黑暗世界里自找一点阳光。

简要摘录陈建军教授《说不尽的废名》一书里《废名的童年记忆》的一些片段,是因为感觉这些文字对于我和更多希望了解废名的人,是有阅读意义的。

2020年7月25日,从网络上再次看到废名研究专家、黄梅籍作家、学者梅杰(眉睫)的研究文章,感觉也比较深入、专业,对大家了解废名的人与文亦有所助益。因此,我认真研读了刊发在2019年12月27日《文学报》上的《文学史上的"偏将""僻才"》,故纸堆中的他竟有令汪曾祺念念难忘的影响力》这篇文章。

《文学报》在引言中说，鄂东奇人废名，在中国文学史上的地位沉浮较大，这与他的独特文风和个人脾性都不无关系。卞之琳说废名是"偏将""僻才"，俞平伯在致胡适信中说："废名畸形独往，斯世所罕。"于是废名其人其文在一般读者看来是陷入神秘不可解一路。废名究竟是个什么样的作家？接下来，便请梅杰做了他的解读。

在《等待被重新"发现"的废名》一文中，我感觉，作者梅杰比较深入地研究了废名其人其文，触角比较广泛，在对比解析中也提出了个人的一些思考和见解，提供了认识了解废名的多种视角和路径。

作者在用大量篇幅剖析了废名创作风格的形成，以及一些经典名篇后谈到，近十年来，研究废名诗论的专家越来越多，大有形成"废名诗学"之势。其实，废名也是一名佛学研究专家、杜甫研究专家和新民歌研究专家。这些都是被严重忽视掉了的。目前真正涉足作为学者的废名研究，国内尚无几人，可能武汉大学的陈建军教授用力最深。笔者深信，随着时间的推移，会有越来越多的专家走进废名研究领域的。

另外，我还在新购买的《废名谈读书》封底看到了汪曾祺、叶公超、李健吾等文学大家对废名的评论，细细品味，觉得很有"一语中的"之感。比如，汪曾祺言："他用儿童一样明亮而敏感的眼睛观察周围世界，用儿童一样简单而准确的笔墨来记录。他的小说是天真的，具有天真之美。"叶公超言："废名，他的人物，往往是他观察过社会、人生之后，以自己对人生、对文化的感受，综合塑造出了的；是他个人意向中的人物，对他而言，比我们一般人眼中的人更为真实。"李健吾言："在现存中国作家里面……有的是比他通俗的，伟大的，生动的，新颖而且时髦的，然而很少一位像他更是他自己的。凡是他写出来的，全是他自己的。他真正在创造……"

我认为，专家学者的这些研究和实质性评论，对大家认识、理解废名的人与文，起到了极大的引领作用。个人亦因此获益良多。

2021年6月10日

吴晓东教授的线上讲座把废名作品讲"活"了

在参加黄冈师范学院纪念废名120周年学术研讨会提交的论文中，提到了一些听学北大中文系吴晓东教授讲座的感悟。那毕竟是专家学者们写作论文时，不得不进行的比较系统性的理性思考。以下是当时听学网络讲座的记录，感觉亦有一定资料性和纪念意义。

2021年11月13日，几个相关微信群都转发了由宁波图书馆微信公众号线上直播的，北京大学中文系吴晓东教授"废名及其诗话小说"讲座。它属"废名诞辰120周年专题讲座"中的一节。

讲座的标题就很"诗化"——《传统并没有离我们远去，就在废名的诗性想象中》。从讲座前后各方面反馈看，效果非常好，极为成功。我关注了一下，大约有2.64万人同时在线收听收看。大家感觉受益于吴教授的讲座，主要在于既有研究的深度、厚度，又以广博的知识和人生阅历，赋予讲座风趣幽默、通俗易懂的感染力。像是述说邻家大哥的故事般娓娓道来，风格朴实平和，毫无拉开架势、高深莫测之感。厚积薄发，了然于胸，或许才会达到如此通俗易懂、自然流畅之效吧！

那么，这位主讲又是个怎样的人呢？从简介中得知，主讲人吴晓东教授1984年至1994年于北京大学中文系读书，获博士学位。现为北大中文系教授，北大人文特聘教授，北大中文系"现代思想与文学"研究平台主任。著有《象征主义与中国现代文学》《从卡夫卡到昆德拉——20世纪的小说与小说家》《废名·桥》《20世纪的诗心》等专著和论集15种。

可见，吴教授是位著作等身、颇有成就的学者。《废名·桥》出版于2011年，内容包括心象小说，意念化，象喻的语言，背着"语言的筏子"，"破天荒"的作品，诗性是如何生成的，等等。

这场成功的讲座正是以《桥》为实例而进行深度剖析的，包括"废名其人""废名的乡土世界""只能重读的《桥》""用绝句的方式写小说""比喻的语言""对生活的诗性关照态度"六个部分。

当我与冯作交流讲座感受时，他说，他父亲冯思纯也认为，研究废名者中，吴晓东的研究确实深入、到位、有见地，表述得也好！

2021年12月1日

冯家子弟圈子里的"废名语录"

2017年建立起来的"废名文学研究"微信群，囊括了冯家子弟、废名研究专家、废名爱好者、废名家乡人、相关著作出版者、一些高校师生等等。其中的冯家子弟，都是沾亲带故，有些亲戚关系的。

比如，外公冯文炳（废名）的哥哥、弟弟的子孙们，我和冯作、文静也在其中。我们都被当今飞速发展的新技术编织起来的社交媒体"圈"在了同一个"群"里。微信群成员算起来总共也有近三十人。

群主叫冯变。我有一次称他为这个群的"最佳奉献者"。原因是他时常发些既文学又哲理还具新闻性、能引发思考的文章链接，让大家耳目一新。他时而喝酒、大笑，时而旅行、赋诗，潇洒乐活的样子，是废名哥哥冯文清的孙辈，其父冯康男。

2020年6月起，群里出现了每日一篇的"废名语录"。作者是冯荣光——废名哥哥冯文清的长子冯健男之子，冯健男即前文所述废名赠送钢笔的那位。"百度文库"刘中树《冯健男的废名研究》一文对其介绍是：冯健男先生是我国当代著名文学评论家、文学史家、教育家。他是我国著名学者、新文学作家，废名（冯文炳）先生的亲侄，与废名亲情有加。自少年、青年到中年都得到废名的关爱和教诲，对废名笔下的黄梅家乡的社会经济状态、文化风俗、风土人情、山川文物都有很深的了解。

冯健男的儿子冯荣光在河北大学工作。多年前，他曾护送我舅舅（废名之子冯思纯）从黄梅到北京，在我家小住过两三日。其浑厚、似从嗓子眼深处发出的"嘿嘿"的笑声极具感染力，令人印象深刻。

冯荣光所做的"废名语录"并未刻意雕琢，一个观点、一个情节，抑或一段描述、一段感慨，百十来字，短小精悍，文末加上选发者的"点睛"——必要的背景介绍、意义阐发，三言两语，切中要害。这样一来，外公废名有些原本佶屈聱牙、晦涩难懂的大部头及生僻文字，得以碎片化、大众化再传播，降低了学习了解难度，提升了趣味，激发了人们的阅读兴趣。初见这一段段文字，颇觉新奇，几次点赞。

2020年7月某日禁不住发信息给我这位老弟,请教他这每日一语录是怎样制作出来的。他回复说:"是以《废名集》电子版为基础,选择、复制、粘贴加注解而来。"我感觉,这无疑是极有意义的再创作,我想,能很长一段时间做这件事情,文学的功力、坚持的毅力、传承的热情、可贵的责任感,缺一不可!我又发信大赞了这种创意,冯荣光高兴地回复说"谢谢姐姐鼓励,我当继续努力"。

不空喊,不幻想,积极作为,踏踏实实做事,通过点点滴滴努力,光耀文学大家、祖上名人业绩,无疑是光宗耀祖的行为,是家族的幸事。值得记录下来,书写一笔!

在此,摘录几段冯荣光先生制作的"废名语录"及其"点睛",从另一个角度重温老人家的音容笑貌,展示废名早期文学活动及风格特色——

(一)

我们开张这个刊物,倒也没有什么新的旗鼓可以整得起来,反正一晌都是于有闲之暇,多少做点事,现在有这一张纸,七天一回,更不容偷懒罢了。

不谈国事,既然立志做"秀才",谈干什么呢?不为无益之事。凡属不是自己"正经"的工作,而是惹出来的,自己白费气力且不错,(其实岂肯不错呢?)恐怕于人也实在是多事,很抱歉的,这便认为无益之事,想不做。

专门的学问这里没有,因为我们都不专,但社外的关乎学术的来稿,本刊也愿为登载。

文艺方面,思想方面,或而至于讲闲话,玩古董,都是料不到的,笑骂由你笑骂，好文章我自为之，不好亦知其丑，如斯而已，如斯而已。

"乐莫乐兮新相知"，海内外同志，其给我们这个乐乎，盍兴乎来。

谨此祝福。

冯荣光对以上文字的"点睛"、评述——

这篇载于1930年5月12日《骆驼草》第1期的《发刊词》，在废名文学生涯中有"地标"性意义，学界有此共识。《骆驼草》周刊于1930年5月在北平创刊；至1930年11月止，共出版26期，在中国文学史上产生过一定影响。1930年5月12日，一份印得十分精致的小型周刊被送到读者面前——这就是周作人主持下的《骆驼草》。该刊由周作人主持，实际上负责编辑和校对的是废名和冯至。《骆驼草》的定名出自废名，其含义是"骆驼在沙漠上行走，任重道远，有些人的工作也像骆驼那样辛苦，我们力量薄弱，不能当骆驼，只能充当沙漠地区生长的骆驼草，给过路的骆驼提供一点饲料"。周作人等人以"骆驼草"自居，实际上是在提倡一种"雍容""坚韧"的文化精神。他们试图重新审视因"五四"狂飙对传统的割裂而造成的文化断层和文人心态的浮躁迷惘和混乱，并纠正五四新文化运动的功利性痼疾，在"左"与"右"之间寻找一条新的发展道路。《骆驼草》出版了26期，刊载的作品主要以周作人、俞平伯、徐祖正、梁遇春等人的散文和废名的小说为主，还间杂着冯至等人的诗歌和文学论文，以创作为主，也涉及外国文学的翻译，是一份典型的学院派精英刊物。

（二）

我也想来讲讲闲话，但"人格"担保，将来并不借此出一本书，或者留芳，或者遗臭，甚而书未成而名已传，与世界上的大文豪写在一块儿，那么，"人而无耻，胡不遄死！"这是我的一位老乡当我的面骂人的话，他的身体不好，而又不安寂寞，我劝他"你就把你的心地随便写下一点来也是好的"，他就把这两句话答复了我，他是拿著述当名山事业的，宁可一字没有，不同世上的人一样不要脸，连我也在内。既然也骂了我，然而我并没有生气，我虽然不能完全同意，对于这个意思总是尊敬的，而且看得他老人家弄得一身是病，我实有点儿悲哀，别无话说了。

然而我恐怕连闲话也讲不好，因为我是爱偷闲的，有个空儿便跑到公园去看看风景，或者十字街头看打架。我又是惜光阴的，那么你干什么呢？是不是躲在象牙之塔里面呢？你不要同我开玩笑，暂时严守秘密，不便宣传。

冯荣光"点睛"：面向社会人生，想说说"闲话"，但首先是说真话！这是废名文章的第一个要点。

2020 年 7 月 16 日

《废名谈读书》读后

2020年7月,通过微信群"废名文学研究"里梅杰老师的介绍,我购买了外公所著的《废名谈读书》。感觉编者这书名起得不错,通俗,有吸引力。空时浏览,又对外公的治学、为文、风格有了进一步的认识。自然这个认识仍是粗浅的,初步的。文学与新闻虽然"近亲",但毕竟是两个行当、两个专业。从这一点看,我等的学习恐怕将一直是感性的、表象的、赏析性的,是从外公晚辈、亲属角度的认识、了解、理解,而绝非研究性的、学术性的。对此,我是随时保持清醒认识的。

儿时是对外公的爱戴、依恋,主要是亲情。大了,直至退休有了较充裕的时间,才沉下心来认真看些废名的著述,结合专家学者的见解,一点点学习、理解。

此处仅为《废名谈读书》的几点"读后感"。

一、作者博览群书,旁征博引;这从字里行间随处可见。

二、观察细腻,思维独特。

独特的眼睛才能发现独特的美。慧眼独具,说的就是此意吧!

比如:书中收录的废名1936年著《蝇》一文,通过点评周美成的一首词,称道周美成拿苍蝇来比女子,并把蝇子写得有个性,很美好。因此得出自己的结论"看来文学里没有可回避的字句,只看你会不会写,看你的人品是高还是下","若敢于将女子与苍蝇同日而语之,天下物事盖无有不可以入诗者矣"。

周美成的这首词《醉桃源》是这样的:

冬衣初染远山青，双丝云雁绫，夜寒袖湿欲成冰，都缘珠泪零。情黯黯，闷腾腾，身如秋后蝇，若教随马逐郎行，不辞多少程。

"情黯黯，闷腾腾，身如秋后蝇，若教随马逐郎行，不辞多少程。"将闺中女儿的寂寞，对美好爱情的向往，写得惟妙惟肖，见解独到。废名点出分析并娓娓道来，帮助读者品味了其中的精妙。

三、对诗圣杜甫深入细致的研究。

《废名谈读书》收录废名长篇著述《杜甫论》《杜甫的诗》，对杜甫走过的生活道路，各个时期不同作品的风格特色、思想特点、性格特点，作了全面系统透彻的阐释分析。

据张吉兵《废名的杜甫研究论述》介绍，20世纪五六十年代废名在吉林大学任教，主要开设的就是杜甫研究方面的课程。他从现实主义、爱国主义、人民性三个方面阐发杜甫的诗，他的阐发具有双重视角的特征，即时代的共性视角与融合着个人经历体验的个性特征。

粗略阅读，印象较深的是感觉废名揭示了诗人杜甫的人生与其他同时代仕途求官者不同的道路。对此有多篇细致的剖析，认为杜甫对民间生活的深入，对社会、对百姓疾苦的感同身受，是从对自己思想矛盾和社会阶级矛盾的记录与感悟中反映出来的，同时也揭示了杜甫诗的美和诗人的真性情。

比如，废名认为："《兵车行》《丽人行》都是杜诗人'骑驴三十载，旅食精华春的收获，"，"士大夫如果不参加到老百姓的一般生活当中去，对于这样的好诗只能是望尘莫及"。这对文学（诗歌）必须深入生活做了很好的诠释。

"多少良辰美景逗起了诗人的思想矛盾，这个矛盾就是他解决不了的现实生活的矛盾。"杜甫歌颂人民的诗,都是在路上写的,在生活当中培养了他同人民站在一边的感情(历经安史之乱的长安,后又游走两年)。

再比如,废名认为,杜甫的性格特点:一是激烈;二是乐观;三是寄情于景(虽有大量山川草木诗,但根本没有"卜居"要求,也非"一生好作名山游");四是"语不惊人死不休"的癖性。

两篇长篇论著通过对杜甫大量诗作和诗人的一生活动轨迹的分析得出结论,是废名这一时期耗费大量心血的讲稿。

2020 年 12 月 30 日

为修整废名墓千里赴黄梅

外公废名的墓碑,位于湖北省黄梅县苦竹乡后山铺,1994 年初建。后来一直便没有再行修整,迄今已经快 30 年了。长期风雨剥蚀,碑体已经字迹模糊,周边更是荒芜、杂乱。而且墓地所处偏远,交通不便,既不好寻找,亦不方便前往。适逢 2021 年 11 月为废名诞辰 120 周年的日子,所以我舅舅、表弟,也就是废名的儿子、孙子,还有作为外孙女的我,以及妹妹文静(Jean),商议决定尽快自费进行简单的修整,使废名墓起码能够看得过去,像个样子,能让慕名前往祭拜的人们找得着,站得住。

他们,一个是重病号,一个长年照顾重病号,一个长期居住国外,所以重任落到了我的头上。考虑到作为著名中国现代文学家、作家,废名能在当地安息,被家乡的青山绿水庇佑,是福分,也是荣光。虽说为自费修整墓地,但至少应该拜会属地领导,打个招呼,告知想法,征得同意与支持。不仅因为废名是当地名人,也是我们必要的礼节与义务。于是就有了我"人间四月天"这美好季节的黄梅行。

2021年4月16日一大早,我和同行的两人(废名研究专家、修缮的积极倡议推动者梅杰,废名的哥哥冯文清之孙、冯康南儿子冯雯)一起来到黄梅县委宣传部门。我们谈了想法,递上文字材料,坦承现在的废名家属方面,一是不在当地,二是大多年老体弱,力不能及,恳请县里乡里给本次修缮予以必要的帮助,我们自家承担相关所有费用。现实情况得到了他们的理解。

相关负责同志非常重视,当即决定先拉上我们到墓地实地考察,看看这一直以来较为沉寂的墓地到底是什么情况。近前一看果不其然,几十年并肩而立的废名墓(与夫人合葬)及其父母墓几乎掩盖在一片荒芜寂寥之中,碑体字迹模糊,周遭杂草丛生,落叶满地,显得混乱清冷,来人基本无处下脚。这些墓碑显然缺乏必要的照护,与周边那些精心制作、细致维护的墓碑相比差距较大,我深感惭愧。

因此,同去的县乡村三级领导,都谈了大体的规划和想法,以及修整后应该呈现出的样子。其实我们提出的修整思路也十分简单,就是以原墓碑为基础,在其脚下清理出一块地方,围起来,方便祭拜,看上去像个样子即可。所以大家都觉得要做的"工程"量不大也不复杂。2021年4月28日,县委宣传部主要领导再次带领乡村有关人员来到墓地现场考察,并将具体任务进行了安排。当时本人已经返回北京,县委宣传部一位副部长现场通过微信发来相关图片,还告知,因为县里没有相关方面的专业人才,所以应设法联系最好是大地方的专业规划设计人员。

接下来，就是一步步实操！再简单的事情，不行动，也还是不能改变面貌！自此，我便开始了主要以远程遥控方式进行的参与、检视，一步步督促落实，一个个细节、一篇篇文档地操心、完成，中间还顶着疫情专赴现场解决碰到的难题，和大家一道奋力推进！

2021 年 5 月 14 日

修墓一路人和事

首先有感悟的是我最先接触到的，黄梅县委宣传部门一位依然年轻的领导。

他长期和新闻媒体打交道，专业、综合能力强；接待记者，也直接"作"记者、写稿件，是多家媒体的"特约"或"签约"。他说最"辉煌"时曾经一年被各媒体采用自写稿件 200 多篇，合写得过两篇中国新闻奖三等奖、一篇省级二等奖。他坦承曾经非常热爱这份工作，一直将"带着感情做，做出感情来"作为"座右铭"。但汹涌的互联网浪潮，"颠覆"了太多的过往，包括人们的思维方式、工作方式、生活方式、思想观念等等。所以，今天的舆论生态、传播环境、传播方法已经发生了"翻天覆地"的变化。

网络信息如汪洋大海，人人做传播、无处不"平台"背景下的基层干部、基层宣传工作者，也面临着全新的生态与挑战。舆情应对、对外传播、助力地区发展……各种要求、需求更高，更多，有时考验来得猝不及防！尤其像这样年富力强、有一定能力和专业素养的干部，常常处于四面八方压力的中心。在这种情况下，常年的操劳、苦累积聚，也侵蚀了这位年轻领导的健康。他去年就经历了极为危险的"心梗"历程，被身边小兄弟及时送医，辗转治疗，总算勉强"过关"。此后，不得不严格"把控"工作强度，尽量减少"应酬"、劳累和熬夜。

联想近日读到的一部网红书籍，通过作者的口述实录，我更加体会到农村基层干部的艰辛、不易。

在一种特有的、有时还显得比较残酷的政治生态、社会生态、自然生态裹挟下，要干好工作，促一方发展、保一方平安；还要在明枪暗箭里左右"腾挪"、力争全身而退，该需要多么高超的生存智慧和技能！陈行甲的《人生笔记：在峡江的转弯处》袒露的是，一位多年基层打拼，后是清华硕士、留美经历者，在人生的某一阶段，又于极度贫困、复杂之县的县委书记岗位倾力奋斗五年，而后辞去公职，翩然离开官场投身公益的传奇人生。其所表现的真情实感及历经淬炼而来的境界升华与人生格局很是撼人心魄，难怪该书异常火爆畅销。

难得有机会近距离接触农村基层干部，一路所见所闻，加深了我对这一个群体的认识与理解，加深了对中国国情的感同身受，这恐怕是此次修墓的意外收获！

2021年4月20日—6月2日

2022年清明，终于给外公办了个像样的仪式

一年一度，又到了追思的日子。原本早已计划好准时前往扫墓，但"多点暴发"的疫情以及由此带来行程上的各种不便，让计划不得不让位于"变化"。不得不说，这种越来越频繁的"不确定"，令人极为无奈！因此，在刚刚过去的这个清明节——4月5日，在修葺一新的废名墓前，我和冯作委托负责修缮施工的石克帮忙办了个仪式。

之所以请他帮助，不仅因为他一砖一瓦建好了墓园，还能时不时去"转转"，更为重要且印象更为深刻的是，刚刚过去的春节，大年三十，正是万家灯火，家家户户准备过年的当口，他还想着"老爷爷"，下午花了两个多小时，前前后后，里里外外，将崭新的墓园打扫得干干净净。随后，他打来电话又发来视频："快过年了，看望下爷爷，让老人家过个好年！"在这个人人都准备着过年的特别时刻，他还惦记着"爷爷"，说实在的，冯作和我都颇为感动，情义无价！真心感谢如此淳朴善良的乡亲！

因此，虽然本人没能像预先计划的那样如期前来扫墓，舅舅冯思纯他们也因身体原因没能实现"现场祭拜"的迫切心愿，可毕竟大家的心意还是得到了表达。

热情的年轻人像大多数黄梅农村家庭一样，替我们购置了新鲜菊花、栀子花，其他绿植以及香纸、鞭炮等，还请有点岁数的老乡帮着锄去了里面的杂草。小墓园顿时有了生气，显得郁郁葱葱、热热闹闹。

通过视频，看着凝聚多人心血而今葱茏清新的墓园，当初修缮

施工的点点滴滴不禁浮现眼前。

放眼望去，墓园围栏、踏步、翠竹等的设计安排，似有一种意象蕴含其中，那是因为呼应了废名有《桥》与《竹林的故事》等传世名篇……

记得工程进行到一半时，对于如何继续规划实施，似乎产生了一些困惑，距离遥远，各方沟通也不够顺畅。尽管当时炎炎盛夏，疫情正紧，我当即启程从北京前往黄梅施工现场，并请来徐碾村的冯劲松书记及施工总负责人，几人一起"现场办公"。作为管理一个行政村的村书记，劲松其实日常工作非常繁杂、忙碌，尽管如此，他还是极其热心、负责地承担起县里有关领导托付的墓园工程总"监管"的责任，每个节点、细节他都亲自过问、参与或决策，付出大量心血。这位冯书记看上去言语不多，沉稳干练，行事果敢利落，每日风风火火，时常开辆"小货"奔忙于大街小巷，一看就是位年富力强的新农村干部。一问，原来还是位70后的"爷爷"。七几年出生，外孙女已快到上小学的年纪，已有了美满、成功的家庭与事业，如此"牛人"，也是叹了！

在现场颇为高效的思维"碰撞"中，大家首先对几个关键部分重新做了定位，并通过了具体实在、可操作性强的实施计划；在装饰风格方面，冯变首先提出"桥"与"竹"的创意，我和冯书记顿觉很棒，并进行了具体完善和落实。虽然竣工后大家感觉这个立意的实际表达还可再充分些，但毕竟隐含了这样的思路，能否领会，也看个人的"缘分"啦！

墓碑周边原有的茂密树种，是家居黄梅的表兄冯冠军夫妇耗费多年心血精心栽培而成，园区修缮施工期间，本着能留几棵是几棵的原则，斟酌再三，有些不得已进行了砍伐，的确非常可惜，却也无奈，因只有去除过多过高"枝繁叶茂"的遮盖，才能使墓园得以袒露"真容"。

庄重古朴的"文化墙"，是此次修缮工程的一大重点。左边一块镌刻了著名国学大师熊十力先生1947年为废名父母撰写的《墓志铭》，右边一块刻上的是我和冯作专门为此次修缮赶写的《废名传略》。墙体修建过程中，为了使其能达到艺术和史实的完美结合，冯作、冯变、我等几人颇费心力，最终还是冯变请来其武汉的朋友冯在雄带领工匠师傅们圆满完成了建造，堪称头功！而本人此前同事中，一位专业设计总监关键时刻伸出援手，在从未接触过碑文题材的情况下，翻阅大量资料，思索多日，拿出了极具实用价值的设计模板，现在看到的墙体基本就是按照这个设计思路呈现出来的，使最难以解决的问题得以妥善解决。因为就一个县乡而言，建造或设计一定水准的艺术作品，都会显得力有不逮，很难达到期待的水准，这也是现实与无奈。

本次墓园修缮，当初设计师动用无人机进行了勘测、绘制，虽然我们并未请到什么知名"大家"，也未留下些许建筑设计上的传世"佳作"，有的"手笔"还属千里迢迢到现场讨论"碰撞"后的"临时起意"，但好在每位参与者都竭尽心力，大家集思广益，甚至捕捉灵感，为墓园增添了闪光的亮点！这每一笔经意或不经意的"涂抹"，都使人们期待已久的废名墓园有了清秀、大气、雅致的底色，做到了旧貌换新颜。为此，我们这些废名的家人都甚感欣慰。一年的奔波、努力、心血总算绽放出应有的绚烂。

2021年废名120周年纪念暨学术交流会议期间，作为会议一项议程，黄冈师范学院安排与会专家学者专程从黄冈乘大巴来到墓园祭拜。作为亲属代表，我代大家向墓碑献上了鲜花。当时，工程某些部分还在收尾。

我感觉,以上经历也是关于废名,关于墓园,值得记忆和书写的故事,遂记录于此。

附:修缮后废名墓园文化墙上的《墓志铭》和《废名传略》

黄梅冯府君墓志

读圣贤书,而实践伦常之地。居闾里间,而不闻理乱之事。其心休休焉。其行庸庸焉。存黄农虞夏于干戈扰攘之世。天福之。乡人颂之。无奇可称、而实天下之至奇也。其斯为黄梅冯府君欤。公讳步云,字楚池。倭寇二十七年陷黄梅。其子文清文炳随侍避难。邑西乡后山铺附近,有冯仕贵祖祠。巍然一大厦。太平天国之役,未罹兵害。公最后全家托庇其间。逾年微疾而没。没时不知有乱世。儿孙聚首一堂,居丧守礼。夫人岳氏。皈佛门。法名还春。修持甚谨。国难方来。遽无疾而逝。盖有前知云。

中华民国三十六年五月十一日黄冈熊十力[1]

《废名传略》

废名(一九〇一——一九六七),中国著名文学家、京派文学鼻祖。

本名冯文炳,笔名废名、蕴是、病火等。一九〇一年十一月九日出生于湖北省黄梅县城。父亲冯楚池,兄弟三人,行二。

一九二九年北京大学毕业,后于国文系任教,先后任副教授、教授。一九五二年调东北人民大学(今吉林大学)中文系,后任系

---

[1] 熊十力(1885—1968),湖北黄冈团凤县人。中国著名哲学家、国学大师。废名与其是同乡挚友,彼时两人交往颇深,遂请其撰此墓志铭。

主任。曾当选吉林省文联副主席、省政协常委。一九六七年九月四日病逝于长春。代表作品:《桥》《莫须有先生坐飞机以后》《桃园》等。出版有《冯文炳选集》(人民文学出版社)、《废名集(全六卷)》(北京大学出版社,获第二届中国政府出版奖),及数十部小说、散文、诗歌选集。一九六四年九月,应黄梅县之请作《冯文华烈士传略》,供烈士陵园立碑之用,是存世的最后一篇作品。

废名个性鲜明,有"奇才""僻才"之称。一生教书育人,桃李天下。废名热爱故乡,作品多有黄梅山水烙印。遵遗愿一九九四年骨灰终得以回葬黄梅,与其父母墓毗邻安放。

2022 年 4 月 6 日于北京

隐忍与坚守

——废名之子、我舅舅冯思纯的晚年岁月

废名之子——我的舅舅冯思纯,1935 年出生,2022 年 7 月满 87 周岁。一辈子学电子、搞电子,退休前就职于山东一家大型电子集团公司,公司的元老且是高管之一。用互联网时代的时髦热词来形容,他是位理工直男。出身书香之家,天资聪慧,早年毕业于知名院校。其儿时的机灵有趣,我是从《废名先生》一书中发现的。其中有篇《毛燕的故事》,就是写我舅舅冯思纯儿时的事情(毛燕为冯思纯乳名),署名作者是废名的学生郑文善。文中的描述非常传神,说是在毛燕 5 岁时，某晚，废名为了考察孩子的智力，有意识地说："去把书桌上的灯吹熄，点燃一支驱蚊香给我。"当时小毛燕从床上下来，拿取一支驱蚊香，小心翼翼地对准油灯的火焰，待其燃着之后，才鼓起双颊将灯火吹熄。外公是在测试我舅舅的思维和应变能力。小娃经住了考验，废名高兴地笑了。还有一次，外公给毛燕一根香，叫他到后面的大伙房去点火，谁知毛燕接着香后并没下楼，而是径直到床前的烘笼里点着火送给了外公。后来我常想，肯定是这种几乎先天而来的聪明伴随了我舅舅的一生，以至于晚年即使重病缠身，他的头脑还是异常清晰，记忆力尤好，思维、谈吐依然逻辑性极强。

舅舅长得清秀俊朗，年轻时是个阳光、热忱、温润、不乏精明的和善之人，我毕业进入新华社工作后，他还借出差之机到单位单身宿舍来看我，退休后在京"返聘"的几年，休息日常领着我姑娘游玩于各大公园。

良好的天资，令人钦羡的原生家庭，理应有个幸福圆满的人生。然而经历了中国那段特殊年代，动荡的社会、频繁的政治运动，以及个人工作、生活中的一些烦恼与不理想，在身边人看来，我的舅舅一直活得隐忍、压抑，一辈子辛苦忙碌，对自己节俭苛刻，总是默默咽下种种苦痛、难处，似没享到什么清福……不知是不是这些令人痛楚的因素，使他常年烟不离手，他可谓铁杆"老"烟民。即便是后来患上严重肺心病，咳喘得不能自持，医生严令不得吸烟，可每当见到他我还是时常发现，舅舅会偷偷将一根烟截成三段，点上其中一段，乘人不备地悄悄溜到外面吸上几口，过过瘾。

见证生命奇迹

　　差不多从七十几岁开始，舅舅的肺心病就到了十分严重的程度。发展到后来，肺基本纤维化，比较专业的说法是慢阻肺合并呼吸衰竭。近五六年里，日复一日年复一年的常态基本就是上气不接下气，时刻与憋闷抗衡，尽全力用嘴呼吸，以致后来每天都要依靠呼吸机吸氧……2017年，舅舅还雪上加霜地患上了前列腺癌。十几年来，数度住院，甚至病危。2019年5月间，又一次病重住进济南市中医医院。此时，他的儿子，即我的表弟冯作给我打来电话说，有空可来看下吧，这意思就不言而喻了。因为我一直以来都很关心他老人家，曾是他家居住地济南的常客。闻听此言，虽然当时还在某地大学参加活动，但立即扔下所有事情，买票拐道到济南，火速赶往医院。当时，只见老人已经基本昏睡，罩在嘴上的呼吸机面罩随着身体费力地起伏，偶然清醒有意识时，还听清了他儿子告诉他我来了的信息。于是我由此开始了病床陪护的日子。每天倒尿、喂饭，竭尽可能帮着冯作做一切需要做的事情。其间还因为眼见着老人日益衰弱、险情重重的样子，心里太过害怕、没底，便将曾经在京居住过、黄梅老家的表兄冯冠军（废名弟弟冯文玉之孙，其父冯奇男）请了过来，这样三个人轮班以备应付随时可能出现的不测。此时舅舅已经住进这家医院的ICU。

　　6月上旬的一天，因为一直担负社科院一本传播类期刊的终审任务，要回京完成看稿，所以临时回去一下。哪想刚刚离开，医院就传来危急消息，让家属决断是否做有创插管治疗，医生告知，如若不采取果断措施，老人顶多再坚持十几个小时……到傍晚表弟打来电话询问我的意见，说在场不少人都认为最好放弃，免得老人太受罪了。当时情况下，这样的建议无可厚非，可我分明感觉到表弟的真情流露："我真不想看着老爸就这样被放弃了……"略加思考，我马上态度坚定地支持他："继续治，赶快，别留遗憾，尽到最大努力！"表弟随后向医生表明了态度。在病情稍微稳定时又果断作出转院决定，通过单位的协调帮助，以最快速度转入了济南最大的综合性医院重症呼吸科。这个关键性的决定加上两家医院医护人员的高超医术，数日过去，老人居然渐渐好转，血尿消失，呼吸也渐渐趋缓，又住了20来天，出院了！

2020年年初、春节及五一假期，隔段时间我就发信息给表弟询问老人身体情况，他都回复说还不错，不仅没再住院，而且各方面基本稳定。不用呼吸机、不吸氧的情况下还能自己下床在各屋间来回走动，坐着看两三小时电视，饮食等也基本正常。春节时老人还想着给武汉的亲戚拜年，亲戚惊讶，五爷声音如此洪亮！五一时表弟又回复说："老爷子还想着明年清明再回黄梅一趟……"

此情此景，让我不由得心生强烈感叹，这简直是活生生的、发生在身边的生命的奇迹！良好的医疗条件，亲人无微不至的照顾，固然都重要，然而，如果你在他身边待过，你会由衷感觉，如此生命奇迹最重要的因素一定是舅舅本人强大的内心、坚定的生存意愿和顽强的意志力，致使心想事成——你内心的想法、愿望，某种程度上一定会变成存在的现实！这不仅是心理学的概念，更是活生生的实例，是顽强生命的最好注脚！

当我把这样的感受传递给大洋彼岸的Jean时，她回复说，是啊，有时想想就像传奇故事似的。她认为，支撑老人的肯定是一种顽强的精神支柱。只要这根支柱不倒，他的身体就不会倒下。这也说明，他不舍得离开家人而去呢，丢下儿子一人在这世上他不放心。

确实，在感叹生命奇迹的同时，不得不说，舅舅的顽强支柱的重要组成部分一定是他的儿子。老人和儿子相依为命多年，那又是一段独特的、任何人无法复制的故事！若论至亲至孝，家族中所有人公认的、都由衷竖大拇指的，就是我这位冯作表弟，二十年如一日，照护病中的父母。先是因风湿病而坐轮椅度日多年的母亲，每天按摩、喂药、喂饭；而后是咳喘不停的父亲，几度将老父从生命尽头拉回；无论是哪家医院，也无论是普通病房还是重症监护室，冯作几乎分分秒秒、须臾不离地盯守，医生随叫随到；吃喝拉撒、污秽擦洗等细枝末节无微不至……他的至诚至孝或许是以牺牲自己的青春年华甚至个人生活为代价的，但终究是一种无私的付出，是太多作为子女的人难以企及或望而却步的！

此前的2019年5月，我和舅舅、表弟一起远赴湖北黄梅拜谒了外公废名的铜像，那是在废名出生地，旧城改造后，以废名青年时期形象新铸成的铜像。那是一次愉快的、有纪念意义的行程。为了减少程序，不给当地或亲属增添麻烦，我们仅一行三人，住随意挑选的普通宾馆，吃路边特色饭店，最后还和表弟一起去有名的五祖寺游览参观了一番。这也是舅舅拖着重病之躯（他每时每刻几乎都在大口喘气），克服重重困难完成的一次心愿之旅，但愿我们能再有一次一起完成老人家下一个心愿的旅程，比如，亲自到他一直期待修整、而今已容颜一新的废名墓那儿看看……就像我每次看望后离开时都和老舅舅说的："舅舅，坚持住！一定要坚持！"

时光又走过了2022年春节、五一节，前两天，冯作用微信发来照片，说是推老爸去菜市场并顺路理发时拍的，画面里，坐着轮椅的舅舅冯思纯依然很有精气神！

不容易！顽强意志的奇迹，大爱大孝的奇迹！

2020年5月3日—2022年4月16日

"挫"而弥坚

2022年5月中旬间,老人再度住院。在基本每天必须依赖呼吸机吸氧生存的情况下,自前次出院,近三年未再住进去过,已经极为难得。这次不得已再次入院,随着年龄增长、病情发展,又查出并确诊了肺部新的问题,舅舅再次被送进一家专门的胸科医院ICU,但即使在这样危急的情况下,舅舅依旧乐观。此时因为新冠疫情,各医院都已封闭管控,探视已成极难实现的奢望。我只好随时用微信关注病情。好在老弟自此开始时不时找老人所住病室相关人员"通融",看能否争取让我也进去,"怎么也要在老人还有生命时再见上一面啊!"昨天冯作回复说,老人病情还算平稳,今天给他送饭时问了护士,护士说他意识一直很清楚。更令人惊叹的是,一位数次进出ICU、此刻吃饭已基本靠输营养液维持的老人,没过两天,竟然提出想看报纸,还向护士询问了乌克兰的战况……也是"无敌"了!

冯作说,他老爸身份证上阳历生日是7月30日,阴历生日是每年的七月初二,今年碰巧两个日子重合了。争取坚持到这一天,满87周岁。还有两个月多一点。我说,一定会的!并请他务必转告老人我们的惦念与企盼探视的急切,因为有人记挂,老人心里定是会高兴的!他答应一定转告。

巧的是,过了两天,借转院之机,5月28日上午十点,我终于火速赶往济南见到了重病折磨之中,按医生的话,基本就是"维持"生命的舅舅。经过数日诊治,他似乎又有所恢复,在老人被推出电梯送进救护车的几分钟里,躺在平板床上艰难呼吸的他微微睁眼看到远途而来的我,拉了下我的手说:"一点都没老!""哈哈,您还逗呐,一定坚持住下哦,没事的!"我再次给老爷子打气。这样,冯作、我及两名随行人员护送他一道乘着救护车前往另一所医院。这是本人20多年来第一次乘坐救护车！

安顿后，抬老人躺好吸上氧气，总算慢慢平稳下来。少顷，老爷子突然神情兴奋，比比画画地说着什么，我们凑上去细听，原来，老人是在表达迫切想回黄梅老家新修缮的废名墓"看望"爸妈的愿望。"最后一次了，一定去下……"我们都会意地笑着答应他，说您尽快好起来，咱们一定争取实现这个愿望！

一个生命垂危的老人，怎样实现这千里之行？我们不禁担忧。飞机？高铁？哪一种交通工具具备救命而须臾不能离开的呼吸机电源？表弟想到租用长途救护车……思路虽然可取，但路途迢迢，这样的冒险，真敢尝试吗？现在还不能确定。表弟说，看能不能"赌一把"，不让老人留下遗憾……

5月30日，刚出专科医院ICU的老人再度出现整体状态不佳、基本昏迷的情况，血氧、心跳等指标都逐渐变糟，于是我们决定马上送其前往此前一直在那里接受救治、数度被挽回生命的山东大学齐鲁医院。冯作再次联系了救护车，我们又一次挤坐进车厢里担架旁的横条凳上，"济南急救"一路鸣笛急驰将老人送至急诊抢救室。虽处疫情期间，但无任何不必要的耽搁与滞留，初步了解情况与诊治后，很快值班大夫就开出药方及化验单等，当然，还有一纸"病危病重通知书"：呼吸衰竭、纵隔旁占位、肺部感染、恶性胸腔积液……"不测"随时可能发生！

接着，表弟负责办手续、送化验、拿药等，我负责购置住院要求的日用物品。一切安排停当，此时，我感到格外放心：这里要是救不好，应该就没有哪里可行了！果然，下午3点左右，向好消息传来：抢救室大夫已经给老人开出了住院票，接下来还是要去呼吸科重症监护室（RICU）。看来刚才在里面经过一番措施现在又基本稳定住了，效率蛮高！

综合权威医院，着实不一般！不得不赞！

6月初，暂时离开济南后，我仍时刻惦念着老人的病情，感觉确实是不敢乐观了。6月7日，冯作又从"现场"发来实情：医生觉得他状态不大好，不敢给他用化疗药（肺部小粒细胞……），怕一旦用上，承受不了（副作用）可能就……昨天今天两次沟通，提示风险，征求意见，让有心理准备……

8日，大夫说，出现了时常叫不醒的情况，需要随时根据状况插管抢救了。转天，我问情况怎样，冯作过了半天发来信息说，老人状态清醒，闹着要见儿子，意思是不想在这个监护室待下去了，想再转去此前那个胸科医院。"也许这是他内心抱有的最后希望！如果得不到满足，支撑他的精神动力或许就不复存在，人很快就会不行了……"常年照护重症病人，这应该是老弟刻骨铭心的经验之谈。

6月11日，在慎重观察几天过后，也考虑了冯作的坚持，大夫给老人用上了化疗药物"依托泊苷"，经采用一些抗副作用措施，过后基本反应平稳。"肿瘤这个事，积极尝试一下（治疗）可能比放任不管更有意义！"尽管已是疾患缠身、病情复杂的老人，依旧如此。这样的治疗实践，或许对不少人都是有启示、参考意义的。

不抛弃不放弃，才会有"奇迹"

2022年6月下旬，炎炎盛夏，我再次赶赴济南。情况紧急。

在冒险进行了一个疗程肺部肿瘤的化疗后，考虑老人的年龄及心衰体弱的情况，医生认为化疗基本不能再进行下去，其他有效方法也都尝试过，主要治疗只能到此为止了。下面的日子，如何"维持"，在哪里维持，怎样安顿危在旦夕的老父？冯作费尽了心思。因为ICU里总不是常留之地，且不说高昂的费用，医院的规定也不允许；回家，尽管老人的愿望很是迫切，但毕竟缺乏必要的医疗设备和条件；再者，因疫情影响，各医院都管控严格，以往的探视时间基本取消，父子已经一个多月未能见面，里面的想念着外面的，外面的惦记着里面的，可谓倍感煎熬。于是，炎炎烈日里冯作冒着酷暑奔走于济南城，四处寻找可以接收这样危重的、具备使其能基本维持此前医治成果的其他医院。"酷热难耐，还时常想流泪！"……想想这位50多岁的儿子，此时此刻内心里该是多么无助与心碎！

　　几天后终于落实另一家三甲医院的普通病房，很快转院住了进去。终于可以陪护在老父身边了，可如此危重的病人的护理又成了严峻的考验。最初几日，冯作连续多日没吃上一顿饭，日夜擦洗，各种忙碌……

　　此时，我感觉必须马上到位！冯作亦希望尽快一起商量下如何办。7月7日当我赶到时，老人已经又被送进胸科医院抢救室了。傍晚时分，大夫告知说，危急！血压低到难以拉升，心衰、休克……必须再次"插管"！转天在护士帮助下，通过视频看到他时，我心里暗暗绝望。接下来，输血、升压、消炎、抗衰……经过几天与生命赛跑似的医治，真像大夫说的，把人从生命的尽头往回拉，居然再次初见成效：老人眼睛透出明亮的光，面色回暖，血压见长，呼吸机参数在下调，拔掉插管亦并非无望！

　　什么是生命的张力？对于87岁垂危病人，高超的医术、老人的顽强、儿子全身心的救护，正是一个个"奇迹"之源！

　　回想此前危急时刻，当终于一起坐下喘口气时，冯作难抑悲伤地说出了心中的遗憾，或许是被病痛折磨得太久，或许是言已不能达意，抑或是不知怎样开口，老父一直没跟他说过些什么，陪护期间，他还专门问及，老人总是摇头，意思是"没事，没事，没啥说的"，冯作感觉，在这样随时可能"告别"的时候，还没有听到告别的话语，极有可能就"不辞而别"了啊！

我想，这该是世间多么"浓情"的父与子，都竭尽全力为对方做了所能做的一切，却未必能等来期待中的表达……

我想，假如换作是我，定会深情地说声"谢谢！""未来，你一定要好好的。"……

2022 年 7 月 12 日

为《废名集》影印卷编纂而备

手书，泛黄而绵薄的纸张，隽秀小楷，真迹。6 月 5 日，我平生第一次见到标有"一九二五年十一月"字样以及在落款处废名亲笔署名的名篇《桥》初稿至手抄稿的"真容"。

在舅舅进入重症呼吸科医治，暂时安稳，且又不让陪护、探视的间隙，我暂时结束了此趟探病之旅准备启程回京。行前，冯作将《桥》手稿送到了我居住的酒店。不知是否因为纸张绵薄的缘故，全套东西很轻，一个手提袋而已，比想象的轻多了，但其意义与"价值"自然是重大的！所以，我将其放在所有物品最核心的位置，一路上没让它离开视线。到家后稳妥放置，准备待疫情趋缓后，联系北京大学中文系王风老师（《废名集（全六卷）》的编辑），完成影印事宜。其实，北大，这座中外驰名学府，外公废名早年发奋学习、勤勉任教的地方，也应该就是他毕生成就与心血最终的归宿！

关于王风老师和他编辑《废名集》的过程，在百度上找到了王老师编撰的《废名集（全六卷）》后记，文中说他编辑伊始首先联系的是陈振国和冯健男两位先生。陈先生于20世纪80年代编辑《冯文炳研究资料》，可以说废名作品的系统编目从他开始。王老师还谈到找出版社收集废名作品，以及花费十几年时间精心整理、校勘耗费的心力与《废名集（全六卷）》成书的曲折过程，很是生动。这部作品曾获评第二届中国政府出版奖，现在被公认是废名著作最权威的版本，网上炒到2000余元一套的价格，还基本买不到。

据澎湃新闻2015年专访介绍，《废名集（全六卷）》出版后，获得学界同行一片赞誉，称其为整理、编辑现代作家全集提供了范例。

凭想象，我以为王老师怎么也是位八九十岁的老先生，却原来是位1966年出生的60后，涉猎广泛，对古琴也造诣颇深！

2022年6月6日

有感于外公废名一封短信手稿的民间拍卖活动

2017年6月4日，北京保利国际拍卖公司举办了一次拍卖活动，竞拍的拍品是废名亲笔书写的致周作人的信札《镜心》。其作品分类为"古籍善本"，估价是人民币5000～10000元，最终以高出预估好几倍的价格成交（按照行规一般不方便公开成交价格）。

这是近日一位废名研究专家发过来的，名为"雅昌拍卖图录"的纪实，感觉十分新鲜。以往一直听说有名人物品拍卖的事，没想到自家亲人——外公废名的手稿也有了成功拍卖的记录。

拍品描述首先对写信人与收信人作了简介。这实际也是为方便现场人员了解被拍物品的来龙去脉及所蕴含的意义，总要了解人物之间的关系，才可能理解通信的原因及价值。简介谈到，废名原名冯文炳，是20世纪中国文学史上最有影响力的文学家之一，曾为雨丝社成员，师从周作人，在文学史上被视为"京派文学"的鼻祖……

本次拍品，即废名致周作人的手书信，全文如下——

知堂师座右：

昨日信想已到。平伯亦有信去相告。家中系订阅，今晨《风雨谈》得读朱公一文，剪呈先生一览。该公大约开始受军训，太阳晒不了，借大树乘阴，亦即是拖人下水，此亦幽默也。昨与城北公夜谈，无非是一些夸大的话，结论有拔一毛而可以利天下，则一毛亦不忧愁，且有幸私心，此亦一幽默乎？日前写一首诗寄下之，又前星期日来茶厂时出护国寺西口成一诗，先生一笑。"街头"一作不知写得像摩登诗人之诗否？丰一看之，看我把当时的情景写出来了否，殊无想。

学生文炳
五月十一日

相关资料表明，这是北京保利国际拍卖有限公司十二周年春季拍卖会，猗欤新命——纪念新文化运动100周年名人墨迹文献专场。

了解了这次拍卖过程，我不禁心生感叹：外公周末时分来茶厂出护国寺西口，就成诗一首，与导师分享，手稿遂成文物，几十年后拍出可观价格。而我等，久居京城，闲逛护国寺不知多少趟，除了东张西望，感受下仅存的老北京气息，偶尔街边摊上买点小吃解下馋外，其余似一事无成。唉，与祖上差距咋就这么大呢？不禁哑然！

　　后来，我问冯作此拍品信件的拥有者是谁，是不是这位拥有者委托拍卖的？他说也尚不清楚买卖双方的具体情况，只是知道有拍卖这么个事情。但他说，基本肯定双方都是私人藏家，也就是民间藏家。拍卖的事也是一位武汉大学知名学者在微信朋友圈里发出来，大家才知道的。他还说，有些民间实力藏家非常了得，有位京城实力藏家就很擅长收藏名家手稿。

　　深以为然。

　　几天后，又看到 2021 年 7 月 22 日 "扬州发布" 记者王鑫、林倩雯相关报道说，在 2021 上海嘉禾春拍南社雅集 22 日下午的专场中，朱自清先生《中国新文学研究纲要》手稿备受关注，经过多轮竞价，最终以 350.75 万元价格成交，远远超出此前预估的 80 万～160 万元。并称这一手稿不仅具有欣赏价值，更具有较高的文献和研究价值，是近年来朱自清文献资料发掘的重大收获。

　　报道还透露，受朱自清嫡孙朱小涛的委托，郑振铎之孙郑源在现场见证了这场竞拍。对于最后 350.75 万元成交价的结果，郑源既激动又惊喜，他说，一般而言，拍卖会中这种研究性、学术性的手稿比较少见，没想到现在也这么受藏家们的喜爱。

2021 年 7 月 23 日

第二章　那些奋力生活、令人难忘的身边人

为什么这么多人评论、收藏这本书？

不断看到有人对《天黑得很慢》这本书的评论，抑或对其中某些章节、观点、感悟的转发。为之动容者众、深思者众、叫好者众的背后，应该是强大的心理需求和社会现实的某种无奈，它或许触动了很多人内心最柔软处。

据称这是中国首部关注老龄社会的长篇小说，20万字，共7章，以纪实的方式反映老年人不得不面对的养老、就医、再婚、儿女等问题。写下这些文字的人是作家周大新。

今天再次看到转发并评论此书的公众号文章，是在职工作时的"老作者"所写，退休后他以"码字工匠老詹"的网名开设了微信公众号。几天"原创"一次，有时也有感而发地转载好文。今天看到的老詹的文章标题是"六十岁以后，你必须面对这六种风景"。

他在文中评价《天黑得很慢》说:"这是我读到评述老年生活最冷静、最准确,也最深刻的文字。读后久久不动,久久沉思……"

老詹的这篇文章和链接,也再次深深打动了我。我又一次点赞了,收藏了。翻翻前面,大概已经是第三四次收藏有关同一本书、同一主题的推介或评述文字。

因为太过经典,所以在"码字工匠老詹"的启发下,我也找来这本书,摘录一段自己感受最深的文字——

人从60岁进入老境,到天完全黑下来,这段时间里有些风景应该被记住,记住了,就会心中有数,不慌张。

第一种风景,是陪伴身边的人越来越少;

第二种风景,是社会的关注度越来越小;

第三种风景,是前行路上险情不断;

第四种风景,是准备到床上生活;

第五种风景,是沿途的骗子很多;

第六种风景,是要善待你的老伴,他或她,是你人生的最后一笔存款。

天黑之前,人生最后一段路途的光线会逐渐变暗且越来越暗,自然增加了难走的程度。因此,60岁以后更要看透人生,尽情珍惜,享受人生。不要再去包揽社会、包揽子孙的琐事。更不要自以为是,倚老卖老,说起话来居高临下,既伤人,又伤自己。人老了,更要懂得尊重。同时更要理解、看淡这最后的日子,做些心理准备,道法自然,泰然处之!

如此客观、深刻、准确的预设与描述!作家不愧为洞悉人生的大家！

作为知识分子，很多人还多少有些自怨自艾，明明衣食无忧，过得不错，却仍然焦虑着今天，怀念着昨天，担忧着明天。这就有点自己和自己过不去，身在福中不知福啦！所以，不想太多，开心快乐，简单幸福，活在当下！

做到或做不到，尽最大努力了就好。退休生活，就是自找乐趣，自寻幸福，自我充实，活出精神，活出意义，至少不能成为社会、单位、亲朋好友及身边人的累赘。自己挺住，任谁也打不倒；自己的精神支撑坍塌，那便是——天，真的要黑了！

近日还看到这样一个故事：网拍一公园内，四个妇女在打麻将，每个人的后面有一位坐在轮椅上昏昏欲睡的老人。原本以为是老人的子女们带老人出来透透气，上前一打听才知道，原来是老人的保姆在打麻将，老人在旁边等候。照片作者最后几句话意味深长："家里还有老人或自己以后老了之前，一定得计划考虑好，是要有尊严地活着，还是……"如此具讽刺意义的画面及思考，难道不是对我们每个老之将至的人的心灵设问吗？

此前所参加的2020年心理咨询师考试中有这样一道基于心理学教程而出的多选考题，问的是：按照所述观点，60岁以上老人，在人生阶段的划分上，属于丧失期，这个丧失的内容包括哪些？答案是：身心健康、经济基础、社会角色、生活价值。语言虽然直白，但现实就是如此，或许比这更残酷！

2020年7月12日

"第二青春"也需要励志吗?

生活多面,有如一年四季。

长久以来,60岁为绝大多数国人退休的上限年龄,延迟退休政策实施后,退休年龄有所延长。按照今天的实际情况,很多"60后"是不应该被计入老年范畴的。许多人仍朝气勃勃,豪气满满,带着经过历练的成熟、稳重、淡定继续前行;更有研究表明,人在60岁时达到情感和心理潜力的顶峰,这种情况会持续到80岁,甚至更大年纪。因此,一个人最好和最富有成效的阶段是60岁到80岁之间。此时处于人生最充实、最游刃有余的阶段。这一时期被许多人称为"第二青春"。

但人口老龄化的加快也是现实。2021年第十三届全国人大四次会议讲到中国的老龄人口是2.6亿;另有研究表明,2022年中国将进入65岁及以上老人占比超过14%的深度老龄化社会,2033年左右进入65岁及以上老人占比超过20%的超级老龄化社会,之后65岁及以上老人的占比将持续快速上升至2060年的约35%,且未富先老问题突出。

老人们过得怎样?有精神的生活才叫生活,精神生活的质量决定了人生的质量、生命的质量。其实大多数"退了"的人都有自己的追求,都在规划人生的下半场,甚至认真的程度超过其前半生。因为上半场很多因素非个人能够把控,因而不得不经历辛苦、无奈,而下半场自主因素更多。我生来是个上下半场都愿意奋力拼搏的人,故愿做一些如何过好人生下半场的探索和努力。

经过一段时间的考察,我的最大感受是:强大的内心和创造快乐的能力,会成就一名幸运老人。

其实,现实生活当中,过得凄惨悲戚者有之,豪气悲壮者有之,活得精彩纷呈的老人亦比比皆是。

我退休之后,开始分出部分精力关注同龄人或老年人。因为这是2.5亿的庞大群体,他们的心理、生理状态,是当今中国人风貌的重要组成部分。老龄产业是朝阳产业!

因此,下面记述几位努力生活的身边人——

一位"老新闻"、老朋友打来电话……

前几天,河南平顶山一位相交30多年的老朋友打来电话,聊了一会儿,相互通报了各自一些近况。如同以往,嘘寒问暖,还特意叮嘱退休后更要设法把身体弄好,关心和温暖扑面而来。

通话过后,稍加回味,友情的点点滴滴映入脑海,不禁回想起这位1946年出生的老友看似平常却着实不凡的人生经历。

他是我的新闻同行,退休前的相当长时间内,是地方一家主要党报的第一负责人。这位几十年的总编辑、办报人,却并非新闻科班出身。他1970年毕业于北京大学化学系,是不折不扣的"理工男"。由于种种因素,阴错阳差地被分派做报社的领导。在以服从为天职的年代,为了做好这份全新的工作,他曾恶补新闻基础知识。他说,最初几年,他通读过"文化大革命"后期那个贫瘠的年代能找得到的所有新闻学书籍,国内的,国外的。"还是美国的实用新闻学类书籍比较实用",这是他当时的读后感之一。勤学加实践,他工作很快上路，而且做得越来越好，很长时间以来他还兼任地市报协会副会长。本人在职期间，多次参加他所在报社以及地市报研究会组织的新闻业务研讨会。退休后，这位老哥每次到北京检查身体、看病，都会邀请一聚，体现出来的关心、惦念，我一直铭记在心，深受感动。

交往几十年，作为行业内人，我深知他几十年任职地方报社"一把手"的艰辛，深知他的工作中有多少不言自明的沉重与付出，我理解他一生的责任感、忍耐、吃苦、专业、处事为人等等。

在舆论生态日渐复杂，社会环境、人际关系多元变化的情况下，几十年办报、做业务，不凭靠关系，不仰仗权术，也谈不上有什么后台、背景。办报构成了他的一生，到"点儿"后，又顺理成章地在当地政协任职至完全退休。我觉得，能够几十年坚守情况复杂的地方报纸总编岗位而成功着陆，非一般人能够承受，也不是任谁都能做到。我没敢问他，究竟熬过多少个夜班，写过多少份"检查"，咽下过多少委屈和难忍难耐的苦涩之事。圈里谁人不懂，仅仅"差错"一项，就有多么"要命"，乃至"致命"……

这样勤勤恳恳的"老新闻"不值得钦佩、记述，甚至不值得"挖掘"吗？他的一个儿子也从事新闻工作，这事大概不需要外人完成了。但不妨碍我——作为朋友，发自内心地感佩。

某次通话，他问到我退休后做了些什么，我提到写过一本回忆录一样的书。他立马埋怨为何不寄去给他看。我说实在是因为怕这种文字性东西读起来累，不想增加他的负担。已经码了一辈子文字了，现在就好好歇歇吧。他说，看看你的书还是没问题的，也有兴趣，还嘱咐我尽快寄过去。过后他马上就发来了现在居住的广州儿子家的地址，我照嘱办理。没几天，就看到了他发来的短信反馈（尚未添加微信朋友）："大作收到，已快读一遍，好得很！以后还将细读。"我回复道:"哦,谢谢您一直以来的关心支持。留个纪念而已……"没过几天,老先生又发来一段:"人生能留下一本有真知、无粉饰、无空话的书,一片诚心可对天。足矣哉!"刹那间,说实在的,有点被这诚挚的话语触动到了。不是因为其中的赞美,而是感觉到宝贵的心灵相通,即"懂我",真正读进读懂了书中的文字,并心有灵犀!

在信息爆炸浩如烟海、浮躁如斯的今天,谁还在乎别人赠送的一本书?出于礼节,收下一扔,稍后便不见了踪影是常态啊!可这位古稀老友,却在一两天的时间内认真浏览、琢磨,着实难能可贵!

当然,不少亲朋挚友也都很在乎我所赠之书,发来过肺腑感言。想想这是多么令人欣慰、幸福的事情啊!

通话短暂,平时也不常联系,但友情难忘。

此刻,我倒是很期待能看到他办报经历的回忆。因为写出来的文字肯定不仅仅是怎么办报纸,而是一个时期一个地方的历史与方志,是一份地方报的前世今生,是一名"经历"丰富的报纸总编辑的酸甜苦辣,还有一个个社会众生相!

老友素来低调,不习惯回忆个人,做了几十年地级市报纸总编辑,能搜到的资料也不多。我看到的有两篇:一篇是他本人谈及报纸生存的业务文章,讲一家自认为与发达地区媒体相比各方面都有很大差距的内地纸媒,如何创新机制,发展报业经济,增强壮大实力;另一篇是几年前,当地一位83岁女教师撰写的回忆性散文,说是她80岁时,有三位74岁的学生送她一幅出自《诗经·小雅·天保》的贺联,还说称其为先生,很不敢当。这三位74岁的学生中,就有一位是我这位总编老友,又过一年,已经75岁,有点耳背。"中秋节来看我,他说,咱娘俩得脸贴脸地说话。"这位老师为学生们这么大年纪了还记得她、看望她而感到幸福,她说:"当了一辈子教师,不负家长,不负学生,许多学生在作文里写过,觉得我是他们的母亲……"

有情有义的新闻人!

2020 年 8 月 30 日

这位时常啃读"大部头"的,谁呀?

近日注意到身边有人总是捧着本《物演通论》,看没看进去不得而知,但他手里的那本蓝皮的精装书勾起了我的兴趣。我自觉对晦涩的哲学大部头充满了敬畏,所以常常是敬而远之。忽见一熟悉的人时不时捧起这样一本名字颇感生疏的书籍,不禁好奇心大发,遂拿起书来欣赏了一番。

原来,此书著者名为王东岳,笔名子非鱼,自由学者。此书讲述了自然存在、精神存在与社会存在的统一哲学原理。全书论证了一个哲学原理,引申出若干异端观点,应对于如下社会现实问题:人类生存或人文现象的自然根据是什么,文明颈部及其社会发展为何必然趋向于岌岌危势?用精神属性与知识系统何以终究是于事无补的,甚至不免呈现出负面效应?总之,它用深邃的终极探询方式,为傲慢的人类敲响了警钟,给光明的前途覆盖以阴霾。

除了这样一本笔墨嶙峋奇绝的哲论书籍,还常见《资本论》《共产党宣言》《源氏物语》《国学开讲》《中国文脉》《人间词话》《论语》《历史的绝笔》等书平摊桌上（以致我也常常"近水楼台"地读到书柜里其不知何时购置的《李敖自传》《康震讲三苏》等等），如今啃读它们的却是一位即将退休、须发花白、常年夜班、拿着低工资的 IT 技术男。这样的年龄，这样的职业，平时多嘻哈的人，下夜班之余，不是打牌搓麻睡大觉，而是津津有味地读哲学、啃晦涩，且好吟诗作赋，时不常"崴"一首于诗歌群、亲戚圈分享之；另还擅长"侃"，亲朋好友同事，常常为其吸引，不自觉聚拢过来听其讲课——从历史到哲学到国际时事。

在这样物质化、浮躁、讲求生活短平快的今天，特立独行，仍以这些雅好自娱自乐的"草根"，实属不多见。值得学习，甚而让人有点崇拜，可事情的另一面是：这样的人，即便自己不觉得有何异常，别人也会觉得他们多少与现实社会有些格格不入！

实际情况也大多如此，历朝历代，无论哪个社会，异类、奇葩可以用来欣赏，甚至膜拜，但不是接纳。

本人曾记录过这位"学习男"的另一大特征：做事从来没有目的性。我们大都习惯了奋斗者的人生，特别是那些只要活着便喜欢随时掂量利弊得失的知识分子，一般生活都有明确目标，就算不是成名成家，也会有买个房子，或让生活更好的任何其他阶段性小目标。这人却不曾有过。既然老了还坚持研读哲学、历史、政治，那就不是浑浑噩噩之辈。可又活得那么"一塌糊涂"，这可真是让人着实糊涂了！

本人曾试图与其探讨如此生存的个中缘由，这位京城大院里成长起来的象棋业余高手的回答是：你们一定没有"玩"过棋，下棋看似简单，其实锻炼的是耐性与定力。下一盘棋的时间很长，思考、决策、行动……一切都在过程中。玩久了，慢慢地你就能看淡输赢，练就平和淡然的心理，所以他特意将下棋称为"玩棋"，玩玩儿而已！起初可能暴躁，时间长了，大多性子磨平。输也罢，赢也罢，都正常。输了赢了都接着来；人外有人，天外有天，永远别张狂；真高手或许有时还会在不知觉中让几局，为的是哥儿几个能继续玩儿下去，玩儿得尽兴！

高兴、喜欢、快乐，情之所至，想做什么就做点什么；写诗，下棋，旅行，上班，加班，闲侃，都不为什么，均与功利无关。做着，生活着，仅此！

2020年11月即将收尾的某天，这位年近60岁的学习男一觉醒来突然发觉自己右半边脸僵硬无感，赶快去照镜子，居然看到镜中一张嘴巴略显歪斜的脸。啊？天哪！中风？受风？一般人此时会手忙脚乱，至少也得不顾一切地往医院跑。可是，这位大叔却悠悠地坐下了，而后不紧不慢拿出寸步不离的苹果iPad，一番戳戳点点过后，一首诗作出现在亲朋好友微信群里：

2020.11.27
鼻歪口斜嘴漏风，
睡梦醒来露狰狞。
半边麻脸眼难闭，
寻医作罢又征程。
生来从未有此症，
不知今朝为何曾。
亦步亦趋朝天望，
戚戚笑我咬牙疼。
此诗题为《伤风败俗》。

哈哈哈……真让人哭笑不得啊！诗毕，大叔去医院打了两针，便又自顾自地收拾好行装远行，此前订好的游程，哪能耽搁！多日过去，一切计划完成，这才踏踏实实开始治病。医生说，一般人这种情况都要针灸几个月，你怎么就这么三天打鱼两天晒网的就好了呢？真乃奇人也！

的确，其众多高水准爱好中，作诗尤甚，被公认为"朱诗人"。

譬如，2020年深秋某日清晨，他开窗一望，顿吟一首：

《庭院子咏》
惊魂梦醒嗟日白，
醉竹啾啾云雀来。
冷气延绵摇窗扇，
令汝不敢把门开。
已是干枝躯残尽，
枯藤寥寥没花柴。
近在池旁观碧水，
野鸭噗噗上石台。
清风迭迭传深意，
望断西峦紧衣怀。
卿卿岁月无情往，
悻悻故事几多霾。

2020年7月24日

总说可轻松过 90,不到 65 的他竟突然走了……

一切定格于 2020 年 8 月 18 日。他的微信朋友圈再也不会更新,私信里也再不会出现他的玩笑、幽默、调侃……

正是从被他拉进来的"找回年轻,健康学习"微信群里得知,这位相识十几年的老朋友,8 月 18 日下午,一个趔趄栽倒,再也没有醒来。如此突然离世,让群友久久疑惑,不敢相信。是他吗?群里一位名"宗涛"的网友说:"昨天还和我通了电话的,怎么会呢,搞错了吧?"同一群里,大概是其亲戚的女性"阳光灿烂"回复说:"我哥哥真的走了。""什么原因,这么突然?""心脏病。现在是在河北某地人民医院殡仪馆里。前天下午 3 点多,他自己跌倒,经过医院全力抢救无效。佟老师,永远离开了我们。"如此反复印证,微信群里的朋友才开始慢慢接受这个无情的现实。

缅怀如潮,一些朋友感觉心碎,心里翻江倒海:

"慈伟"的微信文字最是情真意切:"世界这是怎么了,8 月 19 日是个什么日子,心一直在颤抖。上午看到一著名影星心肌梗死辞世,晚上看到好大哥离我们而去。一直不敢相信,一直在问是真的吗,是真的吗……熟悉的明星,我们都很喜欢,和佟大哥有近 30 年的交情,情同手足。近几年虽然少见面,但联系一直未有中断,电话、微信胜似见面。这才多长时间未见面,竟然阴阳两隔。或许是天堂需要明星,也需要才子,可世间才子这么多,你为何偏偏选了佟大哥。思念大哥音容,念大哥友情,肝肠寸断。愿大哥一路走好。"

……

一位乐观、大度、热情、顽强追求生活、热爱生命的人,令人难以置信地这样突然离去，没打一个招呼，也没有说声再见……着实令亲朋好友或熟悉他的人痛楚难言。

2020年2月，突如其来的新冠肺炎全国肆虐时分，这位朋友还曾打来电话，聊了很久。得知他已结束北漂生活，回到家乡。其时身体某些器官已经严重衰竭，经学中医的儿子一段时间的调养治疗，已经大为好转，还给他租了房子，居住条件也改善许多。当时还曾不无羡慕地调侃说，还是有儿子好呀，并劝他，在家待着养养吧，别在外面漂了……他回答说，是啊，不论怎样，咱们都要保养好身体，还得再坚持30年呢，哈哈哈……嗨，90岁算什么，小意思，这还仅仅是"初级阶段"呐！

就是这样一位素来嘻嘻哈哈哈、笑话不离口的乐天派，其实一生坎坷，远非顺利、走运。他1954年出生于辽东半岛黄河入海口处的一户普通农家，自小天资聪慧，酷爱读书，成绩优秀。高考恢复后，当时身为插队知青的他1978年考入西北某大学中文系。一名贫寒农家子弟考上大学，那应该是他人生最高光耀眼的时刻之一，家人及亲戚朋友都为他骄傲、自豪。毕业后，他在基层广播系统工作几年后，应聘到省级媒体，成为当时令人羡慕的新闻工作者，然而，后来却因故不得不离开所在单位。自此，这位朋友对于失去事业编制——这个在有些人看来并非不可接受、不可面对的事情，一直耿耿于怀，它甚至成为一个心结，一个"梗"。这致使他接下来再找工作时，经常以是否"在编"作为一个"杠杠"，想必错失了一些机会。周围朋友纷纷劝他，到哪时说哪时，顺势而为，做点其他的，或再找个能够发挥才干的行当也一样可以活得精彩！可他似乎觉得自己更适合文化类工作，而不适应去做"下海"的弄潮儿。面对其浓厚而固执的文人情结，及沉湎于"编制"的不舍与执着，别人也颇感无奈。

转眼几十年过去，他似乎一直也没有找到符合"标准"又中意的单位，便长期孤身一人，漂泊于京津冀及南方等地，这里干一段，那里干一段。居无定所，收入微薄，有时则干脆无收入。50岁以后，更是时常醉心于各种获利性金融项目，甚至有些天方夜谭类的东西，幻想有朝一日改变命运，可最终也没有等来彻底翻身的日子。

想想这样一位命运多舛，生活条件一直艰苦、简陋的人，常年游走于大都市的边缘，基本在"地下室"生存，会碰到多少难处，遇到多少不堪，需要多么坚强的心脏！这样的境况，若是放在某些"玻璃心"的文化人身上，怕是不知会"想不开"多少次了呢！

但现实生活中的这位老兄，尽管一个时期心里也搁着"放不下"的情结，但一直以来展现给大家的却是没有悲苦、没有自怨自艾，而总是积极乐观、幽默豪放，大碗喝酒、大块吃肉的好汉形象，加上热情、诚恳的为人，感染着周围很多朋友，赢来了好人缘。

我想，这也是为什么这样一名背时"草根"的离去，能让很多人发自内心地痛楚、不舍、怀念的原因吧！作为媒体圈的朋友，很多人帮过他，也有的揶揄调侃过他，而他给别人带来的，让他人感受到的那种乐观、豪放、一切不在话下的性格魅力，正是他身上最值得学习的闪光点。三人行必有我师，纵使在一般世俗标准下有些人活得不够光鲜、精彩，没有被命运之神青睐，但一人一世界，每个人都有其生命的闪光点、亮点。这位老朋友留下的，就是能够鞭策自己、激励自己，无论还将遇到什么困境，都尽可能欢笑着在生活道路上走下去的信心和勇气，实乃珍贵财富！

"人，不能是易碎品啊！"这是他活着时常说的话。

老朋友，继续无忧无虑地过下去吧，天堂里不再受苦，不再贫困，不再孤独，不用再奔波劳碌，也不需要再为"编制"伤神。大家还是那么喜欢你，愿意听你再张罗这个项目、那个项目，管它挣不挣钱，是真是假，只要你高兴……

记着你，难忘你，学习你的乐观豁达。争取实现你聚会时常常对大家说的嘻哈之语：90岁，小意思，那算什么，早着呢……

2020年9月10日

总是想怎么活得有意义的老人

今天读到一位在职时很爱写论文的老同志的文章《在努力学习与笔耕不辍中安度晚年》，是刊发在老年生活类杂志上的。因为曾经做过他文章的编辑，所以浏览了一下全文。这篇是他退休18年后写下的文字，按60岁退休计，想必此时他也已经年过八旬！细看下来，文章主要是讲对个人未来的思考：从古稀之年迈向耄耋之年，离生命的终点越来越近，如何调整心态，抖擞精神，尽力将有限的"明日"过得有所作为。

感觉还不错，突出想法是觉得比其此前那些"高屋建瓴"的"大"论文要多了几分真实和"悦读"，遂保留下来。更可贵的是，作者列举了一些岁暮之年创造生命奇迹的实例。比如，哲学家冯友兰从85岁至95岁，撰写了7本书，共200多万字，第七卷是他去世前3个月完成的；国学泰斗楼宇烈自诩是不戴假牙的"无齿之徒"，一生专注于传播中国文化，到了耄耋之年还奔波于各地讲学……

再看国外，很多读者从享誉全球的时尚大师可可·香奈儿的传记里看到一张著名的照片,已经老年的她,跪在模特前面,满怀虔诚、一丝不苟地缝合和裁剪,深深震撼了无数人。她一生勤勉创造,成就斐然;70岁时复出再创业;86岁高龄时,仍在不停裁剪,甚至去世前一天还在争分夺秒地设计女装……

2020年2月,央视有个受欢迎的特色节目叫《中国地名大会》,很有知识性,本人是其爱好者。某日,一位名叫王大康的特别出题人出镜。主持人介绍说,这位王大康,61岁考入大学本科,接着上研究生;72岁开始学习音乐专业,钢琴、手风琴均有涉猎,达到相当水准;花三年半时间独自骑行,到过全国一千八百多个县市;每天写日记,管理家中300多盆花草,还出了书。老爷子今年85岁,把生活过成了诗和远方。节目现场嘉宾、复旦大学葛剑雄教授当场竖大拇指,称其为学习的榜样!

……

凡此种种,都是生命不息、奋斗不止的范例,都是我们人生的加油站!

今天还听到杭州作家余华代表作《活着》里的一段话:"人是为活着本身而活着,而不是为了活着之外的任何事物所活着。""看惯了生死,习惯了,时间长了,也就接受了苦难,接受了平庸。活着,本身就是一种忍耐,也是一种无言的刚强。活着的力量不是来自喊叫,也不是来自于进攻,而是忍受,去忍受生命赋予我们的责任,去忍受现实给予我们的幸福和苦难,无聊和平庸。"人为什么活着,是个平常到常会被人忽略的问题,也是一个生命的问题,一个哲学命题。一千个人,或许有一千个答案。就看经历了什么,针对什么而言,以及站在什么样的角度来看。活着,还要尽可能活得有意义,这也是许多人在履行着他们各自的人生的责任。

2021年1月3日

感悟一位老朋友、"老报人"的世界级萨克斯演奏

新闻人，一辈子办报，一直做到一个省级传媒集团社长，功成名就，已然相当了得，但更令人叹为观止的是其退休后居然把专业水准的萨克斯奏响到世界舞台。美国、法国、日本、比利时……很多国家和地区的舞台留下了他的激情演奏，已是名副其实的萨克斯演奏家！

把"业余"玩成"专业"；副业，转为主业。华丽变身的背后，经历了怎样的过程？

牛年大年初一，这位昔日知名媒体人在朋友圈回放了几年前的演出场景及相关专访，激情澎湃。他写道：5年前的此时，应邀赴美参加华裔春晚，在肯尼迪艺术中心独奏《斗牛士舞曲》，对方安排伴舞。华盛顿州长出席，美国华视现场摄录，演出结束还接受了这家华人媒体专访。由此结识总编 Yang。后来演出实况多次播放，自己也将其保存下来。相隔一年再次回放，感恩之情油然而生。借此为朋友祝福，为挚友牛年升帐。

那次专访中，这位老报人谈到了自己的音乐爱好及退休后业余玩成专业的演奏生涯。他说，他自小喜欢音乐，8岁起和家人（拜师）学吹萨克斯，但他妈妈还是希望儿子学好文化。所以后来还是念中文，做了记者，一直从事新闻工作。吹萨克斯就纯属"业余爱好"。退休后，重拾旧艺。他受到过联合国有关部门的5次邀请出演。他说，自己所有的音乐之旅，都是受所到国音乐爱好者们热情相邀，学习他们的音乐，也传播我们自己国家的音乐。

他还说，从这些往来演出的亲身经历中得到一种强烈的感受，

那就是音乐是上帝的语言,是世界的语言,无论国家、民族、信仰,在音乐上都是相通的。去美国5次,明显感觉到那里的变化,以及世界的变化。过去或许能感觉到某些歧视亚裔的声音或情况,现在大有改变,体会到了美国民众友好的态度和诚挚的欢迎。

这位新闻人,也是我的老朋友。以前我在职时赴其所在地开会,总会报个到,一起吃个饭,见个面,聊一聊。他当时是省级党报集团社长,也算身居高位,但对前来拜访的传媒界各路朋友总是十分关照,安排吃住,派车采访、采风等等,尽好地主之谊。大家对他的义气豪爽都铭记在心。退休后,这位"名人"的出镜率颇高,本人也就较少联系他了,但时常在朋友圈看到他善用社交媒体记录生活和心路历程,感觉亲切、自然,所以,我有了记录的冲动。

2018年,他还应邀参加春节联合国中国非遗文化展演,一曲萨克斯风的《山丹丹开花红艳艳》,高亢优美的旋律回响在联合国舞台。

牛年春节,同样通过新媒体,还"窥见"了这位名人"至孝"的一面。感人至深。

2月14日,他晒出一组照片和一段深情告白——

大年初二回娘家
我现已是没娘娃
虔诚为娘献供品
回思妈妈在世话
催我泪挥洒
那年应邀赴美一差事
临行看望我老妈
妈知自己不长了

要我同拍长安塔

边拍边嘱心里话

"今后我娃不论到哪，妈虽帮不上，

但妈一直在我娃身边，我娃正直地朝前走，

妈一直把娃记挂……"

4月17（2016）留此照

6月18妈走了……

他晒出的一组照片中，有背着妈的，推着妈的，听妈教诲的，以及全家福。其中之一：2016年4月17日，五十大几帅气的儿子和衣着朴素的老母手拉手亲昵合影。图说是——"临行拜见老娘 再吃一碗羊肉泡"。当时，应联合国中国书会邀请，转天一早将飞纽约，临行前与平日里一样特去见见老妈。妈说："这娃每次出远门，走时来看妈，回来给妈报平安……"

这就是本人熟悉的一位"名人"朋友的生活片段，真情实录。学新闻、办报纸、当领导；成演员、尽情"吹"，大孝子！同时还兼任一所地方大学的新闻学院院长。多彩人生，锦绣画卷，豪气满满！

几天前触动之下记述了上面这段文字，想起好久未联系这位吹萨克斯的老领导、老朋友了，没加过微信，便发了个拜年信息。虽然已是大年初四，总好过把老兄"丢了"吧！幸好几年过去，老手机号还"灵"。他的回复是几个叹号："真诚祝福！牛年大吉！健康幸福！事事如意！感恩帮助！常在心里！"

后来还看到过他记述的儿子给其在美国买鞋的感悟。"隔洋邮寄超长时间哭笑不及，鞋子挺合脚也令人欢喜。人间真情何必强求儿女绕膝，远程灵魂互动引发精神升华。小时我喜欢把娃娃向天抛起,长大后他没有一点恐高心疾。"说是看到老爸鞋底磨破了的信息,儿子悄悄寄来两双鞋子。破的那双也是儿子六年前在纽约为他买的,所以还能记得老爸脚的尺码。

一个有才华、有地位,又有情义、接地气的"牛人"!

我的感觉如此。

2021 年 2 月 15 日

曾想拜他为师:街边公园里的手风琴独奏老军人

刚退休的日子,本人发誓要圆青少年时代的音乐梦。擦拭了一直搁置当"摆设"的钢琴,又网购了音质极佳的手风琴,还在一次外出途中"带回"一支葫芦丝。作为曾被耽搁了诸多青春梦想的一代,当年有多少想法,现在就有多少羡慕、渴望,眼馋那些家里不仅有"装备",还能请得到老师教的同学。每当身边的"宣传队"或什么主题的汇报演出,那些同学悠扬的小提琴、手风琴声可谓极具魅力……

人生总有缺憾。当进入新的生活阶段,有点钱也有点闲了,可惜当年的梦想依然挂在遥远的天边。忽一日,在时常路过的一个家附近的公园里,被一群"广场音乐人"的快乐演奏声深深吸引,凑上前一看,原来是一支退休大爷大妈组成的"小乐队"在自弹自唱红歌、老歌,吉他、笛子、二胡、黑管、口琴……其中一位面色黝黑、身着褪色军衣裤的老者手风琴演奏格外娴熟,一曲又一曲,似无所不能、无所不会。一连多日留心观察均是如此。不禁顿生好奇、钦羡,心里暗想若能找个这样的启蒙老师教一下,手风琴之梦或许可以成真!

这天,见周边人不是很多,我便上前询问,先是真诚夸赞,然后聊起其经历,想探究下要想达到任何曲目信手拈来、随时可演奏的水准需要经过怎样的训练,特别是有没有"捷径"可循。得到的回答却是:"你就在我旁边弹吧,弹着弹着就什么都会了。"哇,这不是无师自通嘛,老人的话不能说没有道理,抑或就是他的经验之谈。可关键是,我并不觉得这样的奇迹会在自己身上出现啊!

聊多了,才知道,这位演奏者2019年已经73岁,曾为东北某省军区航空学校文工团手风琴演奏者;42年军旅生涯;1966年开始学习演奏,1997年退伍;正团级,山海关人,因照看孙子和老伴一道来京城临近五环的一个社区定居;两个儿子是生意人。

多年来,只要不刮大风下暴雨,上午十点左右,老爷子一准会推着改装过的自行车——为的是方便装载手风琴和演奏时坐的凳子,出现在公园里的树荫下,冬天则是在固定的太阳能照得到的走廊旁边。一年四季,基本穿着褪去了颜色的军衣军裤,坐定后,抱起使用多年的60贝斯黑色手风琴,在腿上架好,忽地风箱开合,脆灵灵的音乐便自指尖倾泻而出……饱经风霜的容颜,随性恬淡的姿态,行云流水般的声音,常常是用不了几分钟,四周散步的、唱歌的、锻炼的,就都纷纷围拢过来,合着琴声开始或歌或舞……如此娴熟、富于艺术感染力的演奏技巧,又如此朴实如邻家大爷的样子,让不少人顿生敬意,惊叹乐坛之高雅严肃与生活之普通随意竟是如此和谐统一!

据了解情况的歌者们说,老爷子也是经历过波折的,多年前还出过车祸，身体受到了伤害，慢慢才恢复，每天拉拉琴也是一种康复训练。可谓高手在民间，每人一世界！

2020 年 6 月 10 日

首次与"特殊家庭"的父母们一起摘苹果

所居住社区曾组织过多次只有"特殊家庭"（指失去了独生子女的父母）才能参加的春游、秋游活动。

毕生只生育一个娃，可惜这娃还因为疾病或其他偶发事故离世，这样的一群人如今大多也六七十岁了。从"只生一个娃，利民利国家"那段特殊的时代背景和国情下走来，遭遇了很特别的人生经历，如今他们在以什么样的状态继续着各自的生活呢？昨天，我第一次走进这个群体，成为他们中的一员。

欢笑、拍照、交流……衣着朴素，神情轻松淡然，让人感觉，这是一群虽经历难言痛楚与生活沧桑，却依旧笑对未来的人！快乐可以传染，这让人欣慰了不少。

你家孩子是哪年的？什么病？什么时候走的？唉，可惜了。

尽管彼此刚还陌生，但既然找到了"组织"，就顿生亲近，情感相通。大家自然而然地抱团取暖，互相慰藉。

这个活动的"组织者"，从大方面说，是党和政府，是对失独人员关心爱护的全社会；往小了说，是各地卫健委、民政部门、社区、居委会等机构的工作人员。比如，国家从 2007 年开始对失独人员及家庭实施补贴扶助制度，其间数次提高补助标准，最近这次是国家卫生健康委发布通知，自2022年7月1日起，提高计划生育家庭特别扶助制度扶助标准。再比如，每逢大的年节，这些家庭可领取到暖心慰问品，还可参加类似的春游、秋游，放飞身心，结交朋友，以及年度体检、某些必需的个性化服务，等等。

我感觉，这次活动现场大家脸上由衷的喜悦，一定有很多就来自这样的关爱。同行一位大姐谈到"扶助"时说，她每次到银行领取扶助款，不仅高兴，还想流泪，想失去的儿子，也念政府对我们的好……

的确，平生就生养了一个孩子，还没了，失去了寄托，失去了"保障"，对于"养儿防老"传统社会、观念长期裹挟中的家庭与个人，未来确实平添了太多未知。可人生无常，不论你遭遇了什么，生活总要继续，失独固然难承受，但与其用无尽痛苦折磨自己，不如换个心境活下去！

权威资料显示，2007年8月，中国正式出台计划生育家庭特别扶助制度，也叫独生子女伤残死亡家庭扶助制度，当年在全国10个省市试点，此后向各省市推行。政府部门以及全社会对独生子女、失独问题逐步加深认识，相关政策逐步出台、落实且越来越完善，越来越人性化。这就有必要再往前追溯一步。

在我国，"计划生育"成为"基本国策"始于1982年，同年写入宪法。而据权威介绍，中国开始实行计划生育政策的时间是20世纪70年代，至21世纪头一个十年分为三个阶段：20世纪70年代初到2000年，主要任务是通过降低生育，控制人口数量；2000年至2006年进入第二阶段，稳定低生育水平；从"十一五"开始的第三阶段，在稳定低生育水平基础上，统筹人口问题，提高人口素质，应对老龄化，促进人的全面发展。

2015年12月全国人大常委会表决通过了人口与计划生育法修正案，2016年1月1日起，全面"二孩"开始正式实施。

2021年5月31日，中央召开有关会议指出，为进一步应对老龄化的加重，优化生育政策开始推行"一对夫妻可以生育三个子女"的政策。这一消息放出意味着，2021年我国"三孩"生育政策全面放开，相关配套支持措施同时实施。

历史列车就是这样呼啸而过，每个人都无一例外搭乘着时代的列车。独生子女时代的过来人，除去极为个别的"另类"：宁可丢弃工作，不上户口，豁出去被罚款，哪怕倾家荡产，千难万险也要多生——一如经典小品《超生游击队》所表现的。且不说党员、干部、国家机关工作人员，就是全社会大多数安分守己者，也是基本都顺应着政府和社会提倡、接纳的"只生一个好"的大潮流。可膝下的"这一个"，万一摊上个"旦夕祸福"，作为父母，就切切实实什么都没有了！

今天这群笑意盈盈秋游的人，就是这样时常感觉"心里空落落"的一族！但他们在不断增加的关爱、理解中，在岁月的流逝、煎熬中，在内心的纠结、搏斗中，还是经受住了人生大考而乐观地生活着！不能不令人欣喜！

拍照、嬉戏、农家乐午餐……

从身边几位的聊天交流中听出，他们的子女都是在30多岁青春好年华时病逝的。压力、紧张、繁忙、生活不规律……每个家庭、每位父母，都曾倾力付出数十万甚至上百万给孩子医病，全力挽救生命，历经"希望"到"失望"、又从"失望"到"希望"的轮回，终究还是亲见膝下鲜活生命远去！

在京郊爨底下村的苹果园，红红的果子仿佛一张张绽放的笑脸，让人顿生快乐与幸福。这是事先定好由政府买单的果子，大家边拍照边摘果，院子里到处洋溢着欢笑。摘下一个，分享一点，不多时都各自提着满满一篮子的甜蜜，而带回的哪里仅仅是苹果呢，一定是对未来的憧憬和继续美好生活的那份坚定！

2021 年 10 月 20 日

一位有资历的领导大姐"招"我去工作

2022 年春节农历大年初一。在一个被自然环抱、极为闲适的地方过年，不由得记述起近来一段时间繁忙的工作。

研究生时代的好友兼同学，后成为知名学者和国家社科机构一名主要领导，在他的推荐下，2021 年 11 月下旬的一天，我如约走进位于京城复兴路 11 号的一家著名央媒的南大门——和这里一位部门领导谈新岗位的事情。满心想着先聊聊看，如果太过劳累，或如事先告知的那样上下班时间还很"严格"，就推辞"开溜"。退休了嘛，主要是轻松愉快地生活，各处走走，做点感兴趣的事情，写点真情实感的文字……怎能自找压力，还得被不必要的"规矩"束缚呢？虽然希望再有点事做，但酷似上班族，还需拼上老命，那可绝对不是我想要的！

与新领导的见面会开了个把小时，总领导和分管领导都是有相当资历，且和善可亲的"老同志"。他们各自介绍一番情况后，就开始了分派任务的程序。似无征求是做还是不做意见的意思。我试探着谈了下个人的想法，领导也未大理会，直接就开始部署起编审微信公众号的具体事宜。

眼瞅着没有机会再进一步表达自身小顾虑了，只好顺应着情势答应下来。心想先干干看吧！不知是否看出本人的犹疑，部门最高领导、一位资历相当了得的大姐极为适时地说："来吧，工作使人年轻，你会上瘾的。"原来，她本人就是个倾情投入、忘我工作的人！

于是，退休第三年，我就这样又被上了"套"，拉上了"磨"，当起了新媒体"小编"！原来，这是隶属于国家新闻出版广电总局的一个部门。其微信公众号主要负责各资质会员单位将国产影视剧等文化产品推向海外，反映国际传播的情况，所刊发文章的性质就类似于"业务交流"。

其宣介为："中国联合展台官方微信公众号由中华广播影视交流协会主办，国家广播电视总局发展研究中心协办，主要发布中国联合展台参展资讯、中国视听节目国际传播情况、国内外市场动态等内容。"

待适应了一段时间，差不多"上路"以后，感觉还应付得来，也基本用了本人所长：编辑与把关。只是够忙。以前在职时也审阅微信公众号，但每周仅发两三次，而且只是审核而已。如今的工作，编辑任务相当繁重，时常要将二三篇广告词或解说词样的无序文字改写为一篇新闻，或是从成千上万的杂乱文字中提炼千把字。有的文章编辑一道后，还需返回作者修改、添加内容，折腾几遍；而且完成编发的开始时仅是个"三人小组"——一人负责联络、组稿、定稿等（后来此环节增加一人轮值），一人负责第一道编辑，还有一人负责后期排版、安排图片与链接视频等。一个萝卜一个坑儿，没得富余。因此，一直以来，每天编发一篇甚至两篇文章的厉害算是尝到了！一般上午要编辑后几天要发的，下午及傍晚要编发、审核当晚要发的。最多时一次发出了三篇文章链接，整个编审校改过程从下午 2 点延续至晚上 9 点多，时长达近 8 小时，有些活动进行期间每天一次性发稿竟达四篇文章！

写此小文时，正值虎年春节，从大年三十，到初一至初六，总共七天假期，6 天按时发稿。《短视频+VR：〈筑梦冰雪〉系列节目即将完成制作并在多国播出》《京剧大戏〈龙凤呈祥〉海内外线上同步上演》等都是这几天发出的抢时效之作。初七，又要正式上班了！感觉假期如此短暂！这节奏，果然厉害！当然，成就感也是有的，比如，我们于 2022 年 8 月 24 日发出的一篇：《珍爱和平 传递美好，仙侠剧〈沉香如屑〉多语种版本在多平台同步播出》一文，经"视听中国"转发后，几天内阅读量冲至 396 万，创下该微信公众号创办以来点击率的最高的纪录。剧目引人固然是主因，但"发现"与"评论"的传播也很给力！

因此，无论如何，既来之则安之。既然领导期待，同事需要，就先安静地做着吧！顺其自然最好，能从这新岗位的工作中总结些规律、找到点乐趣，像新领导说的那样，还能重返些许"青春"，自然就更好，或是好上加好了！

春节过后，2022 年 2 月 22 日，农历正月二十二，星期二。上午刚开始，就有从各方面发来的微信，说今天是"最二"的一天，即"2"多到共有 9 个。百年一遇！又因为"二"与"爱"谐音，又称为最有爱的日子。感觉这个发现和总结挺有意思。看到这个说法，正是在新单位开会的间隙。

这天上午，大家开了个为一直编发的微信公众号"集体会诊"

的会议。二十来位各方代表，特别是供稿机构，也是此微信公众号主要作者、读者群代表，汇聚一堂，建言献策，看看怎样将公众号办得更受欢迎。会议开得不错，很有质量。结束后，我承担了整理会议内容的任务。我觉得，不如直接写个初步改进报告供大家讨论，很快完成并递交上去。对我而言，这是老本行，新闻业务专业工作，虽然是新媒体传播。退休后还做着创造性的事情，"客场"奋战，也是件有意义的事情。

这样，除了编发微信，一度又增加了整理会议、论坛、沙龙等内容的任务，这岂不是还真要再"拼"一下才行呐！

2022年2月23日

曾和一位有故事的"名记"阿姨同一办公室

近日，当年在社科院研究生院新闻系读研时期（1984—1987年）的一位同学在微信群里推送了其"说当代史"中的一段，讲的是他访谈1958年撰写"高产卫星"新闻第一人的一位前辈新闻人的情况，文中转述了不少这位新闻前辈真诚的自我剖析。

读后感觉很亲切，也觉得这位勤奋的同学做了一件极有意义的事情。阅读此文，才猛然想起，本人当年研究生毕业后，于1987年被分配进入工作岗位，就是与这位记者阿姨不仅一个办公室，还桌挨着桌，咫尺之距地相处了好几年啊！记得那时我也随着编辑部各位同事一道喊她为某大妈。可是，当时初出茅庐青涩女生，哪里想得到,身边这位慈祥和善,整日素面朝天、衣着简朴,时常咯咯大声说笑,一过11点便提起一口袋盆盆罐罐,急急火火张罗着去食堂打饭的老太太,却是位曾经影响历史、叱咤风云的女记者啊!知道国社卧虎藏龙,却没意识到会如此之近!

也是从同学的文章中得知,这篇知名新闻的作者已经于2014年10月去世。回想起来,这位名记"大妈"的音容笑貌,至今还历历在目……

近在咫尺,浑然不觉。而多年来一直关注她、研究她,甚至可以说,"抢救"到难得史料的,却是我这位毕业后分配到另一家中央新闻媒体工作的研究生同学!

同学所写的《自我剖析"高产"卫星第一人》一文的最后一句是:"这是一篇写了50年的消息,她写完了。"即是指作者从采写"小麦高产新闻",登上《人民日报》头版头条,继而引发一连串的"卫星"报道(包括水稻、钢铁"卫星"),到回归真相、反思剖析的过程。

文章分三个部分,回顾作者是如何采写、刊发"卫星"新闻及后来的相关思考。

1958年6月12日,《人民日报》头版头条发表了这位女记者撰写的新闻稿。引题:"卫星社放出第二颗'卫星'",醒目主题:"二亩九分小麦亩产3530斤"。这是篇800多字的消息,成为中国"大跃进"那个历史阶段一个广为人知的小麦"卫星",也是新闻学史上的一个典型教案。在这前后的新闻中,但见我国粮食亩产节节攀升,至1958年9月22日,《人民日报》刊登当年小麦卫星最高纪录《小麦冠军驾临 青海出现亩产8585斤纪录》。

同学在文中写道,到了这个时候,曾急匆匆赶往河南嵖岈山采写奇迹的这位女记者开始冷静了。待到"大跃进"风潮过去,终于有一天，她打听到了事实，当时采写的那二亩九分地产量，原来是从20多亩麦地里集中起来堆到一起打场的。后来她和编发此文的编辑一道反思，作为记者，既不是懒惰未到现场，也不是年轻幼稚不了解农村，而是被裹挟在那个上下左右充满狂热的氛围中，在一场国家范围的层层挤压中，不自觉，或不得不为之。即使"我"不去写，也一定会有其他记者写出这样的"卫星"稿。

文章中还引述了女记者的一段思考："我那时是够幼稚的，没有独立思考，在当时那个大的社会背景下，领袖一发号召，我就追逐那个乌托邦去了。""对稿件引起的后果，我不能逃脱一个正直新闻人良心上应受的责备，要向读者们说'对不起！以后我虽然也写过站得住的新闻，但这篇'卫星'报道实在是大错'。"

的确如同学文中说的那样，女记者的自我剖析，表现出忠于事实的自律，是襟怀坦荡、勇于承担历史责任的表现。读罢，也让我们对这位资历深厚、奋斗了一辈子的"老新闻"产生了深深的敬意！

做了几十年新闻专业期刊，什么是优秀的业务文章？此文应该说是当之无愧的全优答卷！回顾历史，现身说法，引人深思，令人警醒。只惭愧和这位可亲的名记"大妈"邻桌好几年，却从未动过这个脑子，无知及熟视无睹，让历史和难得好文从身边溜走。

机会永远给有准备的头脑！由衷钦佩写出这篇专访的老同学！

2021年7月22日

第三章 "突飞猛进"中,老人总有"可怜"时……

碰上位没有智能手机的老人

突如其来疫情暴发的早中期,常见讲述没有智能手机或不懂、不用微信、app 等新媒体、新技术的老人遭遇困境的见闻报道。有篇是一位 60 多岁老人因为在新冠疫情期间,不能出示各处都要求的健康码,无法乘坐当地公交,只好徒步行走了半个月去办事。另一篇是,一位老人也是因为没有智能手机,不知道健康宝、扫码等是什么东西,怎么解释也不通,便硬闯,结果与所住社区卡口执勤保安发生肢体冲突,双方均伤痕累累。眼看到了家门口却被挡在院外的老人委屈:难不成还不让我回家了吗?岂有此理!还有件被人们反复提及的事情是一名 94 岁老人,被家人硬抬去做人脸识别。

……

这样的情景，在我国现今的大中城市，已经远非个例。2.5亿老年人，且不说那些积贫积弱的，空巢的，病残的，失能的，高龄的，即便是身体尚可、基本能自理的老人，也有多少因为对新技术的隔膜、惧怕、不接受或接受困难等因素，而被高智能化、全自动化、网络化逼到无路可退的角落！没有预告，没有等待，无可选择，有的只是"莫斯科不相信眼泪"的残酷！

今天本人也亲身经历了这么一段。上午去附近的万达广场维修个东西，掏出手机健康宝扫码刚走进商场，就听见后面一位老妇人的央求声。循声望去，原来，这位个头矮矮的老妇人没有手机，扫不了码，保安照章办事，把她拦在了门外。老人仰着头弱弱地反复解释说："刚丢了手机，我大老远来的，就让我进去吧，里面超市买点东西就出来，很快的……我没病，你们可以测体温的，可以测体温啊……"结果可想而知。

待我办完事情走出商场，快一小时过去了，但见老妇人依然呆呆地站在那儿，时而焦急地徘徊。我不由得收住脚步，走到她跟前问询。见有人关心搭话，老妇人赶紧急急地说，原本是有手机的，前几天因为骨质疏松摔了跤，把手机弄丢了，家里人就不让她再带手机出门。"您买什么呀？""就买两袋茶叶，一袋洗洁精。你知道吗，我就是喝茶，86岁了，没病，茶是命根子呢！"听到这，我转向站岗保安，问能不能通融一下，测个体温，就让老人进去。结果还是被拒。我又赶快和老太太说："您去别的店买不行吗？有的茶叶专卖店铺，或许好办些呢！"她说，不行，走不了很远。这可怎么办呢？我心想要不替她进去买？"您买什么茶呀？"我问老人。她说："26元一袋的，两袋！"具体是什么茶，老人比画了半天还是让人不太明白。

我再次转向保安问，我来扫码，带她进去行不？保安回答："你扫自己的码肯定不行，得为她扫码。"哦，我才想起来，健康宝里有替别人扫码的功能。于是，我赶紧把老人拉到靠边一点的地方，边问边在自己的手机里填写老人的姓名、身份证号、验证码等等。好不容易从她那浓重的口音里分辨出正确的文字和数字，填上后又做了人脸识别，终于手机屏幕上显示出"无异常"几个字。拿给保安过目后，我告诉老人您可以进去了，快点买东西去吧！老人如释重负，赶紧谢谢，又忙不迭地和我说起来她的情况。原来，老人的丈夫刚去世不久，儿子在加拿大经商，女儿在国内知名大学工作。平时老人自己在家。今年86周岁，没啥其他大病，就是骨质疏松，摔了跤。她本人18岁支持宁夏，在那待了30多年，退休前在单位是会计。老伴是中央媒体军事方面报道的记者，家在北京……

想着老人已经站立多时，我赶紧宽慰她说，您快去买茶吧，有机会咱们再聊。好好好，谢谢你啊妹子，我家就在那个什么什么大院，什么楼多少号，你一提老曹，都知道哈，一定过来呀，过来玩，有什么事，我帮你办啊，一定一定啊……

我"哦哦"答应着，目送老人蹒跚地消失在商场的人流里。

这还仅仅是基本健康、能自理的老人的购物，那些网上看病、网上缴费、网上办理……让多少老人不知所措，他们缴不上费，看不上病，取不出钱，办不成事……不少老人现在折腾手机所花的时间是过去传统方式的几倍。

其实，老人们的悲惨境况在我们今天汹涌澎湃的现实社会生活中是从来不曾中断的。每天都在上演着不同情节的辛酸悲剧，更不用说那些空巢老人、独居老人、病患老人、不能自理的老人等等。

2020年8月6日就看到河南品牌媒体《大河报》的一则报道："独

居老人家中摔倒4天无人知道,靠敲盆获救。"说的是,2020年7月31日,安徽蚌埠一小区内,有居民听到敲击声,发现一老人倒在家中,急忙报警求助。消防员到场后破拆房门,将老人抬到卧室内。经询问,老人已倒地4天,滴水未进,屋内饭已发霉,获救后老人一口气喝下一瓶水。据消防员了解,家属已近20天没来看望……

读后还是庆幸:这位老人还是有家属,只是长时间没来探望。可如今又有多少老人独居在家,而根本就指望不上任何人来探望,因为他们或者从来没有过儿女,或者中途失去了儿女,即那些想想就揪心、担忧的"失独"老人!所以,数以亿计的,那些正在走向通往衰老路上的老人们的身心健康,该是多么需要关心、关注,多么需要全社会倾注爱的阳光啊!

对于老人这个弱势群体,阳光雨露也不少。

7月26日有则新华社报道,说的是一名护士从一位独居老人没来做透析的情况,猜想是不是出了什么事,紧急联系其外地亲属,并协调家政、同事、警察、社区多方帮忙,请来开锁公司开房门,挽救了这位已经昏倒、意识模糊的老人。

还有不久前刷屏的另一件事:辽宁鞍山有位69岁的退休阿姨,2019年11月底某天,独自走进一家小饭馆,点了俩菜,摆上自带小蛋糕,开始给自己庆生。30多岁丧夫,一人把儿子拉扯大,这是6字打头的最后一个生日了,自斟自饮中,她准备给外地工作的儿子拍个视频。见此情景,同在店里吃饭的邻桌小伙见状,主动为阿姨买了单,送上祝福后默默离开……

这则新闻的最后一句话是:愿世界温暖常在,哪怕生活再糟,也请记得,总有人偷偷爱着你。

感人的事例常有，但愿我们都能赶上，但首先应该想着为社会、为别人付出，在自己尚强壮时，帮扶一把那些无助者……

2020年7月15日

解决问题，逐步推进

2020年11月25日，来自新华社"权威发布"的一则报道令人心动。国务院办公厅印发《关于切实解决老年人运用智能技术困难的实施方案》，就进一步推动解决老年人在运用智能技术方面遇到的困难，坚持传统服务方式与智能化服务创新并行，为老年人提供更周全、更贴心、更直接的便利化服务作出部署。方案谈到，要坚持以人民为中心的发展思想，满足人民日益增长的美好生活需要，持续推动充分兼顾老年人需要的智慧社会建设，坚持传统服务方式与智能化服务创新并行，切实解决老年人运用智能技术方面遇到的困难；适应统筹推进疫情防控和经济社会发展工作要求，聚焦老年人日常生活涉及的高频事项，坚持传统服务与智能创新相结合、线上服务与线下渠道相结合、解决突出问题与形成长效机制相结合，做实做细为老年人服务的各项工作，让老年人在信息化发展中有更多获得感、幸福感、安全感。

如何让老年人更好地适应并融入智慧社会？方案说，到2020年底前，集中力量推动各项传统服务兜底保障到位，抓紧出台实施一批解决老年人运用智能技术最迫切问题的有效措施，切实满足老年人基本生活的需要。

上述方案聚焦老年人日常生活涉及的出行、就医、消费、文娱、办事等7类高频事项和服务场景,提出了20项具体措施要求。

现在这些措施看起来还有些笼统,但随着逐步在各地落实实施,方便老年人的特殊"通道"正在一步步铺设,也将更加畅通!

2020年11月26日

喜见"绿色通道"搭起

2022年5月间,无智能手机的老人,在有些比较人性化的机构或场所,已经可以仅提供身份证号码,由工作人员或其他人帮助查询健康码、核酸结果等信息了。不少医院开通了老人通道,还为无智能手机或无健康码者设立了专门办理窗口。

而在此前的2021年2月23日,一条加黑加粗的标题出现,各大媒体纷纷报道了这样的新闻:重磅!国家移民管理局出台便利老年人办理出入境证件6项新举措。报道指出,为了进一步加强和改进老年人出入境管理服务工作,推动解决老年人运用智能信息技术困难,从2021年4月1日起,实施6项便利老年人办理出入境证件新举措。包括,建立老年人办理证照"绿色通道",设置老年人等需帮扶群体窗口,减少等候时间,可不经网上预约直接窗口办理,并由窗口受理人员帮助老年人打印申请表,解决填表困难;协助、指引老年人便利使用办证自主设备;简化老年人办证照片采集流程,实行现金、银行卡、手机支付等多种缴费方式;增加亲友代办;等等。6 项新举措的实施将助力老人们跨越"数字鸿沟",让他们办理出入境证件时更省心、省力、省时、省事。

这些都无疑是好消息。相信有关举措一定会越来越多!

2022 年 5 月 26 日

有些"个例"让人不寒而栗

2022 年 2 月 2 日,正月十五刚过,又有新闻披露了匪夷所思的事情,不由得让人心里又是一紧。但愿这样有图有真相(视频)的情况仍然是"个例"。

新闻说的是在上海一家月收费 6000 元的养老院里,过道上一名蹒跚而行的老人在前面走着,后侧面一位四十岁左右的女护工大概是嫌老人太慢挡了路,上前拉扯老人拐杖的同时还啪啪扇了老人耳光。旁边至少有 4 人看见,但都神情麻木淡然,像是什么事情都没有发生。作者很感叹,一线国际化大城市,月费 6000 元,尚且如此,三四线城市那些人力、物力、财力都跟不上的养老机构该是什么样子,不可想象!养老院如此,在家自请保姆护工的又如何呢?辱骂、暴揍甚至闷死老人的,也不罕见。作者还举例说,亲见一名护工喂老人吃饭,几秒钟塞了 7 勺子,哪管老人是否会被噎死。不耐烦,嫌慢……

什么原因让这些人如此之"恶"?素养差、未培训、活苦累、工资低等等。大城市一名月嫂月工资可达万元以上，而一个每天需照护几名失能老人的护工，工资往高了说能达到3000～5000元；中低端养老机构，因入住老人养老金有限，护工工资不可能高；而高端养老机构，像一些需缴纳少则几十万、多则数百万保险费才有资格迈进门槛的养老社区，毕竟不是大多数普通老人能住得起的。

有人得出结论：养老，是世界性难题，都没有什么根本性的解决办法。相信凡事都有个过程，随着政府相关政策的不断完善，社会重视程度的不断提高，一切都会慢慢好起来，迎来更加光明的前景。

而5月2日人们看到的"刷屏"新闻，大概是最不该发生、最"骇人听闻"的事件，因为所有媒体在报道时基本都用上了这个成语。事情是这样的：5月1日，上海有个名为新长征福利院的机构，在转运一名"死亡"老人时，被殡仪馆的工人发现老人仍然活着。视频显示，老人已经装在尸袋里，装进车里又拉了出来。此事一经传播，立即引发汹涌舆情，大家纷纷表达愤怒与不解。上海市的反应也十分迅速、坚决。2日便有时任上海市普陀区民政局党组书记、局长，区民政局党组成员、副局长，区民政局养老服务科科长，长征镇社会事业发展办公室主任，新长征福利院院长等人分别被宣布党纪立案、免职、政务立案，均接受进一步调查。涉事医生被吊销医师执业证，并由公安机关立案调查。

5月4日，还是发生在上海，黄浦区外滩街道社区卫生服务中心总院住院部又发生护工殴打老人事件。公安部门很快介入调查，涉事护工被停职。

2022年5月5日

"他不是我老爸，我是……"
——亲见一位胜似家人的护工

在山东某专科医院陪护老舅期间，我还亲见一位暖如家人的护工大叔——是我们在那里的同屋"邻床"。初进这个被要求24小时不能离人的病室，说实在的，真有点"不适"，因为已经躺在里床的那个老人，已经没有了对外界的任何反应，哪怕只是抬下眼皮都没有。有的只是突然从喉咙里发出的咔咔的巨大声响，那是嗓子眼里发出的痰的咕噜声。天呐，我不禁皱眉，心想，这样的病房能住吗？因满员，只好先来之安之。这时，但见一直守护在老人床边一名50多岁的男人，迅速拿出个塑料罐子，又将一根长长的管子伸到老人嘴里，开始来回抽动吸痰，随着刺耳的咕噜咕噜的响声，几分钟工夫罐子就渐满，他端去厕所倒掉，回来给老人将嘴角擦拭干净，又开始用破壁机碎食……仅在我陪护的那个白天，就见他不停地为这位"无感老人"做这做那：吸痰、擦身、挠背、翻身、剪脚指甲、引流管喂食……

第二天坐下，我忍不住和他聊了几句："您老爸这是什么病啊？""脑萎缩，基本是植物人，谁都不认识呢。他不是我老爸，我是护工……"哦，是吗！这个回答让我颇感震惊，因为这里仅他一人照护，并无其他家人。接着，大叔又说，老人是位大学教授，两个儿子都在国外（后得知一个在英国，一个在澳大利亚），夫人虽年纪稍轻，但也上了岁数，三四天过来看看，送些吃的。"我家离这不远，陪这位老爷子，在这都住了快一年啦！"常年住院，褥疮不可避免，老舅的后背及近臀部位置都已磨破了皮，可眼前这位靠氧气、药物等维持着基本生命体征的老人，外表看上去还干净、舒服，"别说褥疮，爷爷身上连一块红肿都没有呐！"趁着给老人热水擦身擦脚的当口，护工大叔略微掀起被子展示了一下。

多么不简单的事情，非亲非故，又无家人"监督"，一位护工，将无任何反应的"植物"老人照顾得如此到位，不能不说是老人和其家人的福分！当我表达对他由衷的赞叹时，大叔淡然而又诚恳地说："嗨，我们干的就是良心活嘛，您说是吧？"

2022 年 5 月 29 日

"信念已到骨子里"的老人

这是一则新华社报道的真实故事，令无数网友感动、流泪。说的是在湖南岳阳火车站，一位民警巡逻时，听到售票窗口内工作人员呼叫。上前询问得知，有位口齿不清的老人要购买车票。老人没有同行者，面对民警的各种提问，老人只是反反复复地嘟哝着一句话："我部队打电话，让回去！"

民警推测，老人可能患有阿尔兹海默病（老年痴呆），便将老人带到执勤室安排休息。随后，民警在老人的随身行李中找到其身份信息。老人姓周，80 岁，四川成都人，曾服役于原某空军学院。

由于老人的手机通讯录中没有保存联系人姓名，民警只能逐一拨打通话记录和通讯录中的 50 余个号码，最终联系上老人的妹妹周女士，并将老人送回了居住地附近的社区服务中心。

周女士告诉民警,老人原籍岳阳,从部队转业后落户成都,退休后又回到岳阳定居。老人的两个女儿一个在国外、一个在外省,平时工作繁忙。

周女士还介绍,哥哥身体一直非常硬朗,从没有出现过这种状况。目前,周女士已将哥哥接回自己家中居住,并联系其女儿商量后续安排。

民警也特地提醒,尽量不要让高龄老人独居,子女要经常电话联系、回家看看;老人衣服内也可放置联系卡片。面对老人铭刻在骨子里的军人情怀,网友的感动溢于言表:"信念已到骨子里了!""退伍不褪色,军魂永在心!"……

2020年5月15日

"养老服务时间银行"来了

确实是令人振奋的消息越来越多了!

今天媒体报道说,1月19日,北京市民政局等三部门联合发布的《北京市养老服务时间银行实施方案(试行)》将于6月1日起实施。根据方案,志愿者提供养老志愿服务,可在时间银行建立个人账户,每服务1个小时获得1个时间币。志愿者既可以在60岁以后兑换服务供本人使用,也可以将时间币赠予直系亲属或向平台捐赠。作为时间银行前期试点的"储户",大栅栏街道、崇文门外街道的志愿者们已经在为养老服务贡献力量,也给自己攒下时间币。

据悉，国内现在已经有很多地方推出了这种养老服务时间银行。2019年南京推出全国首个在市级层面统一推行的"时间银行"。作为社区养老互助模式的重要补充，这一概念已被上海、杭州、青岛等多地引入。南京市"时间银行"的主要服务对象目前有两类，一是80周岁及以上的空巢独居老人，二是低保家庭中60～79周岁及以上失能、半失能的空巢独居或农村留守老人。这两类老人可以每周享受政府补贴的不超过3小时的志愿服务。这篇《中国消费者报》报道说：南京市养老志愿服务联合会会长史秀莲说，如果老人的志愿服务需求超过政府补贴时间，则需要其家人用志愿服务兑换的时间为老人"买"额外的服务。

"时间银行"的志愿者队伍，并不完全由年轻人组成：60岁及以上志愿者占比11%；40～59岁志愿者占比约33%；18～39岁志愿者占比达56%。

南京市的"时间银行"操作简便，只需要登录"我的南京"app，点击"时间银行"专栏进行下单，说明需要的服务项目。比如，助餐、清洁、就医等等。随后，"时间银行"进行派单。老人可以自主选择，志愿者可主动接单，服务点也可人工派单，还可以通过系统自动匹配、就近安排。

让人高兴的是，"养老服务时间银行"正在成为城市解决养老问题的新方案，特别是想想或许我们每个人也都能享用上这样的新型便利！我感到老年人的生活更加有希望了！

2022年2月26日

大妈追星：这波舆情令人羞愧悲凉

若说 2020 年 10 月下旬最热闹的一件网事，莫过于一位六旬大妈在某热门视频平台上，被一名假明星骗去了财物与感情。稍微一搜，关于"假某某（某知名影星）"的新闻便弹出成百上千条。追星不是新闻，年老追星也不足为奇，一不留神追错了，亦情有可原，毕竟如今社会无奇不有。关键是一切都应把控在一定程度和范围内。这位大妈打赏礼物也就罢了，可怜的是还满腔真情，沉迷梦幻，笃定 40 出头的英俊明星对自己有意，要娶自己……

有关记录是这样的——

在某短视频平台上，有人假冒一位当红明星的名义进行直播敛财，采用的方法非常简单低劣。

起因是一位 60 多岁的大妈刷短视频迷恋上了这位"男星"，声称两人已经通过短视频"对话"确认双方心意，为了和这位"男星"在一起，她和家人闹翻，与丈夫分居，谁的劝告也不听，还自称这位"男星"会给她一百万，为她买房……直到记者的出现，这位 60 多岁的女粉丝才从对方口中得知，这个直播"明星"其实就是个骗子。大妈告诉记者，她一生没有体会过爱情的滋味，除了在"某明星"身上这次……

她还说，他们那个年代，婚姻不自由，她的老公是入赘来她家的，后来因为一些生活上的事情双方产生了隔阂，内心压抑，遂将这位"明星"当成了精神寄托。"我一生中，我的好，我的美，我的善第一次被看到，都被'某明星'看到了……"

这些心术不正者就是钻了有些中老年人心理空虚、渴望感情的空子。据介绍，这些人首先注册一个账号，然后换上那位明星的头像，再利用该明星的名义发一些视频。内容一般是呼吁型的，给观众一些不切实际的承诺，乘虚而入，吸引观众上钩，让一些人掉进设计好的陷阱。

现如今类似骗局或可叹事件早已并非个例。事件背后是整个社会遍及城乡的中老年人干涸的心灵与情感的孤寂渴望。关于此类事件，有过调查、呼吁，但一个社会问题不能一蹴而就地解决。

2020 年 10 月 30 日

温暖有趣的"特色小镇"

恰在骗子"明星"引发老人痴迷追星事件沸沸扬扬之时，看到诸多媒体报道的一则也与"欺骗"有关，却是真实存在、温暖可人的趣事。

这篇报道题为——世界上最伟大的骗局：152 名老人被骗 8 年，却觉得无比快乐！说的是荷兰阿姆斯特丹一个特色小镇。阳光温暖的广场，物品丰富的超市，浪漫慵懒的酒吧，20 世纪 60 年代风情的咖啡厅……

清晨，老人们逗猫遛狗；午后在花园饮茶；夕阳中相互搀扶着回家。

岁月静好，现世安稳，一切看起来都是人们理想中的模样。

看上去这个一切美好的普通小镇，现实情况却是：它是假的！

镇子是假的，大概有10个足球场大小的地方，只留一个玻璃大门，任何人都不能随意出入。

超市、饭店、邮局是假的，没有价签、不用花钱。

邻居、理发师、收银员甚至行人都是假的，医护人员也是乔装打扮的，换句话来说，除了失智老人以外，其他人都是专业护工。

他们完美诠释了"人生如戏，全靠演技"。

这个"假"镇子是一家大型养老院，也是全球第一个专为阿尔兹海默病老人建立的"温暖照护小镇"。没有高耸的院墙，也没有冰冷的病房。老人们六七人住一间房子，配有两名护理人员。由于失智老人的记忆通常会停留在童年和青年时期，所以为了减少病人对于新环境的抵触和焦虑，公寓装饰参照的是20世纪50年代的设计风格。

小镇的设计风格，以确保老人的居住风格与之前的风格类似为标准，降低他们的焦躁感。挂在墙上的黑胶唱片，古典花纹的桌布和座椅，甚至窗帘的色调与装饰，都尽量去还原那个时代，让老人们的内心更加安定。

而这些护理人员，都变装成邻居、店员、家政，全天24小时守护老人，和他们建立亲密关系。

去超市大采购，不用拿钱算账，不论买什么，收银员都是走过场，然后报以真诚的微笑。

不用担心出门回不了家，也不用担心被陌生人拐跑，总有位善良的"路人"伸出援手。

附近学校的孩子们组队来看望老人，给他们讲有趣的事情。

……

虽然不少的老人失去了思考的能力，行动起来也极为不便。但在这里，他们不会产生被隔离的感觉，还是像社会的一分子，有尊严地活着。

据报道，小镇最初的灵感来自一位普通护工，她曾在失智老人护理中心工作，亲眼看见有血有肉的无辜老人，在最后的岁月里，像是犯了错误的孩子，茫然无措。

后来，她父亲的离世激发了她内心创办一所特别的养老院的想法，让老人像正常人一样生活，快乐度过人生最后时光。

2009年，这个想法成为现实，霍格威的小镇顺利落成。造价1930万欧元，其中1780万元来自政府支持，其余的来自民间的募集组织。研究显示，住在这里的失智患者服用较少的药物，他们胃口更好，更有活力。

据称，在澳大利亚，一座类似的养老院也即将建成。

……

失智、失能之后的无能为力，也许比死亡更可怕。

但如果每天能够更快乐地活着，就算什么都不记得，那又何妨？

没有孤独，没有恶意，老了却能回到孩童时光，简单地思考和生活，拥抱美好的阳光和朋友。

《世界阿尔茨海默病2018年报告》显示，全球有5000多万老年痴呆症患者，每年的新增病例还在增长。

在中国，目前约有1000万阿尔茨海默病患者，预计到2050年，这一数字将超过4000万。

数字与现实均有残酷的一面，希望我们将来也有这样的机构；期盼无论多老，我们都能被温柔以待；更祈祷我们一生都大脑清醒，都能认得回家的路和自己最亲近的人！

2020年12月6日

新敬老爱老观：能想通、能面对吗？

前几天有档读书节目讲到这样的数字：现在，21世纪20年代，全球罹患抑郁症的患者数量已经是50年前的10倍，病患发病年龄也比上一代人提前了10年。权威数据显示，2020年、2030年、2040年、2050年，我国60岁以上老年人口数量将分别达到2.55亿、3.71亿、4.37亿、4.83亿。

今天又在微信群里看到一篇介绍爱老敬老新观念的文章，我感觉确实有几分道理。不妨概括记录下来与大家分享，那就是新孝道——让爸妈自立，缩短病榻中的日子！

这篇文章里说，"最好的孝顺就是不孝"。日本作家岸见一郎在他的新书《面对年老的勇气》一书中，提到当父母老了，子女应该找机会，换一种方式来爱他们。一生致力平权与妇运的刘毓秀说，现在子女被传统孝道捆绑，眼见父母衰老，为了降低罪恶感，就找外佣来照顾，陪着走路、喂食、打理，让老人自理能力越来越差。"其实，老人也是可以训练的，北欧就是一个很好的例子。"

1996年，刘毓秀在瑞典看到老人上超市、购物、去银行……北欧老人平均卧病时间只有两个星期。她提出，"提供父母保存生活技能与体力不退化"的照顾才是现代新孝道。意思就是，让老人尽可能延长独立自理期，只要还能动，就独立料理生活大小事，实现"自立、自理、尊严"。

此文还介绍道，芬兰人死前平均卧床七天，而有些地方人死前平均卧床七年。芬兰政府的预算注重老人的体能训练，使其身体健康。

不错，人，如果在结束生命前，仅仅七天需要人服侍，那该多么有福气!

这也让多少老人,以及千千万万正在走向衰老的人,减少或降低多少恐惧与担忧!

大家都应朝着这个方向努力!

2020 年 9 月 29 日

又见老人抢吃抢喝的"情景再现"

丢人啊!就在人们头脑中大爷大妈"吃垮邮轮""占道拍照""钻空子冒领、多领食物"等事件形成的恶劣印象刚刚有点模糊的当口,又一起"有图有真相"的新闻,被制成短视频在网上疯转。说的是昨天,3 月 5 日,上海一家肯德基餐厅推出慈善项目,将一台冰箱置于门外,里面装满剩余但尚可食用的面包、薯条、鸡块、可乐等。本意是想以这样"食物银行"的形式,给那些突有需求的路人救个急,比如流浪者、打工人,或急需补充体力的各类室外工作者及路人。

可"食物银行"刚刚在门外放好,立即被一群轰然而上的中老年人一抢而空。此一场景,立即被人拍下,发至网上,瞬间成为热点。只见这些"抢者",行动敏捷利落,不顾一切将东西搂进怀里,掉在地上的也顾不上捡拾,然后扬长而去,简直丑态毕现。"就这素质,不奇怪!"……大家议论纷纷。今天发生在上海,明天,就有可能在自家门口……

这让人想起刚刚过去的 2 月 14 日西方情人节那天,法国街一项风靡世界的"创意"：矮墙上，一位留有乌黑坚硬胡须的"帅哥"，含情脉脉注视着过往行人。人们近前细看，发现画中男子的胡须根根立现，试着拔一下，哟，出来了！原来是一朵见光绽放的玫瑰花！真乃意外惊喜！大家不约而同为如此传递爱的奇思妙想啧啧称叹："不愧浪漫巴黎啊！实在是高！"

此情此景通过视频传到国内，一些微信群里立马有人调侃：嗨，这男的"胡须"会不会分分秒秒就被某些路人拔光，成了没毛男啊，哈哈哈……唉，无论何地，倘若碰上如此无素养的人，都是多么煞风景的事情啊！

再说回到这些哄抢食品的大爷大妈大姐们，是穷到吃不起买不起吗？是衰老得没有其他办法吗？都不是！有专家各种分析：人的多面性啦，一面是天使，一面是魔鬼啦，无人制止啦，等等。细想想，不外乎贪小便宜的从众心理，以及长期对丑行曝光不够，构成客观上的纵容！比如，为了拍张个人美照，折树枝的、疯狂摇落花瓣的、攀爬的、挡路的，不一而足。如此行为，有年轻人，也有大量老者……

面对类似情况，大家都希望能有人站出来制止，或者通过媒体反复曝光，让那些只管"贪""占"，无视公德，不以为耻、反以为荣的人越来越少！

2021 年 3 月 6 日

第四章　路上"风景"刚好

如果您也退休了，除了养生、广场舞，还可以做些什么？本人答案是"率性而为"，即根据个人爱好，尝试喜欢做、感兴趣的任何事！

享受互联网时代新读书法

如果说，突如其来的，从 2020 年后数已经 3 年，但迄今还无人敢准确预言结束时间的新冠肺炎疫情，还能给人们带来意外收获、给社会经济发展带来意外惊喜的话，网络在线教育的火爆怕是要算这场灾难初始阶段中颇为耀眼的亮点了。就连我们这些已经告别工作岗位，过上了愉快退休生活，天生不亲近技术，甚至一直对技术带有某种陌生、恐惧或抵触情绪的人，都被不自觉地裹挟其中。实践一段，不仅感觉良好，还时不时由衷庆幸，像是赶上了哪一波红利而没有被落下似的。

半年前,顺着广告的指引,我尝试着开始了一个"简知书院—180天读书计划"的活动,也就是网上听书。书院老师每周选择一本畅销书读给你听,周六小测试,考查学员是否听懂、听懂多少该书内容。书院承诺,如果坚持不懈,180天场场不落,本期学习结束后99元学费悉数退还。万一哪天忘记打卡,可以花20元补上。本人不仅已经顺利毕业,还超额完成了后面的两期学习。

这是怎样的巧妙创意,怎样的盈利模式?如此富于时代特色、助力文明素养提升的大好事是由谁的团队打造实施的呢?我不禁心有好奇。

后来得知,这确是"互联网+"时代的热门创业,类似的项目还有不少。

简知书院起步于四五年前知识付费井喷式增长时期,赶上了内容创业的燃点。特色在于偏重女性用户,"提升女性素质,陪伴女性成长"。鲜明、精准的定位,使这个书院有了成功的潜质。2020年让很多人无奈"宅家"的疫情肯定又给这样的创意增加了爆点!这个180天读书计划,作为公司发展的一个创意或步骤,便是在这些因素作用下由广州简知科技有限公司发起并很快获得社会广泛认可与赞誉的。

据公司视频介绍,"简知科技"的发展脉络颇为"韧性"。2017年8月正式创立,2018年11月就获得首届中国女性知识服务行业峰会品牌贡献奖;2019年4月孵化美妆MCN机构——风楼传媒布局短视频市场;2020年6月成立小知团队,涉足3~12岁儿童学习成长,12月获年度知名儿童教育品牌……多年来,既着眼稳固发展的女性知识体系架构,又触达母婴、美妆、电商等分支领域,以科技赋能人与文化。总之,这是个紧逼时代"风口"的"综合性女性成长教育品牌"。

我亲历其中,从一名听众,同时又是大众传播研究者的角度总结来看,觉得这个读书计划项目的成功有几个因素:

一是门槛较低。无论你是天生爱书、已经学富五车,还是来自草根、偶遇尝试,学历高低,有钱没钱,进门不问出处,一顿饭钱读半年好书,太划算!

二是书单选择切中要害。内容涵盖女性六大人生命题:内在提升、人际沟通、两性关系、职场财富、时尚品位,以及生活哲学。有的放矢,直击痛点。

三是形式轻松新颖,人性化设计,解放女性。每天15分钟,世界级的、重量级大师的,最前沿知识、时尚先进理念,如此轻松触手可及,几乎无负担、无成本接收,超值感爆棚,赚到了!

感谢技术,感谢每时每刻都在发生的飞速进步!

2020年7月,我圆满完成上述180天读书计划,顺利毕业。简知书院如约给每位坚持听书、全勤打卡的学员返还了99元学费,可我没有兑换提现,而是选择继续听书,做VIP客户。又一个180天,将有600本新书每天在耳畔响起,为我带来一个又一个崭新的世界。虽然其中的不少书卷此前已经读过不止一遍,但哪怕是多年之后的复习、重温,也是极为受用的。女性领袖、商界传奇、时尚翘楚、科技精英……一个个杰出女性从不同的方向或各自时代的深处款款走来,带着她们的强大内心、完美自律、坚韧独立、辉煌贡献,让我们重新咀嚼、吸纳人生的营养。在此,还陆续"读"到多本畅销书籍:《追风筝的人》《灿烂千阳》《人生海海》《活着》《解忧杂货店》《红玫瑰与白玫瑰》等,很多书籍听上二遍三遍才觉过瘾。这一个阶段,听书成为我每天睡前或醒来的第一件事,难得的精神食粮!

许多故事、人物、史实、文学作品,以往头脑中支离破碎的记忆被重新唤起、串联,加深记忆,重得感悟,获益匪浅!由此我想,要一直这样听下去,读下去,哪怕重复再重复。因为,每"读"一次都有不一样的所得!

读书,是听,是看,形式不重要,都是太幸福的事情了!

另据"36氪"转载报道,2022年4月23日,第27个世界读书日的数据显示:2019年国民三成以上(31.2%)有听书习惯,夜听总时长109亿小时,同比增长95%;2020年夜听用户规模超2亿,成为"Z世代"(网络世代)夜间娱乐新选择。

利用百度得知:世界读书日的创意来自国际出版商协会,1995年11月15日确定每年4月23日为"世界图书与版权日"(亦称世界读书日,或世界图书日)。

2022年4月23日

再叹"在线教育"

转眼又是一年过去,我再次续费听书,又可以书海畅游了。"为女性精选好书,全面提升思维能力、情感能力、赚钱能力、认知能力等16项能力,期待成为'卓越超脱的智慧女性'"!还可以享受大数据量身定制的专属私人书单。感觉同此前一样,那就是"赚到了!"

近日又听了不少收获多多的书:《未来简史》《三体》《天使在人间:奥黛丽·赫本》《李清照:人生不过一场绚烂花事》《老干妈创始人陶华碧》《沉香屑·第一炉香》《可可·香奈儿传奇》《内向高敏者》《轻疗愈》等等。

在线教育的魅力怎么这么大?不光是中老年,其实对少年儿童乃至各个年龄段,它都有着超级吸引力。特别是寒暑假将至时,各种网校平台广告每天闪现于电视、地铁、楼宇电梯、朋友圈,轮番轰炸,让人有点招架不住的感觉。有统计表明,在线教育已经成为继电商、游戏之后主流平台的第三大广告主,融资大战也再度升级。当然,也有资金链断裂撑不下去,几年后宣布倒下的在线教育平台。

研究表明:这样的发展,是疫情为其按下了"快进键"。

谈到在线教育,根据2020年12月末的数据,2008年收入180亿元,十年后的2019年,在线教育总收入1900亿元,高出了100倍。重要的是,除了读书,它还给千万普通人带来另一个幸福的切身感受,那就是,让过去许多高不可攀的技能学习或知识学习变得简单,走进了寻常百姓家。比如,乐器的学习。以往少则几百元一节的钢琴、大小提琴、手风琴、葫芦丝、二胡、架子鼓等课程,如今在网上应有尽有,任何人,任何年龄段,只要想学,都能学。免费!你完全可以一分钱不花。当然,一般在课堂上,听到尽兴处,你会情不自禁给任课老师付费、点赞或送花等。但一般的点赞、鼓掌不过是一元、三元或几元钱,即便深情献上玫瑰、润喉糖,也不过十来元、数十元。怎么着也比动辄成百上千元的学费让人心动啊!只要你不是立志学成世界一流名家,这里足够啦!老师们一点都不差,各种学历、头衔都蛮"亮"。我经常点进去的红松课堂就是如此,成千上万中老年人在此圆梦！不仅各种乐器，唱歌跳舞、书法绘画、广场舞、交际舞、民族舞……"只有你想不到，没有你找不到的！"

什么叫互联网改变世界？这些都是普通人可以触摸得到的福利，尽可以享受的利好与幸运！

2022 年 2 月 13 日

亲历在线考试，高分通过

60 多岁，还需要承受考试的压力，如小学生一般紧张"受虐"、纠结答题吗？现今时代，一切不足为奇！80 多岁考取大学、硕士博士的，时有报道，保洁大姐、阿姨，保安、快递小哥考取学位的，也很正常！

昨天本人就真正体验了一把。且不说年龄，考试的形式"线上答题"也几乎是头一遭经历（其他类型网上工作倒是有过）。

恰巧这日有别的事情，还不得不找了家附近的网吧参加考试。与沉溺于其中的那些游戏迷、股迷们一道，在他们呛人的"烟熏火燎"中（这里室内不禁烟），度过了难忘的两个小时。

在 2020 年 7 月至 12 月近半年的学习中，我初学了大学本科的心理学课程，涉猎了普通心理学、社会心理学、发展心理学、异常心理学、健康心理学、心理测量学、咨询心理学、心理诊断技能、心理咨询技能、心理测验技能等内容，拓展了知识领域，丰富了认知视角，感觉收获满满。

不看结果，只享受过程！可以自豪而肯定地说，本次参加的网上心理咨询资格考试，学习机会是真实的，名师授课是真实的，所有自购教材、辅导书籍均白纸黑字是真实的，学到了知识是真实的，考卷是真实的，我也真真切切再次经历了数月的勤学苦练。

2020年12月10日是这个持续近半年的心理咨询学习展现阶段性成果的日子。上午10点，起陆教育（当初报名学习的网站）管理人员微信告知，本人11月22日参加的第2011期心理咨询师资格考试所得分数是84分，用时95分钟，并发来相关信息的截屏。

闻听此消息，我顿时激动了几秒，并延续了一天的大好心情！退休岁月，第二青春初度，仅仅是通过网上学习及自学，不仅初步掌握了心理学知识，居然还能高分通过自己的老本行——新闻传播领域之外的高级别资格证书考试，即使不能说明我越来越"冰雪聪明"，至少是"宝刀不老"嘛！

要知道，这个资格考试的及格分是60，而且就在那几天进行的自我模拟考中，所得分数很一般，甚至有时还不及格。因此我对能否通过正式考试还一直心里打鼓呢！为了能有几分把握地通过考试，我曾一个阶段像学生时代一样，集中精力打歼灭战，将教材各个单元后面的测试题、结业后的模拟题，以及专门前往实体书店另行购买的相关案例评估和分析书籍的数十套习题全部做过、核对过、思考过，有的试卷还自测了二至三次。所以，这个辉煌的结果证明：自己的学习是扎实的，方法是可行的，早年应试教育打下的基础是牢固的；最重要的是，表明大脑还未衰老，仍大大管用着呢！

2021年5月8日，我终于拿到了起陆教育快递过来的，被拖延已久的高级心理咨询师资格证书。有无证书不重要，是真是假也没意义，什么用途也没有。继续学习、检测成效、尝试新方法，给生命丰富内涵与色彩，这才是今天仍然努力、奋斗不止的动力与最宝贵之所得！

2021年5月8日

谁能如此精准为你记录生活

同样在这岁末年初时节，今晨打开手机，一份专为本人量身打造的"年度学习报告"扑面而来。一开始颇觉奇怪，并不知道这是个什么东西，翻开一看，好嘛，不禁诧异又惊喜！原来如此精细准确、分毫不差地记录了本人一年300多天里每日的学习轨迹，比如几点几分学了哪本书，哪天比较"勤快"，而哪几天又有点"偷懒"等等。特别是当初并不十分了解相关技术时，更是颇感神奇，后来才得知，目前所有app都有年度总结功能，会推送给所有用户。

尽管是新技术的功劳，但不妨分享下如此温情脉脉的"量身定制"的报告。在这份"献给坚持学习的你"的报告里，"他们"对我说："2020年1月30日是你与简知相识的第一天，一转眼我们已经相伴走过348个日子，许多珍贵的时刻，我们为你小心收藏着。过去这一年，你在简知一共学了多门课，听过207本书，累积11313分钟，超过了99%的学员。7月20日这一天，你睡得很晚，凌晨3点40分，你还在学习，此时读了《仪式感》；11月29日，这一天，你起得很早，4点09分，你已经在学习，此时读了《苏东坡传》《林徽因传》。这一年，你累计获得28枚学习勋章，超过了63%的学员。"

报告的结语是:"面对复杂的世界,你依然保持好奇,相信时间的力量,终会给你带来改变!未来的你,一定会感激现在的自己。""感谢遇见,未来,学习的路上,在每个时间的缝隙里,简知与你同在。"这是"机器"在同我讲话吗?怎么这样温暖可人,对象明确?不是说人工智能没有情感和思想的吗?宁可相信这是"人"的设定,而不仅仅是万能的"机器"。

一家书院,企业行为,能做到线上线下经常交流,给人以人文关怀、正向激励,就不能仅仅以"商业行为"来看待了吧!这种经营理念和方法确有可圈可点处!

都说大数据时代,人们很多时候就像在裸奔,没有隐私,2020年新冠疫情之后,大数据的威力更是出神入化!大家最有感触的是,无论你游到哪里,行至何处,离开住地多长时间,你人还在路上,目的地居委会大妈的电话一准先于你而至:"核酸检测了吗,隔离啊,别出门"……似有看不见的"天眼"随时随地、24小时、360度无死角地"跟踪"你!去了几个地方,到过哪些景点,有时自己都迷糊、弄不准,而行程大数据会毫无遗漏、准确无误地记录你,"提醒"你,帮助你顺利更新时时贴身放置的"健康宝"。

2021年1月27日

听小白财商课的启示

上了知识付费平台怎么就下不来了呢!

近日又被"营销""误入"了两个免费财商训练营(简知财商

和长投学堂）。想着增加点理财知识，提升些财商也不错啊！

人，不是富有才理财，月光族更要理财；理财要尽早，如果你投资起步晚5年，赶上就要花1.5倍的汗水加时间，以及多付50%的本金。买保险有多少陷阱要规避，股票可不可以碰，怎样碰；合理收入分配、认识复利魔法；基金定投、打新债、国债逆回购；等等。这些都是我从课程中初步了解或明白的。

当达到"初衷"，了解了一些基本知识后，本人就严格把住了钱袋，没有被"推拉"着跟进下面的"实操课"。

但回味起来，感觉不得不赞的是，从有效传播角度看，这个财商课程的讲课方式，确有可取之处！通俗易懂，诙谐幽默，老少咸宜，令人欲罢不能。下面列举一个案例。

在讲投资的意义作用时，那位大概是90后的主持人给大家讲了个相亲现场的故事。

女：咱们开门见山吧！有车吗？

男：没有。

女：有房吗？

男：也没有。但我有两万股茅台。

女：我不喜欢喝酒的男生……

哈哈哈……赤裸裸绩优股：20000×1700=3400,0000（元）

怎么说呢？不仅财商没有，还基本没文化，这样的傻白甜物质女，除了让人一声叹息只能祝其好运了！

当讲到人要跟上时代变化，不能墨守成规、思维老套时，主讲人是这样举例的：

比如，打败口香糖的，你以为是"益达"吗（广告天天狂轰滥炸）？错！而是微信、王者荣耀……在超市收银台这个场景，过去顾客排队无聊时就近看看，然后往购物筐子里丢上几个口香糖；可现在呢，大家都在刷朋友圈、玩"王者"，谁还左顾右盼拿东西呢……

又比如，共享单车，一块钱，随便骑，任何地方下来路边一放，尽可轻松离去。这个东西一出来，黑车司机哭了，卖单车的、修自行车的，生意都一落千丈。

再比如，消灭扒手的，除去警察，更是微信、支付宝……越来越多人口袋里不再装现金，连乞丐收钱都要你扫二维码。

康师傅、统一等，太多辉煌营销史的品牌方便面，业绩下滑，对手哪里是白象、今麦郎……而是饿了么、美团……

讲创业，什么是好生意，比较麦当劳、婚纱摄影楼，举例拍结婚照、离婚照……

总结：这个叫——我消灭你，但与你无关。

主持人还讲到，在这个跨界"打劫"、飞速变化的时代，你永远也无法想象下个竞争对手是谁，也很难预测到新兴的哪个行业又让哪门传统营生成为历史。我们唯一能做的，就是保持一个足够开阔的视野，足够开放的心态，更快接受新鲜事物，多去发散思维地思考，说不定想到的某些点，串联成线，就可以比别人早一点看到未来，早一点抓住机遇呢！

我们不自我革新、自我变革，岂不只能等着别人来革我们的命吗！学习不是为了消灭谁，更多的是保证自己不被淘汰！现在，时代淘汰你，连个招呼都不会打！

感觉这些观点够新颖、够麻辣，让人听得进去，还有点启发。什么是入脑入心？这样的传播，还可以吧！虽然主观上是在"忽悠"

人们购买他们的课程,让大家心安理得为知识"付费",但其有趣、鲜活、犀利、生动甚至煽动性的传播方式(大概率有专门团队策划、操作),值得传统新闻媒体借鉴!

2020年12月1日

有个新行当逐渐走进人们的生活

近日最有想法的事情是:在这个世界上,只要关系人的行为、人的需要,看来无论哪方面,都有人琢磨,有人研究,甚至做成学问。收拾东西——在一般人看来多么令人讨厌、麻烦、发怵或者不屑的事情,居然有人不仅将其和人生的大主题联系起来,而且还有了专门的大部头论著,并诞生了因此而驰名世界的作家!再后来,竟发展为一门新行当。初闻此事,竟一时感觉相当不可思议!

此前我就曾读过《断舍离》。搜了一下得知,这是日本山下英子创作的家庭生活类著作,2009年首次出版。她是本书的原作者,也是"断舍离"概念的创始人;生于东京,早稻田大学文学部毕业。她用自己创造的"断舍离"改变了千万人的生活状态。

前几天我再次接触这个概念,是因为了解了被称为日本整理女王的近藤麻理惠,以及她独创的整理术,和因此而成名的大作。

据介绍,从山下英子的《断舍离》到佐藤可士和的《佐藤可士和的超级整理术》,再到近藤麻理惠的《怦然心动的人生整理魔法》,近年来,已有一门叫作"整理术"的学问从日本兴起,并在全世界悄然走红。就拿2011年出版的《怦然心动的人生整理魔法》一书来说，很快在世界范围售出了200万册，创下了惊人的成绩。人们甚至将整理的至高等级称为"近藤"。2014年，近藤设立"日本心跳收拾协会"不仅教学生改善自家环境，还为立志投身整理行业的学员提供专业培训。

感触归感触，心动过后，还是要认真学习领教人家的研究成果，看看有什么办法让"收拾"变得不再那么无可奈何，不再那么"让人发疯"，同时还可以收获快意人生！

原来，近藤有关整理的思路与方法极接地气，很容易学习和掌握。简言之，就是要知道如何跳出三个误区，遵循一个准则，运用三个方法，达到一个目标。

三个误区：1. 一点一点整理；2. 按"场所"整理；3. 按"个性"整理。提倡的则是相对集中、一次性整理，如此才可使人尽快见到成效，增强信心；而钝刀子割肉，会让人在烦恼中失去整理的动力。

一个准则是：人们应该仅仅以是否心动为准则衡量身边的东西是否该丢弃，而不是舍得、舍不得。

三个方法是：1. 物归原位；2. 直立收纳；3. 集中收纳。

一个目标是：收获心动人生。

原来，收拾东西不仅仅是让屋子整齐的好习惯，还可以使你产生身体和生活状态的改变，心里生出底气，找到自信，找到人生决断的"点"和渴望去做的事情。比如，你是个银行职员，在身边所有物品中，唯只对养花书刊、信息心动，反而对金融、理财类书籍怎么也提不起兴趣，甚至反感，那么或许意味着你此生最喜欢的职业与梦想就是个优秀的园艺师。而清理与丢弃的过程，还可以锻炼人的决断与果敢。总之正确的整理术可以给你带来不一样的人生！

看看，这些新颖的理念岂不让人茅塞顿开吗？这也是我们以前没有想到、更没有做到的高度。真是长知识了！

而如今，假如要请一名家庭整理收纳师帮着整理房间、归置杂物，费用可不低，7000元仅仅是"起步价"。较常见的还有按居室面积、时间、延米等计算，部分城市均价为每小时150～300元，还有的日薪300～800元不等。总之，水涨船高，与保姆的薪资一样，已有节节攀升的迹象了。

2021年5月8日，我又看到日本杂物管理咨询师、著名人生整理概念"断舍离"创始人山下英子新近的一本畅销作品《家庭断舍离》，再次引发我对整理物品、扔东西这一主题的感悟。这位日本早稻田大学文学部毕业的作家，还著有多部有影响的书籍：《欢迎来到断舍离的世界》《断舍离减肥法》等。

山下英子所有作品都在持之以恒地倡导一个理念："断绝不需要的东西，舍弃多余的废物，脱离对物品的迷恋。"本人从新作《家庭断舍离》中所悟到的还不仅仅是如何有效管理物品，让身边变得整洁，更有作者于家庭关系实践中发现并总结出的观点。作者认为，扔与不扔东西，实质是她本人与母亲或其他亲人控制与反控制的反映，是儿时被压制对待的一种反抗，是一种"复仇行为"；看似和母亲在争论要不要扔东西，其实较劲的是要不要接受对方截然不同的价值观；母亲也不愿意被支配和控制，谁也不想按照别人的意愿生活。扔掉与囤积，实质是人际关系之争。对此，深感有见地！

这些著作告诉我们：我们需要的是来一段心灵之旅，实现自由舒适的家庭关系。要断舍离，也要尊重、包容，和合与共；从自己做起，从自己手头做起，理解与接纳，共享美好快乐人生！

2021年5月10日

一名失败的音乐爱好者

相比前文记述的那位手风琴大爷,自己可谓百分百失败的音乐爱好者。

其实,本人对音乐的憧憬与喜爱,要追溯到很久很久的以前……大概距今已经 50 多年了吧!

我的小学、初中阶段,属于"精神荒漠"的历史时期,那时谁家如果有件乐器,并且还能吹拉弹奏出好听的歌曲,那简直是件羡煞旁人的事情。恰恰有位同住一个大院、我俩天天吊着膀子一起上学下学的好朋友家就有钢琴。她既弹琴,也跳芭蕾,常常在几位同学去她家玩时表演给我们看。幼小的我们都为她的才华欢呼叫好。赞叹之余,心里那叫一个羡慕,彼时尚无"羡慕嫉妒恨"这个说法,即使有,当时的我们也只有发自内心的赞美与钦羡,而绝无其他。那时的孩子单纯朴实,白纸一般。过后还时常冒出一股股不自觉的酸楚和自卑,想想自己,家里绝对无可能专门购置这样的"大件",倒不完全是因为经济条件的差异,大概主要是极左观念的束缚和吝啬的"爱"吧!以阶级斗争为纲的"文化大革命"时期,"革命"是家长最需要想的事情,怎么可能顾及子女的"小资"呢?

人生这个阶段由羡慕而导致的极度渴望,让我工作以后攒够第一笔钱就直奔琴行买了一架星海钢琴。在 1990 年左右,当时哪里有自己的住房,单位好几人同住一间单身宿舍。即便如此,我还是迫不及待地请师傅们将这个渴求已久的"大件"连拖带拽地移进了凌乱局促的狭小空间,那个年月很少有人企及的"奢侈品",就如此"委屈"地"挤"在单人床边。每天睡觉时,人必须从琴与床平行着的,还是特意留出的一条窄道里"挪"进去，十分不便。但触手可及的感觉，梦寐以求的欣慰，让我满足了很久很久。

"装备"是有了，可弹奏的技能呢？好奇着、摸索着学了点皮毛，时间一久，工作、家务、带娃……似乎后来的事情哪件都比学弹钢琴来得重要、急切。因而，音乐的梦想之路，一直磕磕绊绊，终无所成。

早年的错过，成了一辈子的遗憾！

算算自己人生几十年里，多少次心血来潮，竟先后购置过小提琴、钢琴、扬琴、口琴、葫芦丝、手风琴，至今却几乎每一件都仅仅是"摆设"和"陪伴"的好物件，因为每一件要做到精通，感觉都是一次不可抵达的荆棘之旅，已经没有信心完成了。心浮气躁、懒惰、懈怠……这样的人和心态，怎么可能成就事情呢？所以，始于"羡慕"，纵使漫长人生之旅走过，依旧还是"羡慕"，羡慕每一位能够以自己的琴声抒发、表达自己的能人！而自己呢，对于音乐，恐怕永远都止步于"我有一个梦想"！

2020 年 10 月 20 日

让弥足珍贵的友情和感恩滋养心灵

永远的情谊：张家口媒体的老朋友们

一场举世瞩目的盛会，将北京和素有"京都北大门"之称的张家口捆绑得更为紧密。

2022年，第二十四届冬季奥林匹克运动会将在这两个城市联合举办。这是中国历史上第一次举办冬季奥运会。北京至此成为既举办过夏季奥运会，也举办过冬季奥运会的双奥之城。

当2015年7月31日我国冬奥会申办成功的消息传出，张家口就被推到了最前台，从场馆建设到城市风貌，从经济发展到体育产业，从旅游热到招商引资，各个方面都吸引了更多目光，甚至成为焦点。房价因此上涨了好几倍！张家口人莫不为此感到自豪骄傲！

我们也很高兴，因为北京与张家口因此大事而通上了高铁，去张家口的时间由过去的六七个小时缩短为一个小时，看望老朋友着实更方便了！

却原来，我们与张家口日报社等媒体之间的交往，要由此前移15年之久呢。在那个不通高铁的时代，虽然也有火车，但总是由张家口日报社的"小面包"驶进京城，接上编辑部的所有同事。那时报社的全体同事都还年轻，与地市报人的交流是联系业界、办好刊物所必需的，也是媒体人之间血乳交融的良好体现。在报业最辉煌的岁月，我们编辑部与张家口的报人相互切磋交流，谈人生，谈办报办刊，谈干新闻的酸甜苦辣、成才成长，谈新闻传播论文写作，两地媒体人建立了亲密的手足之情，就像是走亲戚般地往来自如。

当然，能建立这样的友谊，主要是那里的时任总编辑是一位热情豪爽的情义老哥。他对我本人及每次带去的编辑部同仁都视如兄弟姊妹，关怀备至，一片热忱。感恩老友，即使此时都已经退休，可我仍然时常记起这份难忘的友情。因此，近日，我再次前往拜访看望这位老总编和老朋友。高兴的是，再回首，又欢聚，虽已时隔数年，难得各位面容并未变化太大，"热度"更是不减当年。

把酒畅叙，得知老总编退休后在几个岗位又"余热"了一把，现在过着含饴弄孙的潇洒日子；当年的几位"小青年"，现在都被委以重任，挑上大梁；一位从副总编岗位转任市记协副主席的"小姐姐"，还将精心撰写的书籍赠予我；最早熟识、现已步入"80后"的老主任，仍然精神矍铄……

酒至半酣，几乎每个人都再三叮嘱，退休了，空闲时间多了，一定常来，常聚！

老总编还规定好具体日子：待到草长莺飞的四月，待到枫叶红透的九月……给你打电话，咱们再走进这里的至美至纯！

这里，有驰名中外、第一条由中国人自己设计的铁路——京张铁路，有张北、坝上、沽源等宽阔草场，有崇礼滑雪天堂。"大好河山"张家口，雄踞长城关口，扼南北之咽喉，自古兵家必争之地。这里孕育了慷慨悲歌的勇士，也奔涌着异彩缤纷的草原文化。这里的人，仗义、豪放、实诚、热情，让人处处感受着老区人民的古道热肠，非常美好，非常难忘。张家口的人，张家口的景，是涵养一生的宝贵财富！

庆幸交上这样的重情之友，珍视这将会延续一生的友谊！

2021 年 3 月 29 日

一位院长朋友

2020年10月30日,本人再次应邀赴西安参加西北政法大学新闻传播学院组织的论坛和相关讲座。

与该校结缘是在2015年,当时学院初创,正在"开疆拓土"打开局面的阶段。院长亲自率员来到编辑部,将学院实习基地的牌匾挂到了杂志会议室的墙上,从此开启了合作之旅。迄今5年多过去,本人也已退休离岗,但是学院仍然未忘友情,某年春节院长还亲赴寒舍慰问,每年开会,仍不忘邀请相聚。为此我深深感动。为人,做事,真诚莫过于如此!一切尽在不言中。难怪院长推崇这样的信条——"不度无缘之人,不助无恩之心"。

大家公认,这位院长是个有能力、魄力、魅力的人,也是有责任感、敬业、讲人品的教育工作者,他在任上,开始了多项创意性工作、项目,提升了学院的影响力,是值得尊敬的学者、领导、朋友!

2020年11月2日

曾经是同事

虽然同事间的相处往往在时间上超越许多关系,但因许多复杂因素,以致由同事而成为朋友的概率并不是很高。有时几人聊天也无奈调侃,怎么似乎觉得"办公室政治""玩权谋"的情况,在职场不但未见减少,还越来越常态化了呢?需要时情同兄弟姊妹,碍事时"阴"你个晕头转向,好着好着忽一日被猛踹一脚,或被抡上一闷棍也未可知呢！

由同事而朋友，难而不多，但凡事都不绝对！有位老兄，我们在职时是同事，退休后反而处成了朋友。他阳光、热情、率真，快人快语，有时没事"哈哈哈"，哈完了，一切皆成过往，纵有磕绊也很少往心里去。职场几十年，一直与摄影结缘，拍照片、编照片、评照片，高级编辑退休；离开职场，专业爱好热情未减。平日里，除了照顾孙女，还经常操起二胡应邀登台演出。一亮相一比画，《喜洋洋》的欢快节奏顿时让你对他刮目相看。一问，原来也是项自幼练就的终生爱好，堪称专业水准！"小时家里条件有限，曾在猪圈里苦练呢！"他说。

同事几十年，老兄对本人在工作上支持，生活上关心，相处良好；先后退休，这位热情老哥一如既往联系、问候，那个简单的、极体现政府关怀、到龄便可人手一张、免费乘坐公交的"老年卡"，我还是听了他的介绍才想起来，并弄明白去办好的。前几天他前往本人家居附近开会，知道距离不远，还专门打电话告知，又促成了一次畅聊，还一同看望了在附近老年公寓居住的老领导。疫情开始，尽管聚会不再方便，他也是时常电话问候，简单聊几句。

岁月长，人渐长，一瓶老酒，几位老友，有开心，有惦念，有欢笑，难得难忘！

2021年3月31日

一位在群里"寻人"的姐妹

这日,是单位离退休部门组织的网络直播课堂开课的日子。网课内容丰富多彩:有花鸟绘画、国画入门、太极拳、书法初级、时装模特等。可依据个人情况和喜好报名。

这是为应对一直持续的新冠疫情,不能聚集、不能举办大型活动,而又考虑大家希望丰富退休生活的情况下推出的暖心举措,很受老同志欢迎,感觉是件大好事。毕竟大家都想活得有意义些嘛。报名后,每个班就组成了一个微信群,便于管理、通知信息等。某日早晨手机一开,发现我所在的这个已有60余人的时装模特学习群里,居然有人"艾特"我了。赶紧打开细瞧,原来是有位想联系到我,又没有手机号码的老姐妹,在群里"寻人"呢。我不禁哑然失笑,按照她留下的号码迅速给她打了电话。

原来这位居住在对面院子里的老姐妹,目前一直在临近省份某干休所陪伴年近90岁的老妈。个把月回来一次,用她自己的话说,就是"两张轮椅"构成了她现在的人生和世界——一张是老妈的,一张是老伴的。老妈患轻度美尼尔氏综合征,老伴腿脚不便。"两张轮椅,是我生命的责任,让自己更坚强乐观地活着,好好地陪伴照顾着他们。"

于是,这位很有奉献精神的大姐,生活的常态便是一边一个月,往返于北京、外地之间。自她与我联系后,我闲来翻了翻老姐的"朋友圈"。一个乐观、热情、奋力追赶生活的女性形象扑面而来:随时随地拍照,每时每刻在笑,无时无刻不打扮、爱美,分分钟不忘晒"圈儿"……这样的生活状态,哪里是年近70,分明芳龄17嘛!

记得早些时候，曾在院子里碰上她，觉得眼熟，聊过几句，知道她退休前在单位技术部门工作。她曾于20世纪90年代末做过大的手术，限于家里的情况，即便是大病，住院期间，也基本是自己照顾自己。病愈后，依然是伺候老妈老公的第一主力。每天采买、做饭、收拾，全活儿。"忙得脚丫子朝天"，被"拴"得远足一次都不可能。

20多年过去，一直如此负重前行。

没有怨言，一切都好，都正常！

电话里，我们约定，等她回来，我们见面，再一起聊，一起笑……

2020年11月的一天，周六。在干休所陪了老妈两个月后，这位老姐终于回来了。经约定，我们上午见了面。典型的"闺蜜"式交流，一个上午就在滔滔不绝的谈笑风生中悄悄溜走。这些年所经历的；怎么伺候有些轻度美尼尔综合征的90岁老妈；怎么在负担沉重、尽好对家人责任的情况下，快乐过好自己的每一天：无话不谈。她出身军人家庭，自己也当兵多年，圆脸的军装照衬托出青春洋溢的面庞。回忆过往，展望未来，我们都品味着来之不易的"岁月静好"。

爱美、爱笑、爱生活，这是我们的共鸣。好朋友的路，由此开启！

2020年11月7日

总是让人"意外"收获温暖的师长

2021年，3月19日傍晚，我收到曾受聘担任过硕士研究生导师的知名大学一个研究中心的常务副主任的短信，大意是，他们拟编辑一本人物词典，鉴于本人在职时对其科研教学工作的支持和贡献，被选入该词典，希望提供600字以内的个人简介。看到这样的信息，自然觉得是好事，至少证明以往主编专业期刊时的"孜孜矻矻""注重细节"还是有人懂得、记得，因为当时无论是对其学校还是该机构交予的任务，我都十分认真，虽然"会议开过，活交办他人"实属正常，但我从未推诿、应付，次次保质保量完成；另一方面，也看出朋友们是多么"重情重义"！后者更让人心动、感动！

已经退出工作岗位，却还被记着曾经做过的事、给予的支持，我深感暖心。也让我记起这一机构此前的负责人，也是本人研究生时代的老师，常讲人物通讯写作。其实认识这位祖籍安徽的老师还要追溯到更早些时候。20世纪80年代中期我考研参加复试，即是这位老师主管，我有幸成为其"面试"通过的考生之一。后来他也曾为另一本权威新闻期刊工作过，由于年龄和资历，其实他应该算师长。可对于师长及领导，本人历来是敬而远之的，很少主动联系，尤其这位老师又是个不苟言笑、风纪扣永远系到脖颈的严肃"大叔"。因此，毕业了，我们自然也就疏远起来。可这位老师仍然以自己的方式一直关心着他的学生：有活动总是记着叫上我们，有机会总是把学生推向前台，编辑书籍不忘选上我等的优秀论文，逢年过节总是发来问候；偶尔，谈业界"大事"，也关心个人的人生"小事"。退休了，聚了餐，送了书，聊了"悲欣交集"的过往，还时而收到老师发来的健康保健提示……想想这不经意间已延续了近40年之久的"君子之交""师生之谊",亦是温馨可人。足见世间就是有这么一种人,看似从无骄阳似火的热情,可细水长流的关怀总是在你毫无准备时不期而至!

2021 年 3 月 25 日

家乡的邀约

2019 年 10 月 8 日,我收到《黄梅年鉴》负责老师发来的邀约,让准备下个人简介。因为彼时刚刚出版著作《我的〈中国记者〉之路——一位新闻女性的特色人生》,大概是售书网站发送了相关推介微信链接,外公废名家乡黄梅的有关机构的编辑看到了,希望我作为废名先生的亲属能受邀提供材料:"我们想将您的个人简介辑存于《黄梅年鉴》,以利于即将编修的第三届《黄梅县志》'人物'收录。"发来邀请函的是湖北省黄梅县档案馆馆长、史志研究中心的陈峰老师。他是位热情、严谨的学者,发去的简历修改完善两三遍后才通过、定稿,体现了精益求精的可贵责任心。想起朋友告知,此前每次我舅舅冯思纯一行从济南回老家黄梅开会、省亲,陈峰老师总是跑前跑后张罗接待的各个细节,付出很多。后来去黄梅时,我还专门前往拜访,表达谢意与友情。

承蒙各种小机遇,带来人生小亮点,欣慰并感恩!

2021 年 11 月 7 日

对自己要求颇高的"闺蜜"

与她最初的相识缘于20世纪90年代的一次专业会议,开始以为她只是想发稿,特意与编辑走得近些。可至今几十年过去,我们依旧延续着慢慢演化而来的闺蜜情。有国家课题了,她会想着把我拉上;有健康新知了,她会第一时间发来分享;她结婚了,我这里是两位新人"旅行"中的一站;娃成长了,她会拍下给我这个"大姨"看看……

其实她很忙,是个超级奋斗者。在位于北方某城市的大学完成本科、硕士、博士学业;又选择定居西南,在那里大学的新闻传播学院工作生活。待一切落停,结婚生娃等人生大事已都被挤到了严重超龄。因此"上有老、下有小"的爬坡阶段持续后移,她平时教授新闻写作、媒介经营两门课程,还兼班主任,辅导论文、答辩、外加各种繁杂事务,白天带学生,忙完带小娃。某日突发感慨:"一地鸡毛的生活,感觉啥也没搞好,转眼奔五了,一事无成!"——嗨,一类高知女性的通病。我回复:"要求太高,有必要如此苛求与期待吗?""成就还不够吗?"她亦欣然接受。有了孩子之后,要平衡事业与家庭,特别是对于那些已严重"超龄"的知识女性,确实是很大的考验。"有娃一堆烦恼,真想和您吐槽……"面对这样的无奈,我时常给她"打气":任劳任怨哦!锻炼下、要忍耐!咱们这些方面容易有差距、不足……感觉亲朋好友、姐妹之间就要时常相互激励、促进。我们相约,待疫情好转,就过来"遛娃",聚一聚!

2022年6月28日

第五章　在"琐碎"中找寻"诗与远方"

退休生活无疑是琐碎的。柴米油盐酱醋茶,就医、看病、养生……总要先保障身体的健康吧!健康是1,后面的都是0,1没了,后面的0再多,何用?这是尽人皆知的道理。对于今天我们大多数普通人而言,身体健康的第一或说"唯一"保证人,只有自己。自己对自己的生命负责!当然也要对生命的质量负责!首先是健康地活着,继而有意义地活着。我以为,做到这两点,需要创造力,也需要勇气!

在与疫情的持续搏斗中迎来新的2021年

新的一年,在多少人的庆幸与祈愿中终于来临!疫情、灾害、动荡、制裁、死亡……不寻常的、已经让普罗大众见证太多历史和悲剧的2020终于过去,大家太希望来年能扫除阴霾,喜乐平安!

总书记也在新年致辞中诚挚期冀:"惟愿山河锦绣、国泰民安!

惟愿和顺致祥、幸福美满！"

平凡铸就伟大，英雄来自人民。中国能在全世界深陷疫情的大环境下，成为 2020 全球唯一实现经济正增长的主要经济体（世界银行预计中国经济 2020 增速为 2%，2021 增速将回升至 7% 以上）；成为新冠疫情仅有零星散发病例、基本得到控制的国度。而此时，2021 年的第一天，据新华社报道，美国新冠确诊病例突破 2000 万例！累计确诊病例从 1000 万到 1500 万例用时不到一个月，从 1500 万例到 2000 万例仅用时 24 天。而且据美国国家过敏症和传染病研究所所长安东尼·福奇的看法，由于各种因素叠加，2021 年 1 月情况可能比 2020 年 12 月更糟糕。

多么可怕的惊人数字与事实！

曾和早已在美国定居的 Jean 不止一次探讨，一个世界上国力最强大、医疗技术最先进的大国，为什么会成了疫情控制情况最糟的国度？她的回答是："很多老美深入骨髓的信念是不自由毋宁死！"所以，让他们戴个口罩也费尽口舌，让他们少聚会，更是难上难……当然，这肯定只是社会制度、政治理念等多种复杂原因之一，却不失为一个重要因素。

还有频发的抗议、混乱、燃烧的街头、恶性案件，2020—2021 年，人们见证了历史，也看到了一个多种不堪情况频发的美国。

我们国内呢，群防群控依然严格，令行禁止，依旧不留情面。今天所住小区在单元已有门禁的基础上又新加一道门禁。烦琐是有一点，特别是老年人感觉不方便，但社区的初衷就是外防输入！关键时刻，霹雳手段就是菩萨心肠！所以情况就乐观了不少：新年第一天，全国确诊本土病例共 8 例，总数 383 例；病发以来累积确诊数是 82076 例，累积死亡 4634 例。

疫苗的情况，也大致是医护人员、老年人以及暴露风险较大、接触人多的行业人员先接种疫苗，其他人陆续进行。

总之，还是那句话：所有的岁月静好，都是有人替我们负重前行！

新华社一位资深记者发文谈及新年第一天的"三好三坏"。好消息：一是国产疫苗上市，而且免费；二是中欧签署投资协定，这是历史性里程碑；三是股市最后一天，凑趣创了新高。文中说，可进一步解释一句的是第二条，这个协定，"在最危急关头，增强了世界对经济全球化和自由贸易的信心；表明了中国改革开放确实没有停步，反而在大踏步向前"。分析得不错！这位国社资深记者创设的微信公众号名为"牛弹琴"，被业界赞为"最睿智地解读国际风云"，以入脑入心的语言传播正能量。本人也是其"铁粉"。

正如文中所言，希望总是美好，现实难免残酷。2021，病毒不会消失，会与人类共存；世界的常态是不太平，有战争、恐怖主义；大国博弈、民粹主义，撕裂、内战、内耗、内卷，都不会一下子停滞；经济危机、社会危机，或许我们还将经历、见证……

"没有比脚更长的路，没有比人更高的山。"坚定信念，人，才能活下去；国，才能披荆斩棘。让我们每个人都首先做好自己，这样才能和国家一道奋力向前！

新年开篇，有感而发。

2021年1月1日

春节前，收到个大红信封

昨天外出归来，一眼看到家里大门上贴着个大红信封，上面写着：祝您新春快乐　阖家幸福。落款是"新华社党组"。打开看到里面的信是一页"新年贺词"：因为新冠疫情的原因，我们不能像以往一样在春节团拜会上欢聚，只能以这种特殊的方式向大家表示社党组和我本人的诚挚问候……落款签名是"何平"。他是2020年10月新上任的新华社社长、党组书记兼总编辑，此前一直任总编辑。

这是本人第一次收到这样的专门给离退休老同志的信函。感觉很亲切，很温暖，还有点小感动。日理万机的社长亲自部署并签名，给离退休老同志送上节日祝福，细致分发到每一个人（住处近的由离退办工作人员送信上门，远的快递邮寄）。让我们感受到这位从新华社成长起来的领导浓厚的人文情怀，以及谦逊朴实的人格魅力、稳重务实的工作作风。

官当得再大，也是从普通人上位的，也要柴米油盐酱醋茶，也是大家中的一分子。走上高位，没有忘记同事、朋友，没有忘记倾力为同一个单位奉献、打拼过的离退休老同志，还能让众人从其千字贺词中读出对大家诚挚友好的浓浓情谊，以及尊重和牵挂，我感觉这是难能可贵的！应该被记住、点赞！

吃水不忘挖井人，走得再远、前程再远大，也不能忘记曾经的路，不能忘记为什么出发。有这种"不忘初心"精神的领路人，大家看好！祝福我们倾毕生职业精力，并衷心热爱的90华诞世界性通讯社——新华社越来越美好，越来越强大，拥有更加灿烂辉煌的未来！

2021年1月21日

为社庆生，参与制作小视频

2021年11月7日，这个日子，是我们的国家通讯社，也是世界性通讯社新华社的90岁生日。中共中央最高领导发来贺信，款款寄语，殷殷嘱托；员工们激情满怀，用各种形式表达欢庆与祝福。作为这个大家庭的一员，也应住所所在活动站（单位离退休主管部门下辖分支机构）的邀请，我参与了他们策划的纪念活动。辛勤的活动站员工小姐姐收集了范围内离退休职工的工作照和年轻、年老阶段的对比照，试图寻踪大家奋斗的足迹，反映时代变迁和通讯社事业的发展历程。以小见大，思路新颖，行动力也挺强。很短时间就集纳众多并很快初步编排，希望我接下来给"串个词儿"，把想容纳的几部分照片串联起来，形成整体，同时还需要编辑工作照的图片说明。收上来的五六十张图片、说明还处于长短不一、体例各异的杂乱状态……有帮忙需求，义不容辞。收到"璐姐姐"的求助信息，我当即应允，第二天就坐到了他们办公室的电脑前。

大概浏览了一遍大家交上来的东西——青春的面庞与双鬓染霜，展现了每个人的昨天与今天。我先大致编辑缩减、统一了文字说明，接着再"想词儿"。

青春与暮年，大家与小家，个人与集体……单位，对于这些50后、60后而言，意味着什么？既是职业生涯的全部，也基本是人生的全部！记得有本大约是20年前名噪一时的书籍即为《人在单位》。

略加思考，基础的百十字"喷涌而出"——

都曾青春飞扬，都曾踌躇志满；能为新华社事业贡献绵薄，是我们毕生的自豪与骄傲！

固然青春如歌,但岁老根弥壮,阳骄叶更阴。

尽管韶华向远,但初心依旧,情系新华。

唯愿新华社事业辉煌、前程锦绣,做好新时代耳目喉舌,书写更美更精彩的中华民族奋斗华章!

在正式推出的"芳华献国社 浓情系新华"社区影展中,大概是审稿人在上述文字前加上了"帽子"——新华社90年的红色气质、光荣传统、优秀品格,就是在一代代新华人的不懈奋斗中赓续绵延,在一棒接一棒的薪火相传中发扬光大。高度与激情,完美呈现!

从瑞金的红中社旧址、延安清凉山的编辑部窑洞、太行山、西柏坡……到要"把地球管起来,让全世界都能听到我们的声音",再到建设世界性通讯社,砥砺奋斗,此行有我!未负韶华!

不少"图中人"阅后热切点赞,珍重收藏。百看不厌,作为一生的保存。

更有"画外"读者,反复翻看,连连称叹,激情留言……

珍贵的记忆,精彩的生活,国社故事说不完!

2021年11月7日

走进一座"高冷"博物馆

这是一种文人骚客笔墨之下出现频率极高的植物,品种繁多,用途极广。把它们集中起来管理,就显得蔚为壮观!在浙江湖州的安吉，就有这么个集中了各个品种、大而全的"中国竹子博物馆"。

安吉是我国著名的竹乡，位十大竹乡之列。但其近年名声大噪似乎并不完全因为竹子，而是习近平总书记当年在任浙江省委书记期间，于2005年8月到安吉余县余村考察，首次提出"绿水青山就是金山银山"的发展理念。这是对人类生存良好生态环境重要性的形象揭示。随着国家发展模式的变化，人们对环境意义的认识不断加深，安吉赢得了越来越大的名气。近年安吉更是从默默无闻一跃成为著名网红景点，成为全国各地旅游者争相前往的"打卡地"。

安吉的生态确实名不虚传。环境优美宜居，其植被覆盖率75%，森林覆盖率71%，是国家首个生态县、全国生态文明建设试点县，全国联合国人居奖唯一获得县。

据当地餐馆老板说，2020新冠疫情之前，各地游客纷至沓来，好不热闹。数北京游客最多，一拨接着一拨，从湖州下了高铁直奔安吉。当地出租车司机则告诉乘客，以前安吉不通高铁，更没有高铁站。后来有一任县委书记专门去"上面"跑，申请在安吉成功设站。因此，大大方便了往返旅客，也使安吉发展受益。

再说回到这个"竹子博物馆"。2020年11月下旬，我们也慕安吉之名而来。因看到公交站牌上有"竹博馆"一站，便欣然前往。

不是节假日，又正值世界性的新冠疫情期间，这里游人很少，显得颇为冷清，很多店铺、排档都撤了摊子，仅个把小便利店在营业。

进得门来，"中国竹子博物馆"几个功力大显的雅字映入眼帘，一看落款，怪不得——原是著名书法家启功的杰作。

接着，又见同样是以竹板为背景书写的"筱园问竹"：竹子有"日出有清荫，月照有清影，风吹有清声，雨来有清韵"四趣，此处植有多种观赏价值高的竹种，既可增进竹种知识，亦可感受竹的清丽、素雅、高洁之美。漫步筱园,神清气朗,尽脱俗氛。

这"竹子四趣",感觉总结得十分准确、到位。

走马观花,徜徉竹海,更是感受了其中的博大精深、丰富多彩。各个品种的竹子应有尽有,目不暇接。再看介绍词:中国竹子博物馆于2000年10月建成开放,整个博物馆内容完整,结构合理,竹与馆相依,馆与竹相偎。这里是6000年竹文化的浓缩,是囊括竹子世界的宫殿。此话不虚!

竹子高风亮节,虚心向上,从古至今为文人墨客讴歌推崇,向来被尊为人格境界的理想化身。但实际上,竹子与人的衣食住行都有关联。它是重要的森林资源,分布广,生长快,用途多,生态和经济价值高,被称为"绿色的金矿"。

继续前行,处处是竹的知识百科:中国有39个竹属、500余种竹类。中国位于世界竹类分布中心,云南省是世界竹子的起源地之一。安吉县竹林面积7.2万公顷,占全国竹林面积(601万公顷)1.2%,全县竹产业年总值200亿元以上,占全国竹产业总值10%左右。

竹子对生态环境的作用与经济价值,可以说多得数不胜数。它可防止土壤侵蚀,提高水源涵养,截取降雨,保持湿度,一根毛竹能容纳5公斤的水!它的生长速度快到生长期最多一天可以长一米。它还极为"皮实",绝少"骄娇"二气。陡坡、河床等贫瘠的土地上都可生长;折断后,2年内就会有新竹子冒出。

中国古代先民从原始社会就开始认识和利用竹子。他们取竹(竹笋)为食,通过手工和简单的工具,用竹制备各种生活器物、生产交通工具和建造居宅,而且工艺轻巧灵透、朴素实用,体现了中华各民族对美好生活的追求和无穷的创造力,对中国古代文明的发展发挥了重要作用。

苏东坡曾对竹子如此概括：食者竹笋，庇者竹瓦，载者竹筏，焚者竹薪，衣者竹皮，书者竹纸，履者竹鞋，真可谓不可一日无此君也！

1997年安吉县开始举办中国竹文化节，吸引了国内外众多宾客，是规模大、规格高、影响广泛的国际性盛会。此后湖南省益阳市、四川省宜宾市、湖北省咸宁市、福建省武夷山市、江西省宜春市、江苏省宜兴市等地也成功举办了竹文化节，这些地名都是著名竹乡。2006年国家有关机构命名了全国30个"中国竹乡"。

2003年3月，第一届联合国教科文组织的中国创意活动在安吉举行，15个国家的设计人员用竹子为残疾儿童设计了各种新颖玩具，笔筒、摆件、小动物，栩栩如生，清新活泼，惟妙惟肖。眼花缭乱的竹艺作品更是给人美的享受，竹编、竹雕、竹刻，仅竹编的制作方法就有150余种。到清末，竹用器物达250余种。

竹子的食用价值，更是堪称一门学问。竹笋作为蔬菜食用，《诗经》《周礼》中即有记载，味道鲜美，营养丰富，被誉为"天下第一素食"。关键是，除了人类，它还是野生大熊猫的主要食物来源。

还有跟竹子相关的成语，罗列出来，简直又成一趣！比如，抱鸡养竹、破竹之势、尺竹伍符、破竹建瓴、罄竹难书、永垂竹帛、日上三竿、青梅竹马、韦编三绝、竹苞松茂、著于竹帛、竹篮打水等等。

与竹子相关的名人传说：舜，南巡时病逝途中，两个妃子知道后痛哭不已，泪水打湿湘水边的竹子，于是那里的竹子上都有泪滴似的斑纹，后人把这种竹子称为湘妃竹，也称斑竹。

北宋画家文同，所画竹子远近闻名，每天总有不少人登门求画，当人们夸奖其画时，他总是谦逊地说，我只是把心中琢磨成熟的竹子画下来罢了。后来晁补之形容为："与可画竹时，胸中有成竹。"
……

据载，全世界有 70 余个木本竹属，1200 多种竹类，竹林约 2000 万公顷，主要分布在亚洲、非洲和拉丁美洲，而亚太竹区是世界上最大的竹区，东南亚季风区为世界竹子分布的中心区。

眼花缭乱，填满了一脑袋竹子知识。离开时，我也未能免俗地在必经的出口购物中心购买了食用竹笋。也行吧，回去饱饱口福，这或许能更好地消化学习了一个下午的竹文化呢！

2020 年 12 月 20 日

走进寒冬北戴河

大雨落幽燕，白浪滔天，秦皇岛外打鱼船。一片汪洋都不见，知向谁边？往事越千年，魏武挥鞭，东临碣石有遗篇。萧瑟秋风今又是，换了人间。（毛泽东《浪淘沙·北戴河》）

关于北戴河，毛泽东的千古名篇，每去一次，每拜谒一次，都被伟大领袖指点江山的豪迈气魄感染到热血奔涌。

清晨到海观浪涌，涛声阵阵海鸥萌。上天飞食魂不在，白光映照披彩虹。孰说沙滩怼疫情，北戴河畔美人惊。从未有此景中悦，安坐亭台见镂空。

波光粼粼堵渔翁，海鸥啾啾搅云层。目及遂远船无驶，摇坐平台看日空。浩渺无垠见苍穹,波浪层叠心亦腾。今生此疫存幸事,冽冽风寒吐真情。

这两首诗,则是同行者朱老师的倚马即兴之作,感觉比较真实反映了寒冬时分身处那里的心境。

没有嘈杂人流,没有缤纷色彩,没有绚烂花果,没有对客源的你抢我夺……肃杀、萧条、清冷、寂寥,天寒地冻时节,店铺基本关门,市场大都歇业,民宿基本闭户;好不容易在最"繁华"处找到家麦当劳,一问还是机场价格;就连公厕也大都"停水停用"……这样的北戴河你还喜欢吗?

从来避暑胜地,夏日度假天堂,蓬莱仙境,北京的后花园……凛冽寒冬,一派萧瑟,我们偏偏此时专门为它而来,基本年年如此,这是怎样的一种异趣与深情!

其实确有常人难得的体验。冬阳和煦的海滩,一望无垠,涛声依旧,从来少见的成群海鸥翩然而至,环绕身边,时而俯身啄食,时而凌空远去,兜兜转转,尽情嬉戏,仿佛触手可及;看够拍够,找块石阶坐下,闭上双眼,任暖阳包裹,听海浪阵阵,那份静谧、安详、温暖、自在,实为独特而难得的享受。

此时,这里饭菜便宜,服务可人;大都清冷,但车站附近永远开门迎客。你完全可以在此选择住宿,然后公交出行。

其实,虽然四季更迭,景致不同,但北戴河的内涵特质是永在的。无论何时,只要你来,那么,它的恬淡、雅致、清新、小路蜿蜒,它的欧式风情、历史遗韵、名人别墅、浪漫故事,就会任你随处可感;而冬天,或许因为少了些海(泳)的诱惑、人流的打扰,徜徉街头,还会多一份闲情逸致,更深地感悟历史的足音、先贤的气息。

据本地资料介绍，这里有秦皇汉武等20多位帝王留下的足迹，1898年被清政府辟为避暑区，是我国历史上第一个由国家确定的各国人士旅游地。24个国家的政要、名人云集这里，修建了719栋风格各异的中外别墅。秦始皇行宫遗址和20座近代别墅群被列为国家级重点文物保护单位。这里还诞生了中国旅游铁路专线、第一条航空旅游航线、第一个19孔高尔夫球场等诸多中国旅游史上的第一，被誉为现代旅游业的摇篮。

特别是，在冬日的寂静中，还更能与那些掩映在松涛山峦、林深谷幽之中的别墅院落产生情感的相通与共鸣，对那些不寻常的传说和铭刻史册的峥嵘岁月留下更深印象。别墅昔日的主人，曾有：胡佛、司徒雷登、海伦、斯诺、起士林；徐世昌、康有为、张学良、顾维钧、吴鼎昌、徐志摩、李四光、梅兰芳……

多少重要会议在此举行，几多关键决议在此形成，有人办公，有人疗养，有推动历史的巨人，也有单纯游玩的智叟小童，还点缀着浪漫婚纱恋人留下的倩影与海誓山盟，人们在此各取所需。山高水阔，任意志自由驰骋。

再者，冬日观海，风高浪急，碧空无限，那份豪迈、壮阔的气势、精神，足以永存心底！

"洋化而又时髦""留在北戴河就是神仙"，既然多少名流星宿都如此钟爱这处海滩，想必它的吸引力让古今中外无数人神驰向往；重要的是，它距离京城又是如此之近，如果不"近水楼台先得月"，岂不枉费了这大自然的慷慨馈赠？所以，还要多去，常去，夏有夏的韵味，冬有冬的独特。无论何时，都能犒慰并净化疲累的心灵——

沙滩、暖阳、风云人物、诗歌、远方……

2020年12月28日

40年"老"北京,第一次进"鼓楼"

一般说,人们对身边的风景大都"熟视无睹"。"所谓旅行,就是从自己待腻的地方,跑到别人待腻的地方。"所以,一个城市的景点,基本是"外地人"在游览。我在北京待了快40年,哪里还有"风景"呢?似乎都已了然于胸,混沌无感。忽一天,我有事经过,不禁大悟:嗨,中轴线北端这座名楼,怎么就从未想起应该去打个卡呢?长期以来它仅仅是地铁2号线一个站的站名。几十年步履匆匆间,无数次途经,看则一晃而过,听则转瞬即逝,耳熟能详,从未留意。我无意中竟疏忽了一个承载厚重历史的地方。

今天,我们专程前往。

"在你心里红,才是真网红","北京网红打卡地推荐,人文景观类:北京钟鼓楼"。循着漂亮的广告语,我们走进这座传说中的名楼——鼓楼。而与其并肩而立的"兄弟"钟楼,此刻因疫情期间修整,未开放。

一进鼓楼大门,首先被震撼到的是又高又陡的台阶。仰视而见,超长,几乎60度倾斜,有眩晕感。这让不少习惯了出门乘电梯的人有些发怵。庆幸自己腿脚还算灵便,运了运气,尚可攀登。年纪再大些,或身体有恙的,想必绝无攀爬上去的可能。这是有什么"讲究"吗?

原来,从一层马道至二层击鼓厅,需要登60级又9级台阶。60代表古代纪年的周期,60年一轮回;9代表九五至尊,至高无上。

看看30元一张的门票,上面的说明告诉我们,鼓楼始建于元世祖至元九年(公元1272年)。初名"齐政楼",取其"金木水火土日月"七政之意,后毁于火。元成宗大德元年(公元1297年)重建。

现存鼓楼位于古都北京南北中轴线北端，明永乐十八年（公元1420年）重建。

鼓楼通高46.7米，三重檐，歇山顶，上覆灰筒绿琉璃剪边，是一座以木结构为主的古代建筑。二层原有更鼓25面，主鼓一面，群鼓24面，现仅残存一面。

徜徉鼓楼，应该说最令人印象深刻的是这里汇聚了古代先贤发明创造的品类多样的计时工具。比如，屏风香漏：因将计时用棒香放在屏风状柜子内而得名，主要用于皇帝祭神或祀祖，放置庙里计时，为元代科学家郭守敬设计制作。还有铜刻漏：史书记载，其制为铜漏壶四，上曰天池，次曰平水，又次为万分，下曰收水。中安铙神，时至，则每刻击铙者八。以为先宋故物，现已无存。铜刻漏仿制得到国家自然科学基金资助。再如，碑漏：曾用于唐、宋、金、元时期，现已失传。2005年9月仿制品及《碑漏记》展示了其样貌"都城刻漏，旧以木为之，其形如碑，故名'碑漏'。内设曲筒，铸铜为丸，自碑首转行而下，鸣铙以为节。"《碑漏记》引用时自是严谨繁体，今人用之，故简化表述，更易懂。

此外，大家还看到，时辰烛、盘香、篆香、被中香炉、叶母自动报时香漏、龙舟香漏、油灯计时器等等，就是一个活生生、大而全的"中国古代计时器具展"。加之每天两点四十五分开始的击鼓表演，浑厚有力，气势不凡，让来此参观的人感觉了"天明击鼓催人起，入夜鸣钟催人息"的晨鼓暮钟仪式。

我未看过大作家刘心武的小说《钟鼓楼》，据介绍，小说反映了20世纪80年代钟鼓楼下北京人的生活和社会变迁，通过12小时内发生的故事，描写了社会各阶层的生活场景和现实变革。我有空要找来看下，加之虽走马观花但收获满满的这几个小时，对钟鼓楼乃至京城的理解肯定要上新台阶！

据报道，北京于 2011 年启动了中轴线申遗工作，国家文物局确定推荐北京中轴线作为中国 2024 年世界文化遗产申报项目。面对线上最北端这组独具智慧的古代建筑，作为华夏子孙，若不去认真品味一番，定为憾事。

2021 年 2 月 6 日

这里有座"移民博物馆"

以"移民"为主题的博物馆，此前我从未听说，也从未注意到过，是近期旅行途中一闪而过的路牌引发了我极大的好奇。

于是，特择一日，专门前往，一探究竟。结果，不虚此行。

由宁夏银川市南行，经青铜峡、灵武、吴忠到红寺堡，自驾约 120 公里，一路是苍茫恢弘的西部风光，个把小时即到。

原来，红寺堡，本身就因移民而"知名"。

远远望去，看见一座中国传统西北民居砖墙拼花与沙漠上生长的马兰花元素交相辉映的独特建筑，古朴雅致；"宁夏移民博物馆"几个大字庄重遒劲。博物馆 2009 年建成，现在，它是红寺堡区标志性建筑、爱国主义教育基地、国家 AAA 级旅游景区，是宁夏"黄河金岸"旅游圈内一处独特的风景。

细看内容，更是丰富厚重，充满历史感及奋斗豪情，是一处受教育、涨激情、强斗志，并绝对填补知识空白的殿堂。

整个宁夏,乃至西北"三西"地区的移民史、脱贫史由此铺展开来。

实际上,翻阅历史就会知道,宁夏的历史就是一部移民史。从秦汉以来到新中国成立,历代中央政府都注重对宁夏的开发,采取了不同形式的移民措施。有以充实边塞为目的的军屯,有辅助军事目的的民屯,还有安置内附少数民族的羁縻州县,种种迁移模式将宁夏的历史交织成一幅移民开发与民族迁徙的历史画卷。移民开发不仅促进了宁夏地区的经济发展,而且形成了底蕴深厚的移民文化,也塑造了宁夏人包容、开放的心理形态,为"塞上江南"的日后腾飞奠定了良好基础。

在此仅走马观花地浏览,就会对我们这一代人许多熟悉而又模糊的概念有恍然大悟之感,比如,"支边"建设、"三线"建设、吊庄移民、扬黄水利工程等,都与这里曾经战天斗地的伟大历程有关。"支边"与"三线"即指:新中国成立后,北京、上海、浙江集体支宁和文革知青"支边"建设、农业开发与农垦移民、"三线"建设的工业移民以及部队官兵集体转业等形式的移民安置。宁夏的教科文卫、农业的全面发展、先进科学技术以及工业化的空白,都因此而改变!

为什么这里需要如此多样的移民和艰苦卓绝地与贫困的斗争?首先需要问道于大自然!宁夏之北,平原风光,沟渠纵横,稻香鱼肥,堪称塞上江南;而南部则为丘陵起伏的黄土高原,自然、生态环境恶劣,干旱缺水,旱、冻、风等自然灾害频繁,尤其以干旱缺水闻名的西海固地区,土地贫瘠,滴水如油。南北特殊的地形地貌和气候悬殊成为发展不平衡的根本原因。

西海固,即为宁夏黄土丘陵区的西吉、固原、彭阳、泾原、隆德、同心等国家级贫困县的统称,1972年被联合国粮食开发署确定为最不适宜人类生存的地区之一；"三年两头旱，十种九不收"，素有"贫瘠甲天下""世界级贫困地"的称谓。因为极度贫困缺水，这里有许多因水得名的村庄：上流水、下流水、喊叫水、三滴水等等，寄托着人们对水的期盼与渴望。据记载，直到20世纪80年代，这里230多万群众中还有80%的人得不到温饱，是被国务院确定为重点扶贫的三西地区（甘肃定西、河西和宁夏西海固地区的统称）之一。

1983年开始，党中央、国务院统筹规划，对"三西"等地开始了有计划、有组织的大规模扶贫开发。包括对土地承载过重、生态环境恶劣、"一方水土养活不了一方人"的地区，采取移民搬迁措施，将他们迁移到交通便利、有扬黄水利灌溉条件的地区，创建新家园。"移民博物馆"所在地红寺堡就是在这样的契机下成为生态移民的首选，成为全国移民成功的典范。

像吊车一样，将不适合生存地区的村庄"吊"起来，再寻地寻机"放"下去；"吊庄"这样的创新扶贫模式也在实践中不断探索成功！

扬黄灌溉（国家1236工程）、"双百"扶贫攻坚、生态建设、3211工程……三十几年筚路蓝缕的奋斗，经历由救助式向开发式、由输血式向造血式扶贫的转变，当地终于换来了今日的欣欣向荣。

在这里，游客们还看到，移民博物馆四周，多处置有"共产党好，黄河水甜"的大字，初来乍到，你会以为这只是句耳熟能详的口号，而当你从馆里走出，就会感觉这是老百姓发自肺腑之声！

今天的红寺堡移民区，乡乡通柏油路，村村通硬化路，水、电、电视、电话、网络样样通；实现了"九化合一"城乡一体化；拥有以葡萄、设施农业、肉牛养殖为主的特色产业，有以煤炭开采、风光发电为主的工业经济，有以金融、旅游、商贸、餐饮、物流、信息传输、计算机服务、房地产和保险、中介等为主的第三产业及现代服务业……

2021年2月25日,中国国家最高领导人宣布,在迎来中国共产党建党100周年的重要时刻,脱贫攻坚取得了全面胜利,现行标准下9899万农村贫困人口全部脱贫,完成了消除绝对贫困的任务。这是又一个彪炳史册的人间奇迹!为此,联合国秘书长古特雷斯特发来贺电。这一来之不易的成就,引起全世界的瞩目。

其实,在此一年前的2020年6月8日,习近平总书记在宁夏考察期间,就专程来到宁夏吴忠市红寺堡区红寺堡镇弘德村看望移民群众,了解当地脱贫情况。这个村的村民基本是2012年从西海固范围的固原市原州区、吴忠市同心县搬迁过来的。2014年人均收入只有1800元;2019年人均可支配收入超过8000元。新闻里说,如今的弘德村,6646亩土地全部流转给企业发展特色农业,村民可利用便利的交通外出打工,家门口也建起了各类扶贫工厂。

这个主题新颖、形式独特、内容丰富的移民博物馆所展示的,正是全国一盘棋下、扶贫脱贫伟大战役中不可或缺的篇章。所以,此刻前来参观,可谓正当其时,收获颇丰!

2021年3月14日

这辈子没机会考状元,转转状元博物馆

一个不起眼的路标,一行不起眼的小字:潘世恩故居(苏州状

元博物馆）。当大多数游人徜徉于天堂苏杭的名苑奇石、绸缎绫罗时，我们寻踪走进这样几座并不热闹的大宅：状元博物馆、昆曲博物馆、评弹博物馆，以及苏州博物馆。

这座状元博物馆已经有200多年历史，2006年被列为江苏省文物保护单位。原址是苏州状元潘世恩故居，苏州市政府2011年开始对故居进行修缮，2013年8月竣工，耗资4300万元。

那么潘世恩又何许人也？他是历仕乾隆、嘉庆、道光、咸丰四朝，被称为"四朝元老"的人物，官至武英殿大学士（正一品），还是位术业有成的学者。在民间，习称潘世恩一脉为"贵潘"，原因是这一家族以一状元、八进士、十六举人，成为清代姑苏官绅的典型代表，有"天下无第二家"之誉，是苏州当时最为显赫的家族。这个博物馆就主要介绍以潘世恩为代表的整个独具特色的姑苏状元群体，从一个侧面展示了这里独特的文化风韵和社会习俗。

说到潘世恩故居，从博物馆发现一个有趣的插曲：潘世恩原本居苏州玄妙观西之马医科，相传他高中状元后，一次皇帝召见他，问及家居何处，他一时惶恐误说成了"苏州玄妙观东"。一语既出，为避"欺君之嫌"，急命家人速购玄妙观东宅第，于是买下钮家巷"凤池园"西部作"状元府第"。传说嘛，笑笑而已，无须认真。但这座旧称"太傅第"的故居，临水而筑，河巷并行，是一处典型的"小桥流水人家"美宅。它闹中取静，诗意盎然。这不仅是一座宅美、园美、诗美的状元府第，徜徉其间，其家族世代勤勉发奋、严于自律、笃志经学、琴瑟声和的良好家风，给人印象深刻，亦成永世流芳的宝贵财富。了解后有差距颇大、自愧不如之感。

据资料记载，潘世恩自幼聪慧过人，12岁参加秀才考试，时任县令李逢春出对联试其才学，李逢春出上句"范文正以天下自任"，潘世恩随口答道"韩昌黎为百世之师"。李逢春又出"青云直上"，潘世恩对曰"朱绂方来"。李逢春刮目相看。后来潘世恩果成状元宰相，先后任入阁大学士、军机大臣、东阁大学士、武英殿大学士加太傅衔。道光帝两度离京晋谒东陵，都命潘世恩留京代朝。晚年亦多项"特许"。他及第六十年后，咸丰三年（1853）癸丑科举会试时，应邀参加礼部的"琼林筵宴"，而主持这科会试的正是他的三儿子——礼部侍郎潘曾莹，此少有之科场盛事，被传为美谈佳话。

为什么苏州能建状元博物馆？仅仅因为吴侬软语好风景吗？当然不是。姑苏状元，甲冠天下。据统计，我国自隋代开始科举，至清末废除科举，总共产生文武状元700名左右，苏州占比全国之首。国学大师钱仲联曾评论："夫一郡之地，自唐迄清一千三百余年间，状元乃有五十人之众；就清代而论，占全国状元总数四分之一弱，举国无有也。"清代文学家汪琬曾夸赞苏州特产只两样：一是梨园弟子，一是状元。

同样有趣的是，在剖析这个历史现象时，"大家"们认为，除了富庶的经济和重文上进、府学县学的普及外，重要一点是：在科考方面，苏州弟子有很强的应试技巧和系统的训练手段。对此历史学家顾颉刚评论道："苏州地主家庭训练子弟适应科举制度之才能，其技术性在全国为最高。"

这里不仅状元数量冠甲，还出现过祖孙状元、叔侄状元、亲家状元，甚至还有两次、三次蝉联状元、"连科折桂"的盛况，即每三年举行一次的全国科举殿试，连续两届或三届的状元皆为苏州人士。

的确，苏州状元辈出，不仅从侧面反映了苏州政治经济的发达，更体现了一座历史名城所拥有的深厚文化积淀。

2021年5月26日

一次旅途文化消费体验

漫步于苏州的大街小巷,除了视觉上的小桥流水人家,就是几乎从各个窗口及每扇虚掩着的门里流溢而出的评弹曲调,或婉转,或激昂,驻足细听,颇感动人。于是,受好奇心引领,我们循声而入一家名为"紫云楼"的店铺。其实,放眼望去,相似的门脸一家挨着一家,几乎鳞次栉比,外观上看,这与北京及全国许多旅游城市的酒吧类似,里面有茶有酒有驻唱。只不过唱的内容则因地而异。比如酒吧较集中的北京什刹海,唱或说的内容多为京戏、相声、流行歌曲等。苏州类似的店铺有的冠以"茶馆"之名,本质上大都差别无几。

上得二楼,点了茶水,坐下歇脚擦汗。自然开始"左顾右盼",进入体验式观察模式。我最先被吸引注意的是端坐台上,边拨弄三弦和琵琶、边引吭高歌的一男一女。看上去都30来岁,布衫、旗袍古装打扮。一曲唱毕,下台未几,又开始新的一曲。见有游客点了《蝶恋花·答李淑一》《杜十娘》等曲目,正琢磨着是否也可欣赏下喜欢的曲子。拖过曲单一看,连叹"好价"!耳熟能详的像《茉莉花》《太湖美》《四季歌》等,每曲60元;《梁祝》《黛玉葬花》等,每曲100元;较贵的《宝玉夜探》《庵堂认母》等,每曲150元。邻桌,一位一看就是退休人的幽默大叔,有点发狠似的点了曲《新木兰辞》。看看价目表:120元。我心里不禁暗暗钦佩这位同行大叔的"果敢"。还是刚才那两位"演员",返场坐定,将"木兰替父从军"的故事铿锵地唱叙了一遍,大约五六分钟,曲毕,结束!茶馆里人数本就不多,三两桌而已。此时静了下来。

低头看看自己茶杯里,标价38元,却仅仅只一朵菊花的"菊花茶",此刻已近白水。无论怎样,茶也喝了,曲也听了,消费结束呗!职业习惯,临走,简单"采访"了刚刚下场的两位演员。原来,他们毕业于本地评弹学校,作为就业的一种选择,他们已经这样驻唱了十几年。

经过一番自费体验,又心有不甘地四处搜寻了些相关知识:原来,苏州评弹是"苏州评话"和"苏州弹词"的总称,是一种采用吴语徒口表演的传统曲艺说书戏剧形式;产生并流行于苏州,以及苏浙沪一带,用苏州方言演唱;苏州评弹历史悠久,诞生于明末清初,清乾隆时期已颇流行;2006年入选第一批国家级非物质文化遗产名录。

我索性找到评弹博物馆,进行系统了解,临走时还兴致勃勃地通过了机器人进行的考试答题。比如:

第2题:苏州评弹发展早期有三大流派唱腔,即俞(秀山)调、陈(遇乾)调和什么调?

答案是三个选项中的C:马(如飞)调。

第6题:根据给出的一幅插图,说出这是苏州评弹的哪曲书目?

答案是选项B:《三国》。

第7题:苏州评弹有专门的演出场所,称为书场,民国时期的上海有茶馆书场、空中书场(电台书场)、旅馆书场、舞厅书场等等。下图所示是什么书场?

答案是选项B:茶馆书场。

十题答毕,即跳出一行令人窃喜的文字:恭喜您获得本次考试80～100最高分,本馆特授予您"书博士"称号,并请点击欣赏弹词名家朱雪琴弹唱的弹词开篇《南京路上好八连》。

增长了知识，收获了好心情。听了曲子，逛了园子（园林及各个博物馆），做了状元大梦，还定制了让女人见了则挪不动步的"红馆旗袍"，食了"老苏州本帮菜"……打道回府，文化名城，不虚此行，完美！

2021年5月30日

在高铁时代乘"通勤火车"

作为逐渐强大起来后的"中国名片"——中国高铁，总里程已达63万公里，运营里程3.79万公里（据2021年5月数据）。权威新闻的说法是，"四纵四横"高铁网提前建成，"八纵八横"高铁网加密成形，主要运输经济指标稳居世界第一。

而所谓"通勤车"，一般意义上则是指为城镇职工、学生及部分居民开通，供其往返于居住生活地点和工作地点的铁路客运列车。在今天这样高铁四通八达的现代化时代，对我们普通百姓而言，就是当你点开12306网站购买火车票时，看到连"K"字头都没有，即普快级别都够不上，通常只是四个数字的那种车次的时候，多半就是邂逅了这种"通勤车"。它一般排在普客车次之后、货运车次之前，为7601～8998，比如北京局8001～8150次，太原局8151～8198次，等等。还有通常只是附挂在区段货运或摘挂列车的一节客运车厢而已，采用的是摘挂列车车次。

最近前往山西某地的一次旅程，还真就坐了一回这样的车，

15.5元车票,体验了一把"穿越"的新奇感。还真是蛮亲切的,因为一种久违的怀旧感,不由得将人拉回到三四十年前的青涩岁月。20世纪70年代,17岁的我,初中毕业后就业大型国企天津一家船舶修造厂,每周上班要从天津市区的家,前往塘沽的单位,就是要乘坐类似车型的列车,甚至某个特殊时期,还乘坐过俗称"焖罐儿"的"货运"列车。也就是说,将货车稍微改装一下——把货物掏出,在铁皮罐子一样的车厢里,沿车壁安装上两排凳子供乘客就座。

这种通勤性列车,确实穿越感满满:坐定后,抬眼即看到的,是安装在车顶上、那种现今时髦小青年或许见都没见过的"摇头扇",两米一个,摇头摆尾,像是翩翩起舞,还嗡嗡作响。没有空调,毫不奇怪,因为能够预料到,15.5元一张的火车票嘛,还指望什么"享受"!可没有窗帘,没有桌布,本人乘坐的那节车厢,甚至连个椅子套儿也没有,屁股下面就是"光板儿"。总之,这是趟除了列车员推车上的食品价格与今天完全接轨外,其他一切均令人"恍若隔世"的列车。最要命的,不是饮水,不是"方便",也不是吃饭,而是盛夏时节,十步一停、五步一站的缓慢,以及随之而来、进入上午十点后的难耐闷热。这时"摇头摆尾"的顶扇,比之"润物无声"的空调,就尽显颓势了。乘客们此时能做的唯有使劲地"抹汗"。

那么,放着"一日千里"凉爽舒适的高铁不坐,而选择这样便宜、"简陋"的通勤车,为什么?人多吗?都是些什么人呢?我试图在短暂的旅途中搞清楚、弄明白。仔细观察,原来有这样几类人员:年老旅行者、农民工、学生、做小买卖的、串亲戚的、沿线其他百姓……原以为,现在谁还受这个罪,坐这个车呢!亲历才知,座无虚席!所以,高铁时代,这种见站就停、基本上处于走走停停状态的"通勤车",若说最大优势,即对乘客的最大吸引力,恐怕唯"便宜"莫属！一趟公交车的钱，就行走成百上千公里。吃点苦，算个甚！大概这就是今天的中国国情，风驰电掣与"老牛""大象"并行。为什么每逢年节，总是Z、T字头列车最先售罄？为什么退而求"K"字头的也不在少数？为什么硬卧与硬座仅仅相差百十元，却还有那么多人宁愿选择后者？生活不易，千元以下月收入者仍很多！很多人还是乐于经济实惠，想着省钱为妙、为要吧！

要不说，生活永远是最鲜活的课堂，是认识真实世界最难得的"现场"呢！

2021 年 6 月 18 日

又见《觅渡，觅渡，渡何处》

散文大家梁衡的这篇大受欢迎、以致一时"洛阳纸贵"的文章发表于1996年，本人不止一次在书本里、报刊上读到它，而2021年7月17日这次的阅读，却是在江苏常州瞿秋白纪念馆的碑文前。2005年，纪念馆已将这篇文章全文镌刻在展馆门前一侧专门修建的墙上。

参观瞿秋白纪念馆后，炎炎夏日，顾不上南方暴晒的高温，我找了个方便统揽此碑全文的角度，沿台阶席地而坐，从头至尾，再次通读此文。此文果然感觉十分不同。踏上瞿秋白家乡的土地，跟随展览走过他生平的足迹，我再次品读"觅渡，觅渡，渡何处"，像是被这拨动心灵的叩问不停地撞击。相比而言，展览是表象的，该文却有荡涤灵魂的力量。

这一位中国共产党早期领导人,"随即被王明,被自己的人一巴掌打倒,永不重用。后来在长征时又借口他有病,不带他北上……""他其实不是被国民党杀的,是为'左'倾路线所杀,是自己的人按住了他的脖子,好让敌人的屠刀来砍。而他先是仔细地独白,然后就去从容就义。"

瞿秋白的生命仅仅短暂36年。为什么后来人要以多少个36年,以致永远地去纪念他、怀念他?《觅渡,觅渡,渡何处》中说,以秋白的才气,"只要随便拔出身上的一根汗毛,悉心培植,他也会成为著名的作家、翻译家、金石家、书法家或者名医。""一个人无才也就罢了或者有一分才干成了一件事也罢了。最可惜的是,他有十分才只干成了一件事,甚而一件也没有干成,这才叫后人惋惜。"

"瞿秋白以文人为政,又以政事之败而反观人生。如果他只是慷慨就义再不说什么,也许他早已没入历史的年轮。但是他又说了一些看似多余的话,他觉得探索比到达更可贵。"

在那些"多余的话"里,秋白宁可将"光环"打回原形,回归真实。"他认为自己是从绅士家庭,从旧文人走向革命的,他在新与旧的斗争中受着煎熬,在文学爱好与政治责任的抉择中受着煎熬。他说以后旧文人将再不会有了,他要将这个典型,这个痛苦的改造过程如实地记录下,献给后人。"

《觅渡,觅渡,渡何处》告诉人们,对于人生,秋白不愿"涂脂抹粉",更拒他人为其"涂脂抹粉"。他说:"我是一个多重色彩的人。"一般人是把人生投入革命,而他是把革命投入人生。革命是他人生实验的一部分。作者梁衡评论说,秋白是一个内心既纵横交错又坦荡如一张白纸的人。所以说,瞿秋白,为了信仰,他把生命看得很淡，为了做人，他又把虚名看得很淡。

"秋白在将要生命流芳时却举起了一把解剖刀，（与那些英名永驻的历史人物一样）他们都把行将定格的生命的价值又推上了一层。哲人者，宁肯舍其事而成其心。"

我以为，这些文字、观点、句子，都是着实动人心魄、令人唏嘘、有着深刻教益的。反正我是看一次触动一次，一次却比一次领悟得更深。

一如建此碑者所期待的，名篇展示于此，以便大家共赏佳作，缅怀先烈，启迪后人。

瞿秋白、杨之华的女儿瞿独伊也是一位新闻工作者，而且是新华社的资深"老新闻"。2021年7月1日，在中国共产党成立100周年纪念活动期间，与党同龄、100岁的瞿独伊在接受采访时谈到早年见证新中国诞生的经历。1950年3月，她与爱人李何被任命为新中国第一批驻外记者，到莫斯科建立新华社记者站。二人既是记者、通讯员，又是译电员、抄写员、打字员、翻译，采写了大量报道，还为使馆和国内代表团做了大量翻译工作，包括为出访苏联的周恩来总理担任翻译。后来她在新华社国际部俄文编辑室工作直至离休。

2016年6月，新华社曾以李大钊、瞿秋白、方志敏等杰出共产党员的形象为主线创作了广受欢迎的微电影《红色气质》，献礼党的95周年，其中就收录了瞿独伊翻阅家庭相册时深情讲述，并现场用俄语再次唱起父亲翻译的《国际歌》的镜头。

作为新华社的一名高级编辑，我为有这样的前辈而自豪！

2021年7月20日

感受惠山古镇祠堂文化

走进无锡,闻名遐迩的灵山大佛未再去会,而是一下子扎进了惠山古镇。这个地方,给人的一个突出印象是门挨着门的名人公祠,个个装潢精美、大气庄重,又各具特色。徜徉其间,仿佛穿越时光,与史上名人、大家对话,不觉肃然起敬。到过很多博物馆,没承想,公祠也能聚成博物馆。据说惠山古镇被认为是无锡市现存的唯一具有申报世界文化遗产资格条件的项目。

原来,祠堂建筑群在惠山古镇占有主体位置。有关资料上说,它们始建于唐而盛于明清,先后出现120处祠堂建筑体,其中宰相祠堂九处:楚相春申君黄歇;唐相李绅、陆贽、张柬之;宋相司马光、王旦、范仲淹、李纲;清代李鸿章。祠堂群按照规制可分为尚书祠、侍郎祠、御史祠、巡抚祠、忠节祠等。涉及80余姓氏,180余名历史人物,还是寻根问祖、追根溯源的姓氏文化以及家风家训文化的源泉。

据载,康熙、乾隆皇帝14次到访,题诗114篇。文人墨客、帝王将相对古镇可谓情有独钟,乾隆为甚。谈江南山水,他认为,"唯惠山优雅娴静""江南第一山,非惠山莫属",惠山"江南第一山"的称号也一直沿用。乾隆爷还在北京清漪园和圆明园中依照寄畅园的图样仿建了花园,在承德避暑山庄仿建了惠山寺的竹炉山房。

一般人都知道,祠堂又称"祠庙",是我们的家族祭拜神灵和祖先的场所。一路听讲解,我们还得知,在惠山古镇众多祠堂中,华孝子祠、至德祠、尤文简公祠、钱武肃王祠、淮湘昭忠祠、留耕草堂、顾洞阳祠、王武愍公祠、陆宣公祠、杨藕芳祠这10座祠堂,被评为全国重点文物保护祠堂建筑。

还有坐落上河塘的"溪山第一高楼"（高10.3米），是旧时惠山古镇紫阳书院的主要建筑。紫阳书院，又名朱文公祠，主要供奉理学大家朱熹。古建上悬挂的三块匾额——"溪山第一楼""入则孝""出则忠"，均为集朱熹字而成。

总之，惠山古镇与其说是游览景点，不如说是怀古和受教的课堂——举目四望，家风古训、自律先贤……到处是厚重与鞭策。渺小与惭愧不由从心底溢出……

2021年7月22日

胡同中的"飘萍故居""京报馆"

地铁1号线转4号线，在菜市口站出来，走不多远就到了北京西城区椿树街道的魏染胡同。邵飘萍故居和他一手创办的"京报馆"就坐落胡同之中。

说来颇有历史纵深感。北京有两个椿树胡同，都属于原宣武区。但要溯源，就更为遥远。据载，椿树胡同形成于金代，得名于明代，兴盛于清代。因为此地广植椿树，逐渐被老百姓口口相传命名为椿树胡同，成为北京最早以树命名的胡同。明嘉靖时，椿树胡同被列入南城宣北坊。清朝时期随着附近琉璃厂的兴起，大量外官、举子纷纷住到这里，椿树胡同自然成为首选居处。这里居住的主要以文人和戏曲名人为主，因文人墨客常聚此地，成为名噪一时的"艺术沙龙"。像荀慧生、尚小云、江顺仙、金少山等等，椿树地区居住的戏曲名人多达数十位。尚小云还在这里创建了培养京剧人才的荣春社。所以，600年历史的椿树胡同可谓"有戏有诗、有树有花的艺术街"。

同属这一地区的京报馆就在邻近的魏染胡同。此前这里曾是多年的大杂院，2018年在西城区"以房换房"政策下完成腾退，彻底修缮，为百年老报馆迎来新生。二层小楼，二进院子；占地1120平方米，建筑面积820平方米。1918年《京报》诞生，1925年迁入魏染胡同35号。1984年5月，魏染胡同被北京市列为文物保护单位。

在此同时展出的还有百年红色报刊专题。

1918年10月创办驰名中外《京报》的邵飘萍生于1886年，浙江金华人。邵飘萍是位极具忧国忧民意识、爱憎分明的文化人，是位"有血性、有风骨的进步报人"。他得到"心中有信仰，肩上有担当，笔下有力量"的高度评价；他反帝、反袁、反专制军阀，支持民众爱国运动，为五四名将；他曾在北大激情演讲，抨击时政；他颂扬十月革命，宣传马列，秘密加入中国共产党。

1918年，邵飘萍在北大新闻学研究会任副会长及导师，随后在平民大学、北京法政学校、北京务本女子大学开设新闻学课程。他的目的是"打造一批精明的记者，能报道劳动人民的疾苦和斗争"。所著《实际应用新闻学》《新闻学总论》是中国最早一批新闻学专著，也是我们新闻学专业教学的保留性教科书。任研究会副会长期间，邵飘萍还与毛泽东相识且交往甚密。1936年，毛泽东在与美国记者斯若交谈时专门回忆起邵飘萍，认为他是"一个具有热烈理想和优良品质的人"。

邵飘萍于1926年4月22日被捕，26日被奉系军阀杀害于北京天桥刑场。

"铁肩辣手,妙笔如刀"。邵飘萍非常推崇明嘉靖名臣杨继盛的诗句"铁肩担道义,妙手著文章",他挥笔书写"铁肩辣手"四字悬于报社墙上,与同仁共勉。

四十岁短暂人生,为信仰而战,激情而鲜明。

总之,在一个有历史感和文化氛围的地方,看一个有意义的展览,我度过了富于新意的一天!

2021年8月12日

从昆曲《牡丹亭》惊叹作家的"想象力"

身居北京这个政治文化中心,参加些丰富多样的文化艺术活动还不是近水楼台?但因各种因素,并没有如此。忽一日,或由于我不久前到访了昆曲博物馆,故萌生一定看下经典剧目的愿望。近日网上漫游,恰见《牡丹亭》在售票。尽管面对480元一张还属中等价位的票价内心不由得紧了一下,瞬间犹疑过后,我还是快速购买了套票。反正不常看嘛,偶尔为之,潇洒一把!

我早早来到位于东城区建国门内的长安大戏院。因其坐落长安街上,是很多公交大巴的必经之路,所以尽管我出入不多,倒是其身影经常从车窗里一闪而过。印象中这是个古朴典雅民族风的"老字号"。搜了一下相关信息,原来它始建于1937年,原址在西单路口,二层楼,可容1200位观众;1996年迁址于建国门这里。前后均有很多名角大婉儿在此登台演出。

昆曲《牡丹亭》也是个经典剧目了，久唱不衰，直至21世纪的今天仍然是热门儿网红，明显观众多，票价高，老少皆喜看。为何？按照教科书的解释是："《牡丹亭》创作手法新奇，是中国戏剧史上的巅峰之作，是最能体现昆曲精致浪漫的经典剧目。"

置身现场，的确同感！

辞藻华丽，婉转悠扬，荡气回肠，真乃艺术盛宴！但观后一直感觉放不下的疑问是：400年前汤显祖，为何有如此想象力，何以构思出这样超乎一般人思维的艺术细节呢？人，可以为爱而死，又为爱转生，现实与仙境，人间与地狱，时空自如转换穿越，令人如梦如痴，深陷其中。艺术与艺术的再创造，叹为观止！

"情不知所起，一往而深。生者可以死，死者可以生。生而不可与死，死而不可复生者，皆非情之至也。"此乃该剧中历来被人们传颂的名句。

距今423年前，汤显祖由话本小说而再创作，塑造了杜丽娘这一追求自由爱情的经典形象：久居深闺的她，感春而梦，梦中与有情人相会，梦醒执着徒劳追寻，病亡；身为鬼魂仍一往情深，历尽艰阻，又为情复生，终于梦想成真。此作品感染力有多大呢？据称，多位女子读后伤感而亡。

思来想去，结论一定是：作家的思想力成就了想象力，是作家对生活的勇气赋予了笔下人物的大胆超越，是作家"张扬至情，肯定自然人性，敢于冲击贞节纲长、封建礼教、传统观念……"的独特理念，让角色跨越时代而不朽！

艺术享受并引发思考，这钱与时间，超值！

2021年10月16日

被一首动人乐曲"击中"是什么感觉

一连多少日,连续听,反复听,百十次地回味,每每热泪盈眶,甚至仿佛睡梦中都是"可可托海"的深情旋律——许多网友如此留言。在各种声音汹涌泛滥的今天,怎还会有让祖国大江南北甚至全球许多地方的人如此共情、动情的歌声?

是什么样的人如此委婉深情?他从哪里来,到哪里去,多大年纪,如此沧桑、空灵、纯净、动人心弦的歌声怎样炼成?当某日外出却被身后飘来的此曲深深感动的时候,回来便急不可耐地搜寻,从网络的各个段落里拼凑,尽力还原、组合,却原来,似乎很多人都"想多了":王琪,一位 1986 年出生的阳光帅哥!辽宁鞍山岫岩一个小山村的农家子弟。23 岁时为音乐梦想在新疆打拼十年,《可可托海的牧羊人》就源自他在新疆的经历,根据一个凄美故事爆出灵感——

可可托海草肥水美、野花遍地的美丽时节,一个刚刚失去丈夫的四川养蜂女,带着两个年幼的孩子、几十箱蜜蜂来到这里。草黄花落时,她与一个年轻的哈萨克牧羊人收获爱情。可为了不拖累心爱的人,养蜂女选择默默离开,不再回来……

这样看似简单的故事,经过词、曲、歌手的演绎,传出的声音如泣如诉、催人泪下,让人肝肠寸断。寻找的是深爱的恋人,道出的是人间真情,呼唤的是大美挚爱!无数人为此难忍泪水。据报道,《可可托海的牧羊人》自 2020 年 5 月 20 日发行以来,经历曲折且颇具戏剧性的翻唱过程,一经走红,爆红数月,成为这一年最让人难忘的悲情旋律。

没有人随随便便成功。王琪 2005 年刚写歌时，从来不敢将作品给别人看，悄悄自费制作、砍价、录音，拿着 CD 在酒吧试唱，不被老板看好，不得已将歌曲藏进口袋……上班、还贷、养娃，晚上熬夜作曲、写歌……和所有挣扎奋斗的人一样为生活而拼，甚至拼了十几年还是给父母买不起一件上点档次的羽绒服。泪目的经历，残酷生活的淬炼，发自心底的歌也最能触动人们心底最柔软的那一处……

人们欣喜地看到，滋养出王洛宾、刀郎等歌者的西部大地、新疆山水，薪火相传，新人又出。以优秀的作品鼓舞人、激励人，彰显文化自信，不是空洞口号，惟生活沃土的抚育、磨砺及对艺术的执着、悟性才是作品入脑入心、感人肺腑的源泉！无须任何灌输、动员，滋润心田的真艺术，来自民间，回归大地，人们会全身心地去拥抱、喜爱。所有的外部手段似乎显得过于苍白无力。

看看网友们激情的"天问"：又相信爱情啦！我要做养蜂女，谁愿意做我的可可托海牧羊人啊？

我想，不圆满，难完美，梦幻破灭——把最美好的东西撕碎给人看，撼人心魄的力量就是这样生成！

所以，无论你听过多少遍，哪怕是 100 次，也让我们第 101 次一起重温这撼动心灵的"天籁之音"——

那夜的雨也没能留下你
山谷的风它陪着我哭泣
你的驼铃声仿佛还在我耳边响起
告诉我你曾来过这里
我酿的酒喝不醉我自己

你唱的歌却让我一醉不起

我愿意陪你翻过雪山穿越戈壁

可你不辞而别还断绝了所有的消息

心上人我在可可托海等你

他们说你嫁到了伊犁

是不是因为那里有美丽的那拉提

还是那里的杏花

才能酿出你要的甜蜜

毡房外又有驼铃声声响起

我知道那一定不是你

再没人能唱出像你那样动人的歌曲

再没有一个美丽的姑娘让我难忘记

我酿的酒喝不醉我自己

你唱的歌却让我一醉不起

……

2021 年 2 月 10 日

去这家津门"老字号","吃"什么?

每次回到生长于斯的家乡天津,一个雷打不动的保留节目是前往位于小白楼的百年老店"起士林"西餐厅。自从我 40 年前在京城攻读硕士而后落户于此后,天津,便成了我名副其实的"老家"。

从漫长的工作到退休的几十年间,津门是百分之百的常来常往之地。20世纪90年代,小女还在牙牙学语时,我就时常带着她去,偶尔其舅姥爷也和我们一起。去起士林"感受"一下,时间宽裕时,漫步毗邻的天津音乐厅,有次居然"碰上"俄罗斯芭蕾舞团的《天鹅湖》正火爆上演,"抢"到票,和娃一起美美地享受了视觉盛宴。后来,美籍华人老妹Jean回国,或有其他亲朋好友串门,也都会将他们领到这里,畅游一番。

这家津门最早的西餐馆,其实在近年来餐饮业翻天覆地的创新竞争大赛中早就算不上吸引眼球的店铺了,一般时髦的年轻人不会将其作为首选。平常日子,生意颇为一般,可我们一直是它的"铁粉"。常去,也并不在于想吃什么好的,通常点的也是极普通的菜品,比如土豆沙拉、红菜汤、面包、冰激淋等,最奢侈时也不过多加一份肉食。这些在今天大多数同类餐馆都是可以轻松吃到的。

那么一直执着前往去食用的是什么呢?我想应该是一种"感觉"。是其独特的沧桑感、浪漫、品位?抑或兼而有之。反正每次走进这里,我就会产生一种怀旧情绪。这种难能可贵、持之以恒的风格、情愫,似乎更易唤醒童年的记忆,引发油然而生的对过往岁月的缅怀,回想被"浩劫"耽误的十几年青春:在糊满"大字报"的街头游走闲逛,对着被砸烂了玻璃的西开大教堂发呆,天刚蒙蒙亮便前往东站赶火车去塘沽上班,为考大学来回奔波几十公里到南开大学旁听辅导课;偶尔,也从这里路过……几多隐痛,几多忧伤,看着窗外熟悉的街区,恍若昨日,不禁神驰遐想。

据记载,天津起士林西餐店由德国人阿尔伯特·起士林于1901

年创办,以自己的名字命名。距今已有120年历史,是名副其实的"百年老店"。说起其历史,还颇为曲折传奇。1900年,八国联军攻占天津。在德国兵营伙房做事的二等兵阿尔伯特·起士林心灵手巧,做出的饭菜美味可口,深得大家喜爱。他原本就是位御用厨师,后因在袁世凯酒会上露脸获赏,于是,退伍后于1901年9月,在法租界中街正式开了间约100平方米的西式餐厅,做起了老板。又因与法国食客的纠葛被赶出法租界,不得不在德租界重新选址开张。厚道的为人,精湛的厨艺,以及灵活多样的经营方式,渐渐赢得各国侨民、官员,天津达官显贵们的青睐,逐渐发展壮大。新中国成立后,也和国家一道,历经风雨,但始终坚守前行,为众人喜爱、欢迎。

之后,起士林先后在天津大理道、南市食品街、北戴河开设了分店。2006年,荣获中国商务部颁发的"中华老字号"称号。

别看平日里起士林生意有点不愠不火,尤其受一年来新冠疫情的影响,一度相当冷清。可待经济刚刚上扬,又赶上节假日,这"老字号"的魅力便陡然显现,此次与一位工厂时期就相识相知、已维持40余年闺蜜情的老友聚会,正赶上五一假期前往,拿号、等号,一个多小时才排上临时添增的"加桌",凑合着吃了一顿。体验自然稍差,但也从另一侧面反映了一代人对老字号的信任和难以割舍的情感。

感悟:百年老店,历久弥新,实属不易!常回家看看,且过且珍惜,难得!

2021年5月2日

大运河古城"遇见"吴承恩

6月下旬的盛夏时节,见缝插针,我顺路去了趟江苏淮安。因其久负盛名,低调而有文化,又是多位名人"出道"的地方。

却不甚了解,这里还是西游文化的源头。在位于淮安市楚州区河下古镇打铜巷,省重点文物保护单位吴承恩故居吸引我们走了进来。这里不仅是号称全球唯一立体电视剧《吴承恩与西游记》的拍摄基地,以及目前国内唯一综合展示西游文化和纪念这位明代大文学家的场所,重要的是我从这里真切了解了享誉世界的名著《西游记》成书的背景和历史过程,感觉是我留下深刻印象且是我最有收获的部分。

从小到大,我们都曾为大师唐僧和性格各异的师徒四人组成的"团队"克服千难万险西天取真经的故事所打动,被1986版《西游记》吸引而入迷,当年还是在14英寸黑白小电视屏幕前看得如醉如痴。却原来,写出如此生动传奇故事的人就在这里出生并孕育作品,是这里独特的山水人文为作家打下了丰厚坚实的思想和创作基础。

在故居吴承恩诞生地的介绍中我们了解到,作家的父亲名吴锐(1461—1532年),字廷器,号菊翁,是个为人忠厚的"文化人",喜欢谈论史传,还好游淮地名胜古寺,常给幼年吴承恩讲述民间神魔故事。而明代的淮安府和设于淮安的总督府管辖着大半个淮河中下游地区,那时的淮安地处淮河南岸、大运河中段,作为大运河漕运中枢,经贸发达,人来人往,热闹繁华,俨然省会。优伶的演出,才子的书会,各方人士的口口相传、信息交汇,带来四面八方与西游故事有关的书籍、绘画、戏剧、传说……

此外，作为当时军事重镇、南北交通枢纽、漕运咽喉的淮安，逐渐发展为江北一带的政治、经济、军事、文化中心。当时，儒家学说占据统治地位，道教、佛教影响也相当深厚，吴承恩生长在这样的环境之中，耳濡目染，逐步领悟了儒释道三教合一的思想，这成为他后来创作的思想根基。

公元629年，唐朝僧人玄奘赴印度取经，他的弟子辩机等根据其西行见闻一道写出了《大唐西域记》和《大慈恩寺三藏法师传》。为强化其弘法业绩，他在书中加进了些许神话描写，成为唐僧取经神话故事的开端。此后随着广泛流传，神异色彩愈发浓厚，从西夏初年敦煌石窟中的取经壁画，到宋元至明初的各种话本、杂剧，逐渐形成相关人物的故事雏形。

吴承恩将原始分散、粗率的各种西游故事重新布局谋篇，同时吸取民间猴文化和神话传说的精华，还将家乡许多与之有关的传说及名胜典故融入其中，兼收并蓄，脱胎重造，特别是塑造出体现人民理想和精神，个性鲜明的悟空、八戒等生动传神艺术形象。终于从其如椽巨笔下诞生了不朽名著——一百回本《西游记》。随着它的成书与传播，西游故事逐渐成为几乎所有艺术形式的素材，被广泛翻译为世界多种语言文本，美猴王形象深受各国人民喜爱。

我想，中华文化博大精深，浩瀚无垠，能成为术有专攻的大学问家当然难得，但各地如此普及性地传播各自的特色文化，让更多普通人从这些走马观花的浏览中有所认识和了解，积少成多，精神世界得到充盈、滋养，也是有着非凡意义且功德无量的事情，我们都是受益者。

2022年6月25日

第六章　一位奋斗女在美工作生活的几个片段

60后，再上岗

我的妹妹，Jean，一位20世纪80年代末、改革开放初第一波出国潮中远赴美国留学、后来定居美国的奋斗女性。她一直居住在美国南部的得克萨斯州奥斯汀。得州是美国第二大州，最大特色是豪迈民风，有人比喻那里的人颇似我国的东北人，豪爽有个性，讲义气。奥斯汀人称"小硅谷"，大量高新技术公司聚集在此。我想，Jean去那里多半原因是跟随同样是电脑专家的美国丈夫，他曾在IBM工作多年。

Jean毕业于天津外国语学院（2010年改为天津外国语大学），曾在南开大学金融系做教师，但没几年就舍弃国内的一切，毅然决然走出国门。早年在美国，她先后读了会计和计算机程序两个硕士学位。虽然出去得早，可遇到的各种问题和生活境况，任何时候都基本类似。身份、学历、工作……打拼之路也都相似而漫长。毕业后入职一家类似国内国家电网性质的公司，搞软件开发设计，即编程。一干就是19年，已经算是非常稳定了！年龄，也渐渐过了知天命之年。可就在我们都觉得她会一直做下去，直至退休时，2019年10月6日，她发来微信："辞职了！"太意外。因为如果在国内，50多岁、眼见奔六的人正是站好最后一班岗，退休指日可待的时候，怎么可能说辞就辞了呢？这是大多数人想都不敢想的事情。这岂不等于轻易放弃，或者说断送了自己的未来吗？可她毕竟是在美国。她发的信息是："这个星期二做了一个决定，离开了干了快19年的公司。这么长的时间在公司里经历了无数次的裁员、重整、规划啥的，也算存活下来了。今年初换了一个大领导又开始重整了。我们这样年龄大些的就很难再待得时间长了。人家让我们选择，是拿一些补偿自己离开，还是等着看看公司情形再说。想了想还是现在离开吧。在美国这些都习以为常了，随时准备走人的……"

乍看信息，我顿感吃惊，交流过后，才慢慢放下心来。她接着又说道："在美国也不知啥时是个退休年龄。本想着咱都这把年纪了，退了就算了，不干了。可看看周围像我这么大年纪的人都还在工作，觉得休息一段时间后又得开始找工作了。这次想找个简单点的离家近些的工作。主要是没有工作就没有医疗保险，在公司之外买医疗保险非常贵。另外退休金得等到67岁才能拿到呢。"

就这样，没有仪式，没有迟疑。Jean毅然辞别能发挥才能、又热爱并赖以谋生19年的公司，回家，准备再行应聘。这种勇气，难能可贵！

后来的一年多里，Jean居然连续两次应聘到高质量的工作。一次是政府性质的；最近这次也是很难得的。

到了2020年元旦，我们又就此话题展开交流，因为找工作毕竟是有关个人和家庭的人生大事。

"新年快乐啦！Austin市政府有一个项目要我去干一段时间，报酬还不错，所以过完元旦我又要开始上班。这下可能还会很忙……具体要做的，跟以前差不多，金融软件方面的。"

她还介绍说，在美国找工作，一般面试分几个部分：先是公司人事部问些常规的问题，第二次就是具体的招聘部门领导人物问具体的技术问题以及考试什么的。如果有其他方面的疑问，还会有第三、第四次面试。一般来说招聘者都喜欢有一定的工作经历、经验的人。当然，一看你有19年以上的工作经历，就能将你的年龄猜个八九不离十。这或许又不是什么好的事情了，除非你有什么特别超常的技能，非你莫属那种。这样的人，不管你年龄多大，招聘单位都需要你的技术或是请你指点，等等。总之，现如今要找好点的工作肯定是更难了。

她觉得，等明年儿子上大学了，也可以到外州去工作，不一定非在奥斯汀工作了。

此前，有时我们也交流、谈论家庭话题，她深有感触地说，做女人，真是不容易啊。一个家，妈要是先垮了，其他的人跟着就会垮掉，特别是孩子。所以硬着头皮也得往上走，得有活到老干到老的精神！因此，在这边，大部分人，无论男女，都是全职工作，除非家里孩子较多需要有人照顾，那样女方也就暂时无法出去工作。在美国很多女性等孩子长大一点之后还是要再出去工作。

到了2月份，我又问Jean这个政府项目工作是否需要每天去上班，还是间歇可以在家里工作，因为想着她也年纪不小，还得照顾家庭，不要累坏了呢。她回复说，每天都要去上班，工作难度挺大，压力也蛮大。因为是一个比较大的项目，每一个分项，都要在指定时间内完成。还好不是长期的，干完了可以休息一下。

3月2日，Jean说，这个周末到圣地亚哥去了，星期一到一家制药公司面试。这家公司支付了来面试的所有费用。本来还犹豫呢，可人家那么有诚意，不去就不太好了。

进入7月，全世界新冠肺炎疫情正紧，尤其是美国，病患数量以及病亡人数很快成为世界第一。

Jean说她这个月又回市政府干一个月，还是蛮忙的。现在想找一个全职工作还真不容易呢，受疫情影响美国现在的失业率渐高，好多公司已经停招了。

7月27日，Jean又发来信息说，上个星期正式接受了西弗吉尼亚大学医学院的聘书，是全职在技术部门工作，还不用搬迁，可以长期在家上班。这一条对许多女性而言都有足够的吸引力。

"现在招聘过程真叫长啊，我都不记得这个面试是4月还是5月份开始的呢，到现在才算有了结果。疫情重、失业多、竞争激烈、年龄大……估计这个可能真的就是我最后一份正式的全职工作了。能干多久干多久，还是要尽全力做好！"

11月11日，Jean再次发来信息："今天在新单位通过了90天的试用期。这意味着可以在那里干一段时间了。有二十来年没有经历试用这类事情了！"她还介绍说，现在的工作是长期聘用，不用签订合同。在美国，一般合同工要签一年或是两年不等的合同。合同工薪资高些，但无其他福利，比如医疗保险什么的；而长期雇佣薪资低些但有其他福利。年轻人一般喜欢做合同工，她这样有一定年龄的需要医疗保险等福利，所以必须找能长期聘用类的工作。

家人在异国他乡以资深经历找工作的历程令人颇感新鲜，我觉得这已经是超好运气,棒棒的啦!我为她点赞、加油!

2020 年 10 月 7 日

"只能又饥又冷地挨到这个周末了"
——"得州危机"亲历

今天 Jean 发来信息,说他们居住的得克萨斯州出现了"情况":"北极寒流席卷美国 25 个州;奥斯汀经历了百年不遇的极寒与暴风雪;得克萨斯州西部的风力发电机全部被冰冻,电网一下子无法补充风力发电机失去的电力,奥斯汀市区分区停电减少负荷。我们只能在饥寒中熬着……"美国中南部多地暴风雪,极寒导致停水、停电,人们正常生活受到很大影响。

接着 Jean 又传来两张照片,完全是遭遇实录:他们那边有人家里水管冻爆了,屋顶空调管子里的水倾泻而下,又很快冻住,屋内呈现出冰挂、冰柱、冰坨林立的景象。灾情确实很严重。看着这样的情景,令人顿生焦虑。

我回复说,若是在国内,中央和地方政府,以及社区所属区片居委会等很快会组织救援,送吃送喝……她回复说:"现在这里没有人给你送,都躲在屋里不敢出来了。还好我上个星期买了好多吃的,坚持到这个星期五就好了。根本出不了门,外面全是冰。"

很快,人们就从视频画面中看到,休斯敦、奥斯汀这样的大城市,人口压力大,超市里的食物很快抢购一空,人们想吃个汉堡,需要排队4小时……

晚间,中国央视《新闻联播》播出了相关新闻,"得州危机"渐渐成为世界关注的事件。同时大家还从中听到美国两党互相指责的声音,认为这既是天灾,也是人祸。应对无力,并无太多救灾措施等情况,虽然相距遥远,但还是很为他们着急,期待天气尽快转好,冰消雪融。

接着很快看到各路媒体对此事件的评论。新华社资深媒体人"牛弹琴"评论说,冬天暴风雪并不罕见,关键是,这个州是能源之州,缺乏暴风雪的应对经验,一下子彻底瘫痪,道路堵塞,停水停电,悲剧不断传来。最严重的一次交通事故,据说有130多辆汽车连环相撞,6人死亡。

因为停电,人们不得不烤火,一位祖母带着三个孙子女用壁炉取暖,最终引发大火,四人全部遇难。

一位78岁的得州老人,在自己家前院摔倒,严寒中冻了2个小时之后去世。

另有媒体报道,在休斯敦,一位母亲带着女儿,在车库里开汽车空调取暖,最终一氧化碳中毒死亡。

得州当下最要紧的是缺电,但得州电网独立于其他州,自成一体,其他州想送电都送不成。

统计表明,仅二三天,与冰雪相关的死亡事件已经超过20起。随着时间推移,死亡人数达到40余起。

2月19日,Jean又发来信息说:"这就是近日我们这里的现状。一周回到了'过去'。"

有关文中记录了一周来得州的生活景象——400万家庭断电,近30万家庭停水,暴风雪里拾柴取暖,翻垃圾箱找吃的(超市因停电丢弃易腐食品），喝雪水止渴做饭……许多市民直接开启了荒野求生模式。在这前所未有的难挨时刻，却发现一位大家颇爱戴的得州参议员丢下在困境中挣扎的人们，跑到温暖的墨西哥坎昆度假去了。而就在此前极寒刚刚降临时，一位市长竟然对迫切渴望救援的人们说，没有人欠你们什么，一切都是自己的选择……

不是去调配物资，也不是去体察民情，甚至不是在家待着，而是……

估计这位本身就是因"灾难政治"赢得口碑与好感的议员眼下的日子可不好过了（他曾在哈维飓风时期推行减税及救助方案）！

2月20日，Jean说，早上刚领了两箱饮用水，总算有水喝了。慢慢恢复，大约一个星期会好起来……

2021年2月18日至20日

生活感受点滴

因家有出国者，这些年我还特别留心阅读了一些留美人士近年撰写的经历与心得文字，特别是女性。在国内，她们曾经是文化工作者、教师、运动员、商人、全职妈妈等等，其异国奋斗史同样令人称叹。

对于在国外如何生存、奋斗这类"老生常谈"的经历，已有太多记述文字，其实，简言之，我感觉最实际的判断一定来自在那边经历了摸爬滚打的"过来人"。Jean说，在美国找工作，技术方面的相对或许更容易些，比如，如果所学专业是理工科、财会、金融、软件开发、数据分析、人工智能类等，如果是学心理学、教育、艺术类的就多了些难度，当然如果有特殊才能就另当别论了。

Jean 一贯的看法是，外国人在美生存，比如留学生，或其他情况需要留美的普通人，"身份"很重要，没有合法"身份"，基本是寸步难行！更别说是找工作了。现在"打黑工"都没有可能。

所谓身份，即"外国公民永久居住许可证"，因其最早是一张绿色的卡片而得名"绿卡"（Permanent Resident Card），也就是美国户口。有资料显示，随着时间的推移、设计的变化，至今已经更新了 19 个版本，现在是一张白色有黄绿花纹的塑料卡片。其他国家也沿用了这一通俗说法。2004 年起，中国给在国内符合申请资格的外国人士签发永久居留权证明，有时也被俗称为中国绿卡。

Jean 说，有些专业对口或有需求的一类学生，按照政策他们在美国大学毕业后会有两年的实习期，这二年之内可以在美国工作。之后部分人可以办到工卡并在美国工作长一些时间。若是拿到了工卡，并且所在公司也愿意帮助其申办绿卡，比如工作需要等，那样会更顺利些，一般都需要慢慢等待。办理到一定环节，绿卡就算基本拿到。接下来就可以考虑工作生活等问题了。

恰巧身边一位熟悉的八九年前留美的女生，信息工程专业，后从事人工智能类工作。硕士毕业后在那边猛"拼"了几年，其间抽到了工卡指标，所在公司也愿意助其争取"身份"。多年的等待，加之大环境和政策的"放松"，"绿卡""指日可待"。2021 年下半年起，她在美国五大湖地区的密歇根州（该州作为汽车工业的诞生地而闻名）购置了车房，并登记结婚。现在，这位女生除了工作，业余时间还在抖音开了直播，将底特律那边一些新鲜的生活场景介绍给国内年轻粉丝，像在美国如何体检，那边的二手店长什么样，私人樱桃园采摘，等等。赶个时髦又收获流量。

　　Jean 说，这位女生的顺利，和她所学专业很有关系。如果不是这边紧俏所需专业，即使名牌大学毕业，或一时找到工作也很难抽到"工卡"。那种情况，一般只能继续回校读书或者另谋出路。现在，对于年轻人而言，选择多了，路也很宽。

　　世界在动荡不安中延续，疫情当头，全球同此凉热。

　　Jean 那刚刚开始美国"重点大学"生活的儿子，真的是成长起来了。Jean 说，在大学里，他们也得按要求戴口罩、打疫苗、各种防疫措施，现在他仍然每天健身，雷打不动，腹肌练了出来，体型很靓。健硕帅哥照发来，其妈为其添加的图片说明是"家有男模"！

　　看照片，这位自小酷爱篮球运动的壮小伙，如今已是完完全全"大人"模样，想当年他六七岁光景时，Jean 领他回国探亲，我曾带着这个混血的小洋娃去办公室加班、到羽毛球馆运动、游长城、吃烤鸭、逛王府井购"乐高"拼图……他曾在我办公室里"涂鸦"，贴了满墙各种"莫名其妙"的图案！一晃十几年过去，阳光少儿已成栋梁青年！

2021 年 4 月 15 日

见闻种种

Jean 一早发来信息和链接说:"这疫情还在蔓延,确诊人数也未下降,口罩令就取消了。真是太不可思议了。"后面相关报道标题就是:《得州全面取消强制口罩令……》,内容是:得克萨斯州长 Greg Abbott 周二宣布,允许任何企业按照自己的意愿以 100% 的产能开工。全州范围不再实行强制要求,并且宣布,从 3 月 10 日起结束强制戴口罩的要求。这一决定,立即引发世界范围的普遍质疑与反对,很多人认为还远不到放松警惕的时候!

Jean 还说,她以前工作过十几年的那个公司的大老板 3 月 5 日被解雇了,原因就是这次得州暴风雪大面积停电事件。这个公司非同小可,翻译成中文,就是得州电力局,或称得州电网!这里的 CEO,因此"下课"了!

Jean 还同时发来现场照片说:"你看奥斯汀现在成了什么样子?画面显示,立交桥下有多项固定帐篷,旁边还停放着小轿车,住的尽是些无家可归的人。以前是席地而睡,现在至少搭起了临时性的居所。政府要救济,我们大家要缴税,这些人也可怜。唉……"

3 月 11 日,美国总统拜登在白宫发表上台以来最悲伤最严肃的演讲,称过去的一年是美国最悲情、最不堪回首的一年。11 日是一个节点日:2020 年 3 月 11 日,世界卫生组织宣布新冠疫情大流行,世界进入紧张时刻。他说,截至目前,美国死于新冠的总人数是 527726 人,超过了美国在一战、二战、越南战争和 911 事件中死亡人数的总和。

到了8月份，我忍不住问了下Jean，美国那边一直控制不住疫情，疫情反而继续恶化，到底怎么回事呀？她回复说，本来前几个月情形已经好多了，一些学校和商店都宣布摘口罩了。结果很多人跑出去玩，不注意防护地聚集；再加上Delta传播。一些在美工作人员的家属很多在居住地封闭前也到美国来了……

待到转年的2月26日，Jean又发来信息说："真不知美国现在该咋办了，每天物价飞涨，股票狂跌，从去年开始大部分东西都涨了差不多三倍……"正在回复安慰她之际，恰见一条信息：美国最新的通胀数据，又是40年新高，其中关税"贡献"不小。2022年5月11日新闻说，美国劳工部数据显示，5月消费价格指数（CPI）同比上涨6%，再创40来新高。能源价格在过去一年飙升34.6%，其中燃油成本上涨106.7%，是1935年有记录以来最大涨幅。通胀高企，导致拜登支持率低迷。

这仅仅是一名普通美籍华人在随意聊天中流露的最直观、简洁的感受。他们每天生活在大洋彼岸，像我们生活在国内的大多数普通百姓一样，忙碌着赖以生存的工作，操心着柴米油盐、一日三餐，照顾着上学的娃儿，看护着家里生病的人……

近日引发人们密切关注的另一则新闻是美国撤军阿富汗前后的剧烈动荡。战乱中的人民水深火热、痛苦经历触目惊心！

还是那句话——

这个世界不太平，只是我们有幸生活在和平的中国！很多地方、很多人的梦寐以求，却是我们的习以为常！

2021年8月19日—2022年5月11日

睡前"海聊"

北京时间11:30，是美国时间前一天晚上11点左右，我和Jean的联系或"海聊"一般都是此时进行。这时正值他们那边的"睡前"，而在我这边也是比较清静的时候。或长或短，有时聊天会持续到那边时间的凌晨一两点钟。今天Jean发来这样的内容。说是她已经干了7个月左右的这个单位，半年多换了3任老板，她每天在会议和各种繁杂事务的处理中辗转腾挪，压力极大。另外，和她一起工作的有好几位是印度人。"那些高科技公司都快被他们'包圆'了，很多是当大老板的。"她觉得，很多印度人在那边发展不错，也有些人在与他人相处时不太"讲究"！当然，哪里的人都有好有差，囿于个人经历的一种感觉而已，我想。

那么为什么那么多美国科技巨头公司的高管是印度人呢？

著名财经评论家水皮在其"每日杂谈"中分析认为："数据显示，近10年内，越来越多印度人进入全球顶尖企业担任高管，世界500强企业有三成掌舵人是印度人，不少知名公司、高科技公司CEO来自印度，中高层管理者中印度人的比例更高。除了企业高管，也有越来越多的印度人开始担任欧美知名商学院的院长。为什么？有几个因素。比如，开放的人才流动政策（人才外流）、印式英语的语言优势、抱团取暖的民族认同感、稳定踏实的工作态度与风格，等等，当然，事情的另一面必定是其国内的人才流失问题。"

可见，除了庞大的人口、贫富差距、疫情（一个节点性数字是：当地时间6月10日，印度新增新冠确诊病例约9.4万例，新增死亡病例猛增至6148例，创下该国疫情暴发以来的最高纪录，也是截至当时世界上一国单日新增死亡病例数的最高纪录），我们对这个邻国也还有另外的观察视角。

Jean 的切身感受，或许是对其强项的进一步认识与证明。

2021 年 6 月 8 日

家有考生说高考

近日举国关注的事情是高考（中国高考每年6月7日至9日举行）。

在中国，它是和万千莘莘学子前途命运关联最紧密的一件事——它是普通人的上升通道，是青年人走向独立成长的分割线，是人生不同际遇的一场赌博。本人也是高考的受益者。关键是，40年前那特殊历史节点的几场考试，无论对个人、对社会，其意义和分量都与今天不太一样！那时"千军万马过独木桥"，极低的录取率冲高着少数"天之骄子"的自豪。而时代的快速发展变化，已经无限地拓宽了人们的视野和生活道路，认识与期待也有了很大的变化。刚刚在微信上看到一个流传的小故事：一名考生问送考的老爸，万一考砸了怎么办，老爸潇洒作答，获赞无数："孩子，我要告诉你，考场很小，世界很大；考试是个点，人生是条线；没人因考试赢得所有，也没人因考试输掉一生。其实文凭不过是一张火车票，无论重点大学、普通大学、专科，下车都要找活，才发现老板并不在乎你怎么来的，只关心你会干什么……请相信，如果不能尽如人意，一定是，上天另有安排；不管你考好考坏，爸妈都等你回家吃饭。"

唉，当年怎么就没有亲人对我们这么说呢！

我又问了下 Jean，一般美国学生是如何看待及参加高考的，因为她的儿子就是去年刚刚考上了"重点"大学。据称美国的"高考"，俗称 SAT，即学术能力评估测试，一年可以考 6 次，还要考察此外的很多方面。究竟是什么样的呢？我特意请老妹"现身说法"。

Jean 回复："现在，包括美国的孩子考大学、找工作的确是越来越难了。在美国要想上好的大学非常不易，竞争也尤为激烈。除了考试，还要看申请文书写得如何，是否有独到之处，并写出了你的特长和爱好……每申请一个大学至少要写三到六篇文书（一般需要申请二三所）。这一步有相当难度。再有就是看参加的活动、工作经历、社区服务等。前年 JK 申请大学的时候，我帮助他弄了好几个月呢。当然要上一般些的大学就不用这么费劲儿了。这里的情况是机会较多，即便差一点的孩子也有学校可去。"

此前曾看到有赴美朋友亲历说有些美国家庭为了更好地因材施教，便以 Homeschool 形式在家里自己教育孩子，这种形式在美国不仅合法，而且还呈现越来越多的态势。Homeschool 学校的孩子每年可参加全美统一的公立学校的年级考试，检验学习成果。上大学之前，则要参加 ACT 考试，作为申请大学的基础。教育形式比较灵活，选择机会也相对多。而 SAT 与 ACT 基本意思差不多，具体有差别，如何选择？百度的建议是，如果考生高中阶段知识掌握较好，特别是理科，而英文水平相对较弱，比如托福成绩不理想，那么建议选择 ACT 考试。

总之，我觉得，无论哪国，选人用人的基础是考试，这是相对公平的人才竞争选拔机制。尽管仍需要不断调整、改革，比如国内不断增加高考考题的灵活性、开放性，旨在提高考生的创新能力等；

尽管不完善，但它将会一直进行下去，保证社会唯才是举、青年奋发有为的勃勃生机！

2021 年 6 月 10 日

7 轮面试，得到知名公司录用机会

今天 Jean 发来信息，兴奋地告知我，居然在这样的年纪还有可观的竞争力。前几个星期她无意间看到美国一家以开发一款新冠疫苗而闻名全球的知名公司，发布了一个不错的工作机会，工作内容和以前做过的差不多。她觉着这个公司不错，想申请下试试。结果，经过 7 轮面试，居然成功。11 号该公司人事处决定录用她！Jean 说这还真有点出乎她的意料，颇有意外惊喜的感觉呢！

接着，她又谈到，这个录用当然是难得的，是好事，但也让她有点进退两难。因为现在做事的这家大学医学院，不用搬家，每天也不用赶着去公司上班。她觉得这也是一个很大的优势。的确，没有哪个女性不认为能在家办公不是个幸福快乐的事情！而这家公司的工作可能就没有这样的自由。公司地点位于佛罗里达的基地，如果要在那里工作应该就需要搬到那里，那样就有些麻烦了。但公司的工资、医疗保险等，自然又要好很多。Jean 感觉有点难以一下子做决断，需要时间再考虑考虑、好好规划一下。

闻听此讯，真是为老妹的能力和运气高兴，确实不简单，马上到六十花甲的年纪，又是女性，却能通过竞争赢得这样的好机会。

感觉不论是个人才智，还是客观环境，以及不拘一格的人才竞争选拔机制，美国确有让人称叹的地方！马上回复信息由衷夸赞了一番。她说，主要是近年来一直做的一种软件，比较火爆，几乎所有美国的大公司都在用……

过了两天，Jean又和该公司人事处通了电话，那里的人说，还是需要搬到佛罗里达公司所在地才行。这让她很是犹豫。她感觉毕竟这样的年纪了，还得跨州、搬家，卖房、买房……动静岂不太大了些！况且新地点距离她儿子所上的大学也远了，现在开几个小时的车就回来了，换了地点，就要乘飞机回家。看来，决心比较难下。女人，照顾家庭，考虑孩子，无论何时，都是很重要的因素。

不管最终是否就任新职，这样的机会，总是尝试过了。这毕竟是个极为令人振奋的好事情！

2021年6月15日

也谈那里的退休与看病

除了近期发生的不少"大事"，我又问了下Jean最近的工作、生活情况。毕竟新年伊始，万象更新嘛。她回复说，自从去年8月开始一直在弗吉尼亚大学的医学院全职工作，关键是并不用去那里坐班，在家里工作即可。她觉得，是肆虐的疫情迫使大部分人可以在家里上班，客观上也减少了一些人的困难和压力。目前工作不是很忙，主要是单位太大，还没有摸清边际呢。正在不断熟悉环境、努力工作中!

同时,她再次深有感触地谈及美国的退休制度。她说:"美国退休制度很多方面我也是刚刚领略,比如,通常 67 岁以后养老金才开始给付。但一般情况下,只要你能干且愿意干,即使年龄大些,总还是能找到工作的。当然,年纪大了肯定还是会比年轻人找工作难一些。这要看应聘岗位的具体情况。"

我问她在美国是否到了 67 岁的就都可以领取退休金或称养老金,无论是否那时还在工作?她回复道:"应该是 67 岁以后都可以领了。但可以选择先少领。越往后推,也就是说年龄越大时领取,就能领得多一些钱而且少付一些税。唉,美国养老金以及养老保险这一块相当复杂,一般难以搞得特别明白,一看这些我的头就大了!"

一名在美工作生活近 40 年的理工女,马上就到了领取养老金的时候,居然还是如此一头雾水,可见,那得是多么复杂难懂的东西啊!

除了养老金,未来怎样生活、居住?样式肯定是因人而异、多种多样的。2021 年 6 月 27 日,Jean 发来一条有所感触的链接信息:Boxabl StartEing。她说,她觉得以后养老就住在这样的房子里便可以了。省钱省事易打理!不少富有的人,来大得州后也住这种房子里,这是未来趋势!

Boxabl 是何意?我查了下,比较准确的中文译文是:装甲箱筒。意思很明确,就是"麻雀虽小,五脏俱全"设施齐备的小鸽子笼式房间。

所以啊,无论在哪个国家,养老的思路都有一个相同处:大道至简!

那么,在美国,人老了看病是什么情况呢?Jean 9 月 29 日简单谈到一点切身感受。其身边确有人近期正在经历治病。她说,在美国若没有医疗保险的话,如果得了大病,那就真的麻烦大啦!L

先生前不久做了个穿刺活检小手术,就那么一个小手术,不包括其他的,医院送来的账单是 9.6 万多美元。她第一感觉是"吓人"!并说,有医疗保险的话,保险可以支付大部分。每次看病过后,她从病人口里的念叨中,听到的都是惊人的天文数目。"即便是跟医生简短打个电话说下病情,都要好几百或上千美元。"Jean 还介绍说,美国也有社保,叫 Medicare,一般人到了 65 岁就可以享用,但不知社保能付多少,估计没有单位的医疗保险支付得多。所以 60 多了还不愿意退休就是这个道理。退了的话,就拿不到这么高的保险了。医疗保险,就像一个深不可测的"洞",里面的道道可深了!面对"天价"医疗账单,选择分期付款的人也是有的。

她说,老美这边人们看病一般先是去医生的私人诊所。若有大病或需要做大手术时,医生就会将病人送到大的公立医院去。

2021 年 9 月 29 日

"看看而已"

若基本靠自己而无法太多指望子女养老,那该如何做好充分的心理及其他方面的准备,以应对不确定因素及更多的"未来"?这个"未来",应该是指部分失能、失能直至不能自理以后吧!再者,当前,同样处于疫情之下,"周游世界"性的旅行应该都按下了暂停键。那么,大洋彼岸的美国老人是怎么想、怎么做、怎么计划未来的呢?我向 Jean 提出困惑,希望能通过她多年实地所见所闻解疑一二。很快，Jean就发来一篇挺详尽的"答案"，她说，感觉此文说得较详细，可参考，看看而已。

这是篇未见其出处的"笔记详情"，应该是出自美籍华人的手笔，通过细致的描述与分析实际回答了一定年龄阶段人群共同的关心与忧虑。正如该文所言，很多人喜欢美国优美的自然环境，成熟的配套设施，计划将来在美国养老。这些人一般都通过年轻时的打拼，攒了足够的退休金，而且随着子女各自成家立业，也不会有什么大的花销，似乎可以安心退休，享受晚年生活。殊不知，在美国有一项大额支出70%的老人都会用到，而且这项费用的增长速度远超过通货膨胀。这项费用就是长期护理。

所谓长期护理，按照美国长期护理保险协会的定义，人要能够生活自理需要具备6种基本职能（Activities of Daily Living，简称ADL：吃饭、穿衣、沐浴、如厕、行动和自制，这里的自制是指不会大小便失禁）。这六种能力都有了，你生活自理就基本没问题。健康人、正常人要执行这六种基本职能不会有任何问题。

但由于疾病、意外，更多时候是由于衰老，这些能力就有可能受到损害或完全丧失，你靠自己难以完成这些基本职能，就需要别人帮助，比如吃饭要人喂、穿衣要人帮你穿等。对于日渐衰老的60～80岁老年人来说，生活自理能力逐渐减弱是无可争议的事实。

据美国人口统计局资料，美国现在每天有1万名婴儿潮时代出生的人开始了退休生活，到2030年65岁以上的老年人将达到1700万。另据美国卫生部的研究，70%以上65岁人士在有生之年都或多或少需要长期护理服务，更有40%以上的人士可能需要住到专门的看护机构去。长期护理的费用将成为个人、家庭、社会和政府的一个庞大负担。根据美国官方2012年的调查统计人口平均寿命为78.8

岁，女性为81岁，男性为77岁。中国和美国相差不多，平均76岁，女性79岁，男性74岁。由于医学发达等因素，人的寿命不断延长。这当然是好事，但衰老却是一个不可逆转的过程，各项器官和能力的退化也与老化如影随形，到后来丧失一项或几项基本职能，要靠别人照料自己也是很大一部分老人必然要面对的事情。

在那边，如果生活不能自理，基本上有四个解决方案：私人疗养院、辅助生活中心、成人日托或是请人到家里来照顾你。目前全美有180万老年人住在辅助生活社区，还有760万住在家里，接受上门服务。无论哪种方式都需要花钱。住私人疗养院最贵，一般一年需要8万~10万美元，而且一位难求；辅助生活中心5万~6万美元；成人日托一年要2万美元，请人到家里来每天做4个小时，一个月收费1800美元，若每天做8小时，则每月的收费涨到7200美元。这只是现在的收费标准，过去十年间美国长期护理的花费每年平均涨6%~8%，远远高于通货膨胀率。如此，10年后就要翻倍。那么若是夫妇两个人呢？这笔庞大的开销，一般中产阶级靠自己掏腰包是不可能负担得起的。

这就牵涉到如何支付长期护理的高昂开销。

此文介绍，支付长期护理开销的主要方式有三种：公共医疗补助、用自己的钱、长期护理保险的理赔。有人会问不是有公共医疗保险吗？事实上公共医疗保险主要用作看医生、住院、买药等，而且都有copay（类似挂号费）和deductible（自负额），公共医疗保险不包含长期护理的开销，因为长期护理并不被视为一种疾病，而是身体器官和机能的退化，不可逆转，也无法医治。长期护理是照料年老者的生活。如果自掏腰包，用储蓄、投资或退休养老的钱来支付长期护理的花费。这要花多少钱很难估算，取决于何时开始需要长期护理、需要什么样的护理：是必须住到私人疗养院去，还是只要请钟点工到家里来，需要多长时间以及未来长期护理费用的增长幅度等。保守的算法结果是你得准备几十万现金或可流动资产，对中产阶级而言这是一项沉重的负担。

  如果没有一定数额的积累，还必须考虑购买长期护理保险这条道路，由保险公司代替支付长期护理的花费。

  按照全美长期护理保险协会的定义，如果前述人的六种基本职能有2种受损，就够格领取保险理赔。

  文章接下来介绍了理赔方式、类型等，挺复杂，一般人很难有耐心看清楚、弄明白。总的看，对于保险这种方式接受起来还有一定认知障碍的老年人而言，或许当下对这种长期护理险种还不太熟悉，粗略了解下别国这方面的基本情况，多一种思路，或可多一种选择呢！

  其实，到底如何养老，恐怕归根结底还要看哪种方式更适合自己。这种"适合"，大概率也要一试再试，不断摸索，直至找到相对称心如意的那一款。2022年3月就见公众号"码字工老詹"有一篇文章谈到，有位75岁老姐经历了从子女家到养老院的希望、失望过程，尝试到最后，还是选择找保姆陪伴的方式。她觉得，保姆受过专业训练，而且享受居家这种相对自由的一对一式服务，自己感觉更为惬意、舒服。当然，这是在找对人、合得来的基础上的。遇不到殴打、扇耳光的保姆，或许也是幸运和一场赌博吧。总要相信好人还是多数！

2022年3月10日

难忘精彩冬奥

2022年2月4日至20日，北京张家口联合举办的第24届冬季奥林匹克运动会，吸引了世界的目光，赢得了举世瞩目的成功！众多海外华人和各国朋友为之激动、点赞。

早上，Jean也专门谈到她和周边朋友、同事对这次精彩盛会的赞誉，谈到在美国出生、2019年加入中国籍，本次代表中国参赛并一举夺得2金1银的网红选手谷爱凌，谈到运动员们的拼搏与顽强，谈到比赛场馆及冰雪运动的唯美与壮观，为运动会的完美称叹！

她还发来一篇"笔记详情"，综合了当地多篇报道的评价：北京冬奥会已经成为历史上收视率最高、社交媒体参与度最高的冬奥会；据国际奥委会（IOC）公布的数据，本届冬奥会首周吸引将近6亿中国人、逾1亿美国人收看。社交媒体掀起观看奥运的热潮，仅奥运官方频道多达25亿人次参与。它也是美国收视最高的冬奥会，超过1亿美国人通过国家广播公司（NBA）直播观看。2022年2月13日后，收视数据还在快速增高。

还称，这股旋风正激励更多中国人从事冬季运动。自谷爱凌2月8日拿下第一面金牌的那天起，滑雪板销量立即飙升；光是阿里巴巴的天猫零售网站销量，就比前一日猛增450%。

这篇"笔记详情"还说，不少体育和传媒专家认为，形成这种收看盛况以及市场的迅疾反应，有人情味的故事是吸引观众的一大原因。除了看电视，社交媒体上的奥运粉丝更是活跃，而且很快这种热潮就化为实际行动。在中国，人们成群结队前往滑雪场；距离北京1小时车程的西山滑雪场，挤满了带孩子第一次滑雪的父母；

排队等候进入度假村的人流绵延逾一公里。

  我想应该铭记,这届由中国、由北京和张家口呈现的,空前精彩的冬奥会给大家带来了什么?欢乐、振奋、激情、参与、坚韧、勇气……它带动了3亿人开始冰雪运动,或可强壮一代又一代人!

2022年2月20日

第七章　另一些视角的"观察思考"

从事新闻工作,时间长了,"想"与"问"更像是职业习惯。是什么、为什么、怎么样……追踪社会,时时留心,研究新情况、新问题,渐成惯性思维。

做了30多年新闻专业期刊编辑,关注新闻传播行业、研究新闻传播现象也可说是"老本行",已成"下意识"的行为。退出工作岗位后,依旧通过有影响的研究性质的微信公众号以及相关报刊等关注行业动态。其实,今天形势下,每个人都已处于"无时无刻不传播"的客观环境中。信息的汪洋大海、舆论的此起彼伏,人们都渐渐习以为常,专业门槛已越来越低。这一领域的发展变化是本人的专业偏好。

因此,这一章里,既有平日的观察思考,有感实录,也有偏重"专业"的研究心得。

人总有兴趣探测未来

——有感于《未来简史》与《零工经济》等讨论的现实与未来

简史三部曲《人类简史》《未来简史》《今日简史》是一套长时间火爆且引发思考的书，知识阶层中未读到或尚不知其一二的人不多。这套书给我留下深刻印象是因为以下两点：

其一，在这里，可以看到作者是如何融合生物学、历史学、社会学、哲学、经济学、政治学等多个学科前沿知识，如何打破学科和思维局限，从全新的视角引领大家再次思考我是谁、从哪里来、到哪里去这样亘古久远的哲学命题，思考人的生命、价值及幸福的意义，如何多维度、辩证地看待人类进化与科技革命……总之，我认同许多读者的感受，它提升了我们的认知格局、拓展了思维宽度。

其二，对于未来，《未来简史》更是刷新了人们的想象。当以大数据、人工智能为代表的科学技术发展日益成熟，人类将面临从进化到智人以来的巨大改变，面对作者设定的"大多数人"和"极少数人"的可为不可为，我们该何去何从？

具体而言，作者笔下的"未来"，被人工智能替代的人们不用工作，也能生存，工作成为消磨时间的手段。而另一种消磨时间的方式是玩游戏。全世界34亿网民，26亿在玩游戏。未来，只有1%的人成为无所不能的超人……以此引发全球新一轮有关人工智能的讨论，思考如何保持独立思考，警惕成为人工智能等高科技的奴隶。

我正感叹科技改变世界的同时，突然又不得不感叹世界正在被疫情改变！2020年初突如其来的新型冠状病毒疫情，在多种因素作用下，一点点蔓延为世界性疫情。让许多国家遭遇了百年不遇的大变局。

这种情况下，很多学者开始了与疫情共存情境下人类生存发展的新研究。《中国经济2021》作者王德培就是其中一位。他在书中将疫情与科技对我们生活方方面面的影响做了全面剖析，基于此对未来进行预测。让人颇有感悟。

正如他所言，疫情从最初人们的不以为然、觉得不过是速战速决的"遭遇战"，演变成一场令全世界意想不到的"持久战"。疫情对人类的各个方面都带来前所未有的危机与挑战，还带来严重的经济衰退。

另外，《零工经济》的作者，美国著名风险投资人、创业导师、财经媒体专栏作家黛安娜·马尔卡希也在其书中写道："以往那种一辈子只干一种工作就能安享晚年的超稳定模式已为过去式，取而代之的是快速的变化、迭代、竞争、危机、挑战。不稳定，已成职场新常态。因为今天我们所处的时代已经发生巨变。一方面，影响全球经济的不稳定因素越来越多，各种企业无不面临极大的生存危机；另一方面，科技发展的日新月异，人工智能也逐渐'抢夺'了人类的很多岗位。"

《零工经济》作者还以数字描摹了客观现状："根据联合国发布的数据，2020新冠疫情在短短几个月，让全球各国失去了4亿个工作岗位，全世界4.36亿家企业面临倒闭风险。很多大公司不是简单裁员，而是整个部门裁掉了。一些程序员在朋友圈吐槽说，上午还在辛辛苦苦写代码，下午就被裁员了。全球顶级管理咨询公司麦肯锡的调查表明：20世纪30年代，企业的平均寿命还能持续90年；到了21世纪，企业的平均寿命只有15年；目前更是缩减到12年左右。成为传说中的'百年老店'，已是凤毛麟角。"

综上，科技加疫情，使人们所处的社会生存环境大变，作为个人也尤其要在新环境下努力学习"适者生存"。思考如何具备AI人工智能无法替代的能力，如何去做那些灵活的机器人不擅长干的事情。那就是人的体验，人的情感。

未来人们更注重精神生活，注重生活体验，而物质则越来越追求极简。那么，具体而言，未来什么样的人才能游刃有余地生活呢？

未来学家丹尼尔·平克预言："未来的人有六种技能很重要，分别是：设计感、讲故事的能力、整合事物的能力、共情的能力、玩的能力和找到人生意义的能力。这些能力非同以往，比如死记硬背类获得知识的方法，而更需要在对生活的体验中获得。情商需求或许更大于智商；幽默、快乐、娱乐感更加宝贵；找到意义、追寻幸福的能力更加稀缺、重要。"

如果你自认为是这样具有大智慧的通才，那么，恭喜你，肯定会活得舒畅些！

历史已过，未来可期，珍惜当下。

2021年12月4日

"知识付费"有感

就大多数人而言，书是最早的知识载体，已经有2000多年的付费历史。互联网的普及，让知识经济以新的形态与人们不期而遇。

互联网的特性应该是海量、碎片化、漫无边际，自由索取、免费的信息的汪洋大海已然快将人们淹没,有什么还需要付费购买?没错,就个性需求而言,再庞杂的市场,也有你特有的需求,你想要的,你就得付费购买。

而移动互联网时代的商家似乎总有本领吊起无数"漫游者"的胃口。就精神层面而言,无论你想读什么书、上什么课、听什么讲座、掌握什么技能,仅需一"搜",立马应有尽有。只要咬钩,接下来大量垂直纵深、充满魅惑的诱饵,会让你的数字"钱包",即刻缩水。

比如,有音乐爱好者,想圆多年钢琴梦,便开始驻扎某个平台"免费"学习,待稍有提高,忽一日,发现该平台各学习群里均有"小班课"售卖——精细讲解,包教包会云云,面对诱惑于是心动。报,还是不报?纠结……

再比如,近年有大量对心理学生发兴趣,抑或欲做心理咨询师、营养师的人员,致使相关岗位火爆。于是,有关考证、通关又成热门。刚刚学了、考了,又会有进阶、高级、全能等课程,拉你"上层次"。爱学的你,面对种种进步的良机,肯定有无数心动,无数纠结……

无论你是想养生,还是想改变,只要想得到,学啥都不晚,学啥都不是梦!关键是,身临其境,怎么那么多人竟然感觉"知识付费"充满魅力、纷纷欲罢不能呢!

为了更好地了解和理解几年前就开始"嚷嚷"的知识付费概念到底魔力何在,最近特意购买了资深互联网人方军的《付费》一书——专门了解下知识经济、知识付费。

其中讲到,2017年是中国互联网知识经济的元年。互联网知识经济,是作为信息和知识载体的互联网发展到一定阶段后的自然产物,它将影响我们每个人。而面向个人的各类收费知识产品和互联网平台大批涌现则是在2016年。互联网知识经济的第一个苗头就是,从售卖实物商品,到售卖看不见、摸不着的知识。

它背后,是产业结构的变化,形成了"知识生产者—互联网知识平台—知识消费者"的平台型产业格局。

它背后,还是信息与知识的三个主要领域——媒体、内容和教育的界限在消融,是更多知识个体在寻找新的求知方式、消除焦虑方式、发挥自身创意潜能的方式。

2021 年 12 月 24 日

感悟越来越有力量的心理学

我最早关注心理学方面问题的论著是武志红的《为什么爱会伤人》《为什么家会伤人》。感觉仅标题就一语中的,有吸引力。后来我又关注了其微信公众号,更是经常看到一些非常"解渴"的文章。近年来,很多人在遭遇人生困境,或感觉生活找不到"北"时,或被自己的小情绪、小心思所累,急于寻找答案时,都感觉能从他们这个团队的产品、文字、谈话中得到不同程度的疗愈,至少明朗了,欣慰了,或得到些许纾解……

为什么会有这种效果?本人也进行了些初步思考。

据 2016 年的官方统计数据,中国"抑郁症"患者已经超过一亿。徘徊在抑郁症边缘的,其数字更惊人。再者,现如今,随着时代发展,科技进步,竞争的加剧,以及种种新生的内外因素,不少人感觉压力增大,身心疲惫。一方面,越来越多的心理问题和抑郁与焦虑显现；另一方面，全社会人文关怀意识的增强，也对运用相关学科的技能与知识解决和谐社会建设中遇到的问题有了更高的期待与重视。因而，才有了现如今心理学越来越有力量的感觉！

比如，近年来，一些重大突发灾难事件过后，与救援人员同时最早抵达现场的是心理疏导人员，专业心理干预与救援已经越来越成为灾难事故处理不可或缺的环节。心理专家不仅很快开始对遇难者家属进行一对一的心理干预和疗愈，而且对早期现场救援人员开展心理辅导。家属突然失去亲人，沉痛的打击难以接受；搜救人员不眠不休，是接触遇难者遗物、遗体、残躯等最多的人。据权威资料，20世纪90年代起，国内就有专业人员开始从事心理救援和危机干预，近十几年来运用更加广泛。

后疫情期间，很多省市地区也开通了心理热线，为多日封控在家人员进行必要的疏导和心理干预，缓解焦虑情绪。

心理安抚干预作用同样突出的应用更多地体现在日常生活中。

据介绍，武志红曾经也是位媒体人，在广州日报社工作时主持过"心理健康"专栏，北京大学临床心理学专业硕士毕业。2009年创办广州武志红心理学咨询中心，逐渐成为知名心理学家、心理咨询师、作家。著作等身。现已在北京、上海、深圳、武汉、南京、苏州、杭州、成都、厦门、青岛等全国11座城市建有工作室。

"心灵的事，要慢慢来。"我感觉，他的《为什么爱会伤人》《为什么家会伤人》等书，以及后来的很多课程都在社会上产生了较大反响。原因主要在于：

首先是主题，契合当今浮躁社会中人们越来越焦虑的现实。

其次，切中要害，有的放矢解答成长中的烦恼，抚慰受伤的心灵，具有疗愈作用。

最后，帮助人们疏解、处理普遍比较头疼、难搞的"关系"问题，以胜任关系角色，活得更加游刃有余。

生活是一本需要用力读好的书，疗愈与成长是毕生的课题。人生在世，多的是不如意与无常。谁未遇到过困惑、迷茫，甚至偶然的"走投无路"感？怎么办？

比如原生家庭问题。有多少人，走不出伤痛，一直活在原生家庭的阴影中。实际上，原生家庭的确影响着人的一生，甚至后续的几代人都逃不脱其影响。而对于经历了动荡、贫穷、单调、乏味的几代人而言，生活在富裕、丰盈、和谐、美满的幸福之家当然幸运，可现实中太多人或多或少经历过伤痛，比如贫困、家庭变故，父母性格等因素导致的缺乏基本关爱、引领、温暖，过多斥责、暴力导致的自卑、压抑、仇恨、报复，等等。

伤着痛着也会长大。大了，如何自处处人？如何立足社会、赢得好的人生？不懂得，或找不到其他"出口"，大概率会长时间沉沦在伤痛里难以自拔，致使之后在学业、职场、婚恋等人生节点问题上不顺，遭遇挫折。很多人，对所经历的原生家庭的创伤，用尽一辈子去治愈。

学习下"武志红们"的心理学书籍与课程，或坦然走进越来越"热"的心理咨询，相信能有豁然开朗之效，至少得到逐步的抑或部分疗愈。

比如，尝试以四种方法摆脱不利"原生"的烙印，让过去的阴影和伤害减少对以后人生的影响：一是承认有毒父母与原生家庭给自己带来的伤害，承认痛苦并与自己和解；二是向父母直言所造成的伤害，无论是否达成谅解，都要在心理上与有毒父母割离，甚至远离；三是在心理上、行动上彻底与过去告别，开始新生；四是让自己明白，没有任何理由可以纵容自己沉溺其中，将一生无所作为、庸庸碌碌、一事无成的原因归咎父母或自己倒霉的过去。

每个人都会有困惑、苦痛，以及解不开的"结"。看一看，想一想，按照心理学提供的思路与方法，慢慢释然、看开，与自己及一切和解。近年来，我曾尝试，有效！

治愈与成长，是每个人终生的任务与需求。

因此，心理学就在新的社会环境与条件带给人们的这种需求与渴望中，眼见着越来越"热"，越来越有力量。我曾经在某二线城市远离市中心的普通社区展示橱窗中看到"如何摆脱抑郁，保持心理健康""心理辅导常用方法""心理自救五法""调节心理情绪九法"等相当"专业"的知识科普，涉及强化法、系统脱敏法、认知疗法，以及宣泄倾诉、换位思考、注意转移、精神胜利等等，足见全社会已经对心理问题的重要性有了相当程度的认识与重视。

再来看看这些切中要害、击中生长"痛点"的主题，我感觉，让专业的人帮助解决个人专属难题，是个事半功倍的方法。比如，我曾选择看过《一个人内心强大的四个标志》等文章，了解如何使自己变得内心强大，而不是让自己成为时时揣着一颗易折易碎"玻璃心"的脆弱人。

其一，认可自身存在的价值；

其二，对自己的能力有清晰的认识；

其三，能够自己掌握生活的控制点；

其四，能够快速从挫折中恢复。

如何才能提升铸造这些"强大"的能力呢？可以由此入手：关注自己每一天的成长、变化和进步；在感觉平平的时候，尝试去做件困难的事情；关注自我的感受，而适当忽略别人的要求与标准，等等。

看后我感觉的确受益。另外我还浏览过：如何具备"反脆弱"体质，做个真正厉害的人；什么人容易幸福；为什么越缺爱的人，越得不到爱；怎样才能算是心智成熟；怎样放下"执念"收获快乐、幸福；以及家庭建设、子女教育、关系处理等主题。我感觉都可从中获得很多慰藉与启示。

世界坚硬，生活不易，谁都渴望"内心强大"。可这个强大，是要靠"修炼""磨砺"以及不间断的学习提高而铸就的！

心理学已经越来越成为社会发展和人们生活中须臾不可或缺的工具和帮手，这个早已属于临床医学一部分的学科，随着时代的发展，其重要性会愈加显现。

2021年8月18日—2022年5月25日

令人自省与成长的课程

很久没有光顾听书网站了，今天进来，实在是因为又被一件事吸引到，那就是研读"红楼"21载的台湾大学文学博士、已登上大陆多家知名高校讲坛的欧丽娟老师在此开讲。她将自己多年的研读成果与独到见解，结合今天的人文与社会，着眼于伦理关系、人情世故、道德修养，融会贯通于《红楼梦》的解析之中，掰开揉碎，娓娓道来，出神入化，大受年轻人的欢迎与喜爱。我甚至想，咋就没早点赶上这样的讲解呢！若是在我们成长的青涩年月，接触、听懂这样的课程，弥补文化的贫瘠与引导缺席的遗憾，人生或许都不一样了呢！可人生哪里有"如果"呢！

就拿课程第10讲来说，感觉极富针对性。曾几何时，倘若一个人性格直率、心直口快、有啥说啥，则一般被认为是没有坏心眼、不虚伪、好交往的表现。相比那种心机重重、表里不一的人，似乎是难得的优点。但欧丽娟老师告诉我们，这一直是个误解！这个误解导致不少人经常在待人处事时误入歧途，失掉了文明涵养、降低了人格高度而不自知，反倒以为那是很有个性。她告诉我们，"一个率真的人应该就是好人"的认识是片面的、不全面的。

事实上，直率有可能是伤害他人的利器。欧丽娟老师先以妙玉为例，讲述了这种口无遮拦、不考虑他人感受、专攻他人之短的做法的害处。

妙玉大概是因特殊的身世身份使然，孤傲、任性、直率，基本是林黛玉的"2.0版"，用较专业的文学词汇描述即前者是后者的"重像"。一次大家喝茶，黛玉只是好奇地随口问了句"这也是旧年的雨水（指烹煮沏茶的水）？"妙玉立马冷笑说："你这么个人，竟是大俗人，连水也尝不出来。"原来那水是梅花上的雪烹煮出来的。一般到了南方的梅雨季节人们才能收藏到可用来泡茶的洁净雨水。如此当着众人和对方的面，出言不逊地揶揄批评，称其是"大俗人"，"直"是够"直"的了，但一点不可取！后来，刘姥姥到访，妙玉嫌弃其肮脏，连同她用过的茶杯都宁可丢掉、砸碎，如此自以为是、不尊重别人，难道是表现了自己的高贵吗？除了让人鄙视、讨厌，其实是什么也得不到的。欧丽娟老师还讲到林黛玉对史湘云有点大舌头、咬字不清，把"二哥哥"念成了"爱哥哥"当面嘲笑，说这种做法，很像身边常见的、不懂事的小学生，去嘲笑身体不方便的同学，都是很没有教养的表现，极不妥当。果然，史湘云很不高兴地回敬说:"他再不放人一点儿,专挑人的不好。你自己便比世人好,也犯不着见一个打趣一个。"说罢,因自觉得罪不起黛玉,便赶紧走了。

欧丽娟老师在此一讲中,还谈到了她的发现,即整部《红楼梦》中,凡是提到有人讲话刻薄的情节,很多指的是林黛玉。大家都觉得,黛玉说出一句话来,比刀子还尖!像妙玉、晴雯等,抑或衬托与表现了这种性格的广泛性。

相信大多数听众或读者,都会赞同这样的态度,那就是无论何种原因造就了一个人的这种尖酸刻薄,比如优越,比如骄纵,比如原生家庭的缺憾,比如缺乏安全感,等等,都不能作为以"直率"为借口去伤害他人的理由。

好在即便是常表现这种性格缺陷的林黛玉,最终也经历了顿悟与改变,成长是每个人必须付出代价与经受磨砺的过程。小说里,当了桃花诗社社长时期的林黛玉,就成熟了许多,善解人意了许多,渐渐更加得到了大家的喜爱和接受。

什么是典型人物,名著之所以不朽,大概这些永远能够找到现实影子的刻画,就是其魅力所在吧!

2022 年 4 月 20 日

由盛会领悟的辩证思考

我并非体育迷,平日也不太关注中国女排之外的体育赛事,因第24届冬奥会是在家门口北京举办，遂认真看了几场。不看不了解，一看即被震撼！不说冰雪场景的壮美辽阔，不论各项赛事的惊险刺激，光是参赛运动员的表现就不得不让人叹服！非同一般的危险、伤痛、压力、挑战，感觉所有走上赛场参与竞技的人都完美诠释了勇气、意志、拼搏向上、冲击极限的可贵品质，表现了人生能有几回搏的酣畅淋漓，令人热血沸腾，激情勃发！

这样完美精彩引发世界如潮好评的运动会，引发了很多人的讨论。不错，大多数人无缘走上世界级赛场，很多运动也非我们常人能够触及，但是，每个人都在生活的跑道与赛场之上，逃无可逃。尽管我们大多与极限运动无缘，但运动员身上那些可贵的品行与素养，却是值得学习借鉴的。扪心自问，能否吃得了那千般苦，能否拥有自觉践行那日复一日、年复一年重复枯燥训练的自律？如影随形的困难、考验面前，能否表现出超常的耐力与勇气？

在赞叹运动员们表现神勇、顽强拼搏的同时，我也听到一些另类的声音。有人揪住与冬奥会进行之时发生的另一则"热点"新闻来说事儿。称，那位风驰电掣、奋勇夺金的女运动员不可复制，与你们这些普通人无一毛钱关系，而贫穷落后的某地出现的"铁链女"才是我们国家最真实的面貌。

对于这种声音，不少人产生了想说点什么的欲望，我恰逢此时看到一篇很有影响力的推文。因为这个公众号的特色之一就是直面热点，敢于发声，多以辛辣国际时评著称，在新闻业界和国内外都有相当知名度，作者原为知名报纸总编辑，那就是已千万粉丝级的"胡锡进观察"。此刻发文的题目是《奥运女冠军和丰县八孩妈谁代表中国，如何看这样的对比较真？》。此文发出两天，阅读量迅即突破10万，在看人数1543，点赞量3351。我觉得此文分析客观、全面、契合实际，以中肯的语言，态度鲜明地回答了一个不好回答的热点问题。比如，作者直接切题说，冬奥会正在北京举行，它的开幕式、现代场馆，以及中国队男女运动员的卓越表现，充分展现了中国现代化的一面。然而与此同时，那位二十多年前被拐卖、精神有问题却生了八个孩子，而且被其丈夫用铁链子拴在屋里的可怜女性也吸引了公众的注意力，这件事在互联网上流传很广，让人们同情、愤怒。也有一些国人提问谁代表今天的中国，是那些奥运会上的女冠军，还是那位可怜的生了八个孩子的女性？

而后直面问题："老胡想说，那些女冠军，还有那位被拐的八孩妈，都是中国的真实符号，她们与许多其他符号一起，共同组成了中国的多样性和复杂性。中国是真正的发展中大国，而发展在这个国家并不均衡。因此中国形成了一些很先进、现代的东西，包括高科技产业和高铁等傲视全球的基础设施，中国一些城市靓丽的市中心已经可以与发达国家的市中心媲美。然而这只是中国的一面，这个国家的另一面是还有比较落后的农村，有虽然摆脱了极度贫困，但收入很低、生活非常艰辛的大量人口。"

文中还谈到，中国的社会建设也是参差不齐的，有些地方法治建设相对完备，公平正义得到较好体现，但同时也有一些地方在这方面步履蹒跚，甚至存在少数公平正义的盲区。

接着，作者借用引述并阐明观点："无论怎么说中国，把中国说得多好，或者说得多差，都能在这个国家找到依据。中国就是这么复杂，但谁都不应否认，这个国家是不断变化、进步的。老胡反对只展现国家鲜亮的一面，我们谁都知道那不真实。同时我也反对给一个具体的污点无限上纲上线，仿佛只有那些污点是真实的，而且由于那些污点的存在，国家的现代化进步也被说成是虚幻的，甚至被指责为道德上可耻的。老胡认为，中国需要先进元素的不断复制扩大，提升社会的前进动力。同时认真解决每一个反映社会落后的具体问题，正视它们，不做隐瞒粉饰。我们的社会需要有能力统筹这一切，实现注意力分配的均衡。我们不应让任何跑偏主导社会的集体认知。"

感觉由此进一步学习并加深理解了看待事物的辩证法，也学到了：一个媒体人面对难点、热点怎样去平和而又有理有据地发声、表达。多思无害，我们都要更明白、更理性地生活在这个无比热爱着的"复杂的中国"。

2022 年 2 月 20 日

做"新媒体小编"的日子

接手编辑有关中国文化走出去的微信公众号的新工作后，看多了影视剧作品海外推广的成效与体会，编发多了对外交流的方法路径与感悟，真心为随着中国国力的强大，在走向世界舞台中央过程中，中国文化在海外越来越散发出经久不衰的魅力、感染力而自豪和骄傲。原来外国人对中国许多影视剧都喜欢、爱看，甚至着迷呢。早先是功夫片、古装剧、宫廷剧，后来现代题材的，比如都市爱情、青春喜剧、纪录片、少儿动画、悬疑、美食、时尚等等，都受到老外们的热捧！随举几例，比如，收视在海内外均屡创新高，且网上美誉度亦广泛的《三十而已》《我在家乡挺好的》《山海情》《小欢喜》《琅琊榜》等,以及一干畅销纪录片和系列动画片,都成为热播网红。太多了!就像2022年2月刚编发的这篇《爱与美食不可辜负,都市剧〈陪你一起好好吃饭〉全球开播》,也是介绍一部有意思的、颇具治愈效果的好剧。另外,这些交流中,也不乏新意与深度俱佳的优秀业务文章,甚至是论文。比如,《下大力气加强和改进国际传播》《中国影视剧多元化"出海"圈粉世界》《向世界讲好中国故事,这些纪录片做法值得借鉴》《迪士尼全球传播战略探秘》《优秀影视剧可以成为文化名片》《国产剧"走出去"步伐加快》《中国电视剧国际传播迈向合作出海新阶段》《学习时报:用高质量媒体融合推进国际传播能力建设》等。这些文字,依托实践,总结规律,通过影视作品将中国文化中一个个生动的故事展示给观众,再加上精美的表达、优质的译配、贴近的营销,将"走出去,走进去"的历程诠释到位,并上升至理论层面,体现了很高的专业水准。我在编辑的过程中,还学习了新知,开阔了眼界,提升了影视艺术素养。收获颇丰。

当然,感觉问题也是有的。一是来稿中个别时候会出现些语言夸张、过度的情况。比如,过多的"视觉盛宴""文化大餐""花式求催更""比肩好莱坞""全球欢迎"等各种华丽的词汇。久而久之,会令人无感与视觉疲劳。

再如一些具体实例。不久前也是一部来自中国的剧集,在某国播映后很受欢迎。一部好剧引发一些观众或网友的热议,表达关注、喜爱很正常。但有推介文章的标题却是"某某国家网友变身某某剧的催更团",感觉这样的意思表达有些过度。议论下什么时候更新,下面的剧情会怎样发展,点个赞,怎么就成了"催更团"呢?

还有篇讲一部著名动画片衍生出科普动画的推送文章,前面说明动画适合范围是3～6岁儿童，后文又称孩子们不仅能从中获得丰富的知识，还能在潜移默化中增强文化认同，体会文化自信。感觉对于这么小的孩子而言，期待有点过高！颇为夸张。

新媒体传播讲求快速、平实、直接，标题更要新锐、抓"眼球"、点"要害"。尽管所传播的内容"阳春白雪"，有时还颇"学术"，但也要注意把握好度，再高深也得放下身段，切忌居高临下地说教，也不能天天"总结工作""指指点点"。因此，在大半年做"新媒体小编"的过程中，我不仅收获知识、提升素养，对新媒体传播规律也有了新的理解与认识。

2022年7月16日

一场未能报上名的研讨会

2020年12月7日，社科院新闻与传播研究所主办的"平台、技术与传播国际研讨会"召开。其实，在研讨会正式召开数日前主办方就公布了主题并启动了线上报名，我本来很早就看到了这个启示，当时稍微犹豫了下，待两天后再次打算报名时，为时已晚，满员了！可见虽处疫情期间，大家学术研究的热情仍然高涨，感兴趣的研究者依旧众多。

如此火爆，会议的讨论主题是重要因素。会议主办方阐释论坛宗旨认为：当今，平台下的技术与传播问题，成为跨学科、跨领域、跨专业的重要议题。平台是什么？如何理解平台经济背景下的新闻生产、传播实践、媒介消费、数字劳动、技术性别等议题？对于平台的发展，目前存在什么样的迷思，又该如何展望？

我感觉，从报刊广电纸质视听媒介到平台化多功能生存，较早涉及平台背景下的新闻生产、传播实践，敏锐捕捉变化成为思考焦点，自然引人关注。为此，会议安排了国内外前沿性专家学者演讲。预先公布出来的主旨发言包括：新加坡国立大学的《平台资本主义与世界地方主义：数字经济的另类道路》，墨尔本皇家理工大学的《TikTok及数字平台的地缘政治》，等等。专题讨论涉及游戏与知识分享、人工智能平台传播中的社会性别问题、情感劳动平台化、网络视频主播的媒介实践、平台媒体与传统媒体合作新闻生产、流量治理、数字平台的算法生产等等。我未能到现场学习、感受，便记录感兴趣主题，网上听讲，亦有收获。

2020 年 12 月 10 日

通过几个活跃传媒号继续"业务研究"

出于职业习惯，我平时仍关注着传媒茶话会、长江、新闻与传播研究、研究事儿、新闻大学等微信公众号，感觉它们集新闻传播研究的新闻性、学术规范性、敏锐观察性、实践性、前瞻性、指导性等特性于一身，整体上体现出较高的权威性和专业性。这样，通过它们的快速反应，拉近自己与新闻实践的距离，而不致脱离"业务"越来越远。我近期主要关注了人才主题的讨论——媒体的竞争终究是人才之争。

其实传媒行业对合格新型人才一直是求贤若渴的。最受欢迎、最有市场的应属在当前媒体进行的深度融合实践中开展全媒体传播的复合型人才。具体而言，是综合素质高、政治意识强、有新闻敏感、肯吃苦、懂技术、踏实敬业的优秀人才。一般的院校应届生，来到媒体，一般需要经过两三年的适应性培养训练，方可真正"放飞"。以往我参加了很多业界研讨会，对媒体各路选才、招人的情况感同身受。因为这些业务领军人最有体会的是手下什么样的人好用，而什么样的"令人着急"。他们感觉，总体而言，具有经济、政治、法律、国际关系、金融、软件、计算机及相关技术、语言等学科背景的优于单纯新闻传播类专业毕业生，利于更快掌握某一行业情况，写出深度报道，成为专家型记者。而现阶段，大部分学子基本采用本科与硕士分学不同专业，而让自己更快适应社会和岗位的需要；对于培养后备力量的新闻专业院系来说，经过几十年探索发展，已经在理论与实践融合上做了所能做的相当程度的努力，供需距离逐步缩小。当然，一些教育工作者在这点上也认为，媒体的需求不可过于实用，急功近利，大学毕竟不是实操培训机构，欲速不达。我认为，这种观点有一定道理，教育讲求的是系统性、打基础，是有效储备、厚积薄发，是综合素养、整体提升；新闻传播院系如何处理既打好专业基础，又快速适应传媒实际工作需要的关系，这原本就是个长久以来存在的，需要不断探索答案的课题。近日看到的《左手用人荒，右手培养难，媒体人才哪里来？》这样题目的文章，就很实在地探讨这个问题，直白而具针对性。

2022 年 4 月 10 日

看"炫酷"新招，展青春活力

那些具有厚重历史的传统媒体，在今天社交传播无时无处不在的急剧变化的环境下，如何革新求变，引领新潮头？近日欣喜地看到不少让人眼前一亮的做法，以小见大，一斑窥豹，感觉这些做法反映了体制、机制改革的成效。比如国社2022年5月21日通过其官方微信公众号公开向全社会撒"英雄帖"——"秉持内容为王、技术为要、改革为重、人才为宝的理念，新华社博士后科研工作站招聘博士后研究人员。"我还是第一次看到这样的"帖子"！

此工作站2013年成立，主攻技术创新、媒体融合。新招的博士后研究人员要求的研究方向为：知识图谱研究、多模态可信度检测研究、时空大数据新闻应用研究、物联网研究、视频理解研究、新闻自动化生产研究、拍摄机器人研究、视听感知计算研究。要求年龄在35岁以下。福利待遇方面，除了承诺面议商定优厚薪资待遇、科研条件、公寓或住房补贴外，出站后，根据本人意愿及需要，可以聘为社直属企业正式员工，并按照相关政策办理北京落户手续。

这样的人才要求，是全新维度。若不看标题，还以为是国家高精尖科研技术机构在招聘人才呢！

有网友在启事后留言："羡慕、硬核招聘、真正的国家队……"

还有，从2020年12月起，新华社开始将"揭榜挂帅"创意征集机制引入新闻采编，面向基层征集创意，变现创意，根据重大节点报道要求，哪位记者编辑有好创意就提交上去，经打磨、提升等环节，批准后，"揭榜即可挂帅"，即有专门机构为承担创意任务者配备各路人员组成团队，截至2022年5月，已有《创意MR艺术舞台秀｜"舞"动百年芳华》《属于你的2021记忆链，这里来领！》等14个优质融媒创意产品成功落地。入社不到两年的"小将"也可"领衔"，激发了"Z世代"的创新活力。

2022年5月，"长江"公众号报道了国社一个由总编辑领衔、30余人参与的系列产品"近镜头·温暖的瞬间"，讲述国家最高领导人十年来治国理政的暖心故事。报道认为，融媒体时代的新闻生产，是团队性的"大生产"，已经不是靠记者个人单枪匹马的时代了。这便是一个领导层领衔、参与者众的创意。

而据2020年12月15日央视网报道，中央广播电视总台近日首次组织面向年轻干部素质能力提升专题培训班。329人入选总台人才库，分批培训。台长慎海雄称这样做的目的：一是切实提高政治素质；二是自觉锤炼品德修为；三是牢固树立担当精神，寄语年轻人耐得住寂寞，受得住委屈，经得起考验；四是不断增强业务本领，强调要有"几把刷子"；五是时刻保持创新意识；六是注重强化廉洁自律。2022年9月14日"长江"报道，慎海雄台长再次参加新入职员工座谈会，他讲话的标题是："干新闻不是喊口号，有思想讲艺术才能赢得尊重。"他说，总台没有脱离政治的单纯业务，也没有脱离业务的抽象政治；我们应坚持每天看书看报，做有书卷气、书香味的总台人……感觉慎台长每次与新人交流，话语中都袒露着真挚诚恳与殷殷期待。

另据2021年1月14日多家公众号文章所写，北京日报社当日公布了20位首席编辑记者，其中五位毕业于北大、清华，并以此入题，吸引注意。有图有简历，有每人任职的寄语或职业感受，内容生动活泼，是不错的行业媒介亮点。其中三人简历显示，没有职称。

无职称，就能当首席！展现了不拘一格的力度！看到文后留言，觉得大家对无职称当首席是有争议的。"长江"公众号作者回答文后留言道："没有职称，还能当首席？为什么不可以？"（实际工作单位中，确有不报材料、不愿意参评的业务人员；还有的入职时间不够等影响职称评定的因素）

人民网也每年都公布其与报社的招聘启事。比如，2021年面向应届高校毕业生和海外归国留学人员共招收85人。招聘需求部门包括：新媒体中心、品牌发展研究院、人民网协调部、人民网产品经理、人民网博士后科研工作站、环球时报行业周刊部；行业记者/编辑：人民日报健康时报社及健康客户端编辑，人民网英文编辑、法文编辑、藏文编辑，人民论坛编辑记者课题研究员，等等。招聘要求还算比较实在，从本科起步，没有要求一定是硕士、博士学位。

由中国经济传媒协会主管，多年来具有一定影响的行业研究公众号"传媒茶话会"，定位于交流平台、内容平台、评价平台，读者在其文章链接后面看到其展示"需求"：公众号写作与运营；对外开拓与企业、政府的合作伙伴（与过去广告业务员有相似处）关系。要求是：沟通能力，文字能力，实践经验，策划与资源整合、协作能力，敬业。

"长江"公众号载，长江日报社对全媒体记者的要求则很具体：敏感的新闻发现与采访能力，强大的文字表达能力，熟练运用文图直播、音频、视频等全媒体报道手段，英语熟练优先；全媒编辑要求包括视频编导、视频摄像、后期编辑、平面动画师、数码插画师；重点是策划与创意制作能力；28～30岁。

2022年3月14日，"盐阜报通讯"公众号刊发一篇文字记者如何转型出圈的文章（署名：顾亚娟）。

谈到一名文字记者于所在市两会期间策划制作了一系列MG动画，解读政府工作报告。这在他们报社是首次。关键是文章谈到传统文字记者，已经从一支笔、一个采访笔记本，过渡到了融媒体时代的"全能"选手——不仅会采访、写稿、拍照，还要会摄像、编辑、直播等等，掌握"十八般武艺"。我感觉，这对老一辈新闻人来说，肯定是不可思议，也是不太能跟上趟的，其中不少人首先应该克服的是对技术及设备动手能力的畏惧、隔膜、陌生。

我零星搜集了这些文字，就是想管中窥豹地看到新形势下，媒体用才揽才的亮点与变化。

2022年3月20日

有感于几篇引发思考的调查分析

2022年3月至4月间，我分别看到"传媒茶话会""长江"两家行业媒体官方微信公众号刊发的调查问卷及相关分析文章，主题均聚焦新传播环境下的媒体人。类似当年我们在杂志上策划的《35岁，走还是留》，首席编辑记者、个人冠名栏目或工作室，夜班编辑苦与乐、新闻发言人如何长成，等等，比较贴心、好看、人性化的主题，以便为政治性、专业性、学术性为主体内容的行业杂志增加阅读亮点，体现贴近性，扩大点击、订阅量。

前者是面对离职倾向较强的80后、90后，提出媒体拿什么留住中坚力量？此文是根据编辑部所做的"调查"，分析369份问卷而后"发言"的。文章开头引用了一个媒体人中流传的故事：每月拿着8000元，和一帮一月拿着数十万元的老总们高屋建瓴地谈产业规划的，是财经记者；每月拿着7000元，留着哈喇子说着年薪百万元以上的人怎么吃穿玩乐的，是时尚记者……

调侃过后，拿出了对问卷的分析和相关数字。

后者则是设计了问卷，请媒体人回答新闻工作还能带给你多少成就感与快乐？

如果表面化地简而言之，这应该不是个问题，当然有成就感和快乐！如果没有，或者很少，岂不早就转行另谋出路了嘛！之所以出这样的调查问卷，肯定是基于时代的发展变化，高科技对以往一切的更新换代，甚至颠覆性改变，使得传统的新闻工作以及从事新闻工作的人，也都有了"三十年河东，三十年河西"之感。我认为，编发这种问卷，实际是对新形势下媒体人的一种调查了解，也是一种理解和关心。许多东西看似"小儿科"，但往往胜过经纶大道理！看问卷下面的留言，据组织者统计，仅一个晚上时间，留言就达到上限100条。

我以为，有理想和梦想的新闻人很多，既然踏入新闻行业，大多数是怀揣梦想与理想，为"担道义、著文章"而来。但我们也应乐见他们在为理想梦想奋斗的同时，讲自己"摸爬滚打"历练过程中的真实感受；谈碰到的困难、困惑与内心波动。尤其就范围广泛的各地基层媒体人而言，所在地区经济社会发展情况不同，文化风俗各异，工作生态、环境也千差万别，反映现实情况，袒露真情实感，是职业素养，也是意义所在。

在隐去网名后，经编辑整理编号，"长江"公众号后来将此次调查结果基本原汁原味发了出来。比如，填写问卷的003说，在省台从事新闻采编工作25年，几年前转型到传媒学院做了教师，感觉前面的25年没有白过，有遗憾，但更多的是收获。要说理想，做记者的时候，理想是多获几个中国新闻奖，最终得了三个。如今，他的理想是多培养几个优秀的学生，也就是所谓的桃李满天下。016说，作为一名新媒体小编，工作中有过难过、焦虑、烦恼、恐惧等各种情绪，但推文发布的那一刻，满足与快乐超过了所有的一切。也有人感叹"谁又没为阅读量拼过命！"（030）也有的坦言自己的苦恼、彷徨："不考虑收入和生活的情况下，成就感和快乐爆棚。"（046）"没有人逼迫你选择这一行业。既然选择，义无反顾。所有的怨艾来自脚上已不再沾泥，迷失已多时。"（108）"十年媒体人，一朝去央企，数月便离职，再做小记者，算热爱吗？"（063）

"长江"公众号的留言记录，编发到第104条。

归纳两家行业媒体的调查，"福利待遇低，晋升空间小；职业发展前景受限；经营能力下降；工作压力大、加班多"，"没有编制，领导思想保守，内部缺乏活力、竞争力，等等，是一些参与调查的媒体人谈到的导致压力、焦虑、不稳定的原因"。

总之，相关创意不错，答案也比较真实。

如何留住人才及中坚力量？一直以来是各媒体管理部门和单位不断研究的课题和要解决的难题。首先应该看到一线采编人员面临的发稿压力大、焦虑、倦怠、提升瓶颈等问题……

一名"新人"，进入岗位，面对的是：工作角色的要求、领导同事过高的期望、人际关系的维系，身体上的需求、体力脑力的胜任问题，工作付出和回报，家庭事业的关系处理，特殊任务，等等。

这些既是今天新闻工作者的压力源，也是即将入列的学子很快要面对的，对此，应该做好比较充分的各方面的准备。

其实大原则与关键都明确，那就是，人事制度的不断改革完善，工作机制和考核标准的不断调整倾斜，给想干事、干成事，出得来好作品的人以施展舞台，给他们更多上升空间和待遇保障。

后来，"长江"公众号还做过"媒体人的焦虑如何破"等选题。文章指出，不能唯流量，也不能不重视传播效果。这是不可偏废的两个方面，必须把握平衡。今天，不能在互联网上产生流量的内容，很难说是有影响的内容。同时我们也要看到：很多流量惊人的东西，并非通常意义上的优质；"花费半个月时间写的内容，没啥人看"也不奇怪。"好内容不一定是好产品，好产品不一定是好商品"。可见网络传播的复杂与规律，也是个考验智慧的"大千世界"！

我想，基层新闻工作者的工作生存境况如若因此类反映与呼吁得到更多理解和有效改进提升，能使有理想、梦想的新闻人更多、更快乐、更有力量，对社会益处更大，这类"媒体的媒体"之作用也就最大化实现了。时代在飞速发展变化，新闻人也总会有不断变化的想法和选择，这都再正常不过了。但从行业品性看，我认为传媒工作也自带永远的光鲜与魅力，它足以源源不断地吸引有理想有梦想的年轻人为之奋斗！这也是毫无疑义的！

2022 年 4 月 7 日—2022 年 5 月 5 日

从研究"好新闻",到关注爆款"短视频"

标题、导语、倒金字塔……20世纪80年代,我跨入新闻传播专业,由此起步。时隔40年,60开外年纪,我开始对着在网上专门购买的《爆款抖音短视频》,试图从"ABC"入门。不是急着赶时髦,更非要"流量",其实对如何由此赚收入压根儿还没什么概念,况且一切都早已并非新鲜事物……只因一切变化太快:曾几何时,写文章有几百万阅读量已是行业翘楚,而短视频很短时间即可达2亿播放量,是"码字"所获阅读量的上百倍。《爆款抖音短视频》作者吕白认为,一个通往新时代的大门即将打开,短视频会有颠覆以往传播形式的无比巨大的传播力。其实,在过去的几年,这种翻天覆地的变化已经在我们的眼皮底下发生、发展,成为定势。甚至,我们的团队还曾为"追赶"与"超越"而付出巨大努力,当年自己也曾追踪、组稿……

《红色气质》,一部2016年由新华社打造的9分5秒时长微电影,高度浓缩了中国共产党95年的历程。一张照片,定格一个瞬间;一组群像,打开一部历史。短片以极富人情味的手法,让故去的共产党员跨越时空,与同志"相聚",与家人"重逢",以新媒体理念和技术制作的特效,激活了独家老照片背后的鲜活故事,让人们感受到英雄身上特有的坚定信仰、红色气质,因而感动了千万观众,很短时间累计观看量超2亿人次,成为2016年度中国网络视听作品年度标杆。再如很多人迄今还印象深刻的"军装照"H5:为纪念建军90周年,《人民日报》客户端借助人脸识别、融合成像等技术,制作互动H5《快看呐!这是我的军装照》,帮助网友生成自己的虚拟"军装照",共同表达对人民军队的喜爱之情。从2017年7月29

日晚发布至8月7日，该H5的浏览次数超过10亿，独立访客累计1.55亿。该项目荣获第28届中国新闻奖一等奖。

近年来，主流媒体传播中类似的"爆款"还有很多，体现了传统阅读难以抵达的新技术影像的力量，更不用说抖音、快手等平台海量自制内容中不断涌现的亮点和"佼佼者"。因此，即使不"下海"，也要学会"游泳"，总不至于心甘情愿被时代"淘汰"吧！

初步涉猎才知道，纵然传播形态、渠道、手法有所不同，其实无论文字还是影像，传播的本质大有相通之处，那就是受欢迎的、有市场的传播，一定是优质内容的传播，"内容为王"依然是铁律！知名平台上那些情感、怀旧等类型的"高"点赞、评论、转发小片就是例证。

在专注新媒体的同行间有句耳熟能详的话叫"你和阅读量10万+之间只差一个爆款选题"，短视频也是如此！立意、主题，你的思想有多深，见识有多广，创新意识有多强，反应有多敏锐，你制造的"爆款"概率就有多大！认识到这一点，其他的，慢慢做起来就好，熟能生巧！

入门"小白"，一点感受！

2022年8月26日

附录 A 新传播环境下新闻研究的变化与论文选题的重点关注

当年我在职负责专业期刊编辑工作时，曾专门组织编发过一组"新媒体环境下新闻传播研究的新变化新特色"的专题文章。针对社交媒体、平台化传播后新闻传播研究出现的新情况、新问题进行归纳总结，是同类媒体中较早涉及这一主题的。后来，我曾应邀参与一高校新闻专业本科生交流讲座，集中了一些当时对相关主题的思考与研究。

随时以追踪的态势在变化的新闻实践中发现选题

新媒体传播环境下，新闻传播研究的总体风格也发生了相应的改变，那就是：更加新锐、快速、直接、鲜活、流量化，新闻性更强，富于吸引力和市场价值，当然也有比较碎片化、注意力时间短的问题。

我一直坚持的观点是：新闻研究，包括新闻论文的写作不应该是枯燥、乏味的代名词，新闻论文的学术化也不应该是呆板、脱离新闻实践、纯书斋式、缺乏生命力的东西。新闻传播研究是鲜活新闻实践的反映，也应该是新鲜充满活力的文字，特别是当新媒体传播发展到一定阶段后，鲜活特色更加凸显。

那么，这种伴随新媒体出现的重流量、具市场价值、时常赢得喝彩的新闻研究，有哪些突出特点呢？

1. 快速迅捷，回应新闻热点；
2. 观点新锐，直击要害；

3. 新闻性强，有的堪比"硬核新闻"；

4. 实用性强，追求立竿见影对新闻采写编评摄实践起指导作用的效果；

5. 吸引眼球，是带市场流量的新闻研究；

6. 具有一定前瞻性和启示意义。

比如，复旦大学新闻学院院长张涛甫教授就很早关注到以新媒体为主导的媒体融合环境下新闻研究的变化，他将非传统意义上的新闻研究者称为"新进者"。他在2018年特约论文稿件中谈道："那些新进者携带互联网基因，生猛新锐，不按常规出牌，市场嗅觉灵敏，对传媒业界的新变化、新趋向特敏感。"他还注意并列举了近年来涌现的一批表现亮眼的传媒类公众号，诸如刺猬公社、传媒茶话会、观媒等，认为"这类公众号带有明显的'新闻化'倾向，对传媒业态的异动极为敏感，很多内容选题新闻价值大于学术价值"。他接下来举例道：2017年4月17日，"传媒茶话会"开通仅三个月，粉丝未及3000人，即推出《媒体人必读："一带一路"报道中这些雷区千万不要碰》，此文成为爆款，获得首个10万以上的阅读量；7月19日，推出权威媒体最新修订的《新闻报道中的禁用词和慎用词》，10小时阅读量破10万；8月9日又推出《某地7.0级地震，机器人记者25秒540字配4图！人类记者你颤抖了吗？》的文章，两小时阅读量突破4万，4小时08分阅读量达到了10万以上，1天后该文阅读量23.6万。张教授总结秘诀在哪里，认为"快一点、高一点、深一点"固然是关键，但又不是简单求快，"而是将问题焦点引向人和机器的本质差别究竟在哪里，人工智能时代人类记者该如何存在的深度思考上"。[1]

再比如，2020年10月30日，中国共产党第十九届五中全会闭幕后，很快有媒体公众号刊发了《中共中央新闻发布制度建立有何深意》，剖析刚刚召开的中共中央新闻发布会的意义、内容、特点，剖析与政府方面举行的新闻发布会有何不同，我国新闻发布会的历史沿革，等等。文章表现了很强的政治敏感、新闻敏感，集快捷、新意、深度于一体。

我认为，这样的新闻研究与以往传统研究相比，冲击力与震撼效果明显不一样，其敏锐、快速、深度俱佳的思维方法是值得学习效仿的，也是新生代在关注一线实践、思考选题时可以借鉴的。作为新闻学子，无论眼前准备论文还是为可预期的将来，都应时刻关注：新闻媒体及新闻人在做什么？关注什么？难点在哪？困惑是什么？急需解决的问题是什么？新时代的新闻研究应对传媒界的整体状态有清晰的了解，具备起码的政治敏感、新闻敏感、专业素养，时刻追踪新闻实践的发展变化，随时更新和调整自己的关注点、选题思路，做出有实践意义及学术水准的新闻论文。

近期选题方向与思路

第一，媒体人在今天这样越来越复杂、全民新闻素养大幅提升的舆论环境下，如何做出好新闻？拿出经得住时间考验的过硬新闻，是专业记者、编辑永远的职业追求。今天对好新闻的标准、要求变化了很多、高了很多，对一个人的综合素养和能力提出了极大考验。

---

[1] 张涛甫，王智丽．传媒研究：如何面对"新进者"的冲击[J]．中国记者，2018（6）：6-8．

关系到理论素养、专业技能，即眼力脑力脚力笔力。具体而言，可包括面对困境的突破能力；抗压能力、吃苦能力、分析能力，甚至生存能力；技能上，通晓全媒体传播，具备必要的动手能力；等等。学业打基础阶段，多读书勤思考，肯定是必须下的苦功夫。历年中国新闻奖获奖作品选、普利策新闻奖获奖作品集这样的书，对于学子而言，肯定是实战性的；学学"《华尔街日报》是如何讲故事的"，也研究下"好新闻的样子""好新闻的味道"，集中个人最有感悟的点，相信会有好的选题出现。

对培养方而言，新闻院校如何解决好尽快培养适用行业人才和整体教学目标的关系。媒体需要适应期尽量短，来了能用，需要成长迅速、胜任需求、尽快成熟的采编人员。这应该关系新闻传播专业的教材、师资、课程等诸多方面。我们要做的是抓紧提升自己，如今的社会，无论将来踏入哪一行，对个人的素质要求都比以往要高而全面，这是显而易见的！

第二，随着新闻传播主渠道和传播方式的变化，新闻研究的着眼点或重点也随之变化——从报纸变成了"平台"；从记者变成了主播；从"软文"变成了"带货"；从拼发行变成了拼流量、拼"10万＋"。平台媒体与传统媒体合作新闻生产中出现哪些新情况、新问题，从上述概括中，看到并梳理出哪些变与不变……

近日看到媒体融合专家宋建武在"长江传媒研究"刊发的演讲，标题表达的观点是"平台应该找准群众刚需"。

宋教授进一步阐释道，建设新型主流媒体，必须要有自主互联网平台；壮大新型主流媒体平台，要找准群众的"刚需"，与社会治理融通发展。他认为，从互联网发展来看，主流媒体要全面、真正掌握舆论空间的主导权、主动权，就必须打造基于互联网的自主可控的新型媒体平台。否则，主流媒体就会失去话语权，失去权威信息枢纽的功能，既无法施展自身的能力，也无法真正发挥引导舆论的作用，更无法与人民群众保持紧密有效的联系。

他认为，自主可控的互联网平台，要拥有强大的用户吸附能力和用户黏性，以用户为核心，以数据为支撑，和人民群众建立起更加紧密的联系。能让更多优秀的内容被人民群众接受，以正确的舆论引导人。

对于县级融媒体中心，宋教授分析道：县级融媒体中心应该具备三大功能——主流舆论阵地、综合服务平台、社会信息枢纽，在全媒体传播体系中具有基础性作用。

具体如何做？

首先，应打通与县域党和政府各级组织、部门的联系，通过以政务服务为核心的各项垂直应用的渗透和各类便民惠民举措的聚合，吸引用户。

其次，中心应依托新型主流媒体、基于互联网的技术平台，成长为为所在区域人民群众提供一站式综合服务的互联网端口以及新型主流媒体平台的运营端口。

这利于媒体资源、政务资源、公共服务资源最大化整合与共享，也能提升党和政府在互联网空间组织群众、服务群众、引导群众的能力。[1]

精辟，实用，有的放矢。媒体融合的深入与各种探索实践正是需要着力研究的课题。

第三，以CSSCI期刊《新闻与传播研究》等专业刊物近期一些

---

1 宋建武. 建设新型主流媒体，壮大新型主流媒体平台，要找准群众的"刚需". 长江传媒研究. https://www.600757.com.cn（2020-12-7）

实践性选题为参考,可以开阔我们的选题思路。

《新闻与传播研究》刊发的论文,系统、全面、深入、规范,属于比较正宗的"慢工出细活"类型的新闻学术论文,作者也大多为学术新秀或资深专家学者。论文选题涉猎十分广泛,思路极为开阔。从西医渐进到四驱到二次元中的传播现象,只要在"新闻"与"传播"范畴内,都在研究之列。传媒实践性选题只是其中一个部分。

比如,2022年第7期《网民信念沟:媒介接触对网民意见分歧的影响》(解庆锋),第5期《网络媒介"茧房效应"的类型化、机制及其影响——基于"中国大学生社会心态调查"的中介分析》(施颖婕 桂勇 黄荣贵 郑雯),第4期《共识兼顾与集体取向:中国主流媒体建设性新闻实践——关于人民日报微博官方账号新冠肺炎疫情报道的分析》(刘婵君 沈玥晨),《绘制一座城市:一项城市广播电台的个案研究》(吴红雨 潘终党),2021年第12期《生成创新:制度嵌入如何塑造新闻创新差异——对三家媒体数据新闻实践的比较》(李艳红),第8期《短视频用户生产内容的需求及满意度研究》(刘鸣筝 张鹏霞),第6期《文化距离视野下的"一带一路"倡议——基于4918篇英文新闻报道的情感分析》(宣长林 林升栋),2020年第12期《媒体融合与基层媒体从业人员的职业满意度——基于浙江省的探索性研究》(韦路 方振武),第11期《我国报纸新闻中的情感性因素研究——以中国新闻奖一等奖作品为例(1993—2018)》(陈阳 郭玮琪 张弛),等等。还有早些时候刊发的《微信朋友圈的虚假健康信息纠错:平台、策略与议题之影响研究》《中国互联网治理模式的形成及嬗变》《"唱新闻":一种地方说唱曲艺的传播社会学研究》等。

再如,2020年度《中国新闻传播年鉴》优秀论文获奖篇目中,有一些论文题目与传媒实践联系较为紧密。《每日推送10次意味着什么——关于微信公众号生产过程中的新闻节奏的田野观察与思考》（陈阳），主要观点：推送次数增多、转载非原创内容、重视情感类内容而非硬新闻，三者相辅相成，共同支持了微信公众号生产节奏的加快；新闻生产节奏的加快也造成了负面后果，最显著的就是编辑压力增大和推送内容强调情感而放弃了深度。还有《加速的新闻：数字环境下新闻工作的实践性变化及影响》（王海燕），《从新名词到关键词：近代以来中国"舆论监督"观念的历史演变》（邓绍根）等。

由此思考作者关注主题的方向与选择角度。

2020年12月7日—2022年7月

附录B 查错纠错是综合能力的考验

差错分析、警示注意、报道提示类业务文章,也是很受采编人员关注、助力业务学习提升的类型之一。因为,在实际的新闻采编实践工作中,挑错、找错、辨识差错,这些编审校的硬核挑战,某种程度上检验着一名媒体人的政治素养、理论素养、大局意识、责任意识、文字功力,以及认真严谨的工作作风等,是综合水准的考察。做编辑,特别是总编辑,"火眼金睛"是必备才能,也有赖于长期的伏案历练。为了切实提升综合能力,很多从业者都会不惜时间,跟着这类小编一起"咬文嚼字"!

"从众"也可能有误

有些技术性差错浮在表面,相对易察,而有的,就比较隐匿,模棱两可。

2020年12月28日,"传媒茶话会"转发了来源于"止弋敬言"(作者 庶民)的原创文章《"进入战时状态"的表述不应滥用》。

我感觉此文非常及时、实用,令采编人员和传媒实务界警醒。因为2020年年底以来,但凡有疫情发生的省市,相关信息里就开始用"某某地已经进入战时状态"来表达对疫情防控的重视。大多数受众,包括敏感的新闻研究者,初听起来觉得新鲜,也没感觉有何不妥,直至看见这样的警醒文章,方才如梦初醒。原来"战时状态"这样的专有词语,是不能随便滥用的。

就像近年来,也常见媒体报道中出现国内某某地区是实施"'一带一路'战略的桥头堡""要全面实施'一带一路'战略"等类的表述,都是军事术语泛化的现象,是不准确的表述,不少专业人员对此习以为常。多家专业期刊刊发过"一带一路"研究专家的论文,提醒我们在新闻报道中避免类似情况的出现。

前述"止弋敬言"在这篇文章中指出:"战时状态"是"战争状态"的同义用语。在一定语境中适当运用战争隐喻的语言手段,确实有助于营造应急氛围,表述应急要求。但是军事用语毕竟是用于指称军事概念的规范用语,尤其是与战争相关的重要军事术语,通常含有特定的法律意义。

战争(时)状态是一种法律状态,需要通过法定程序来宣布进入这种状态。滥用"进入战时状态",不但与宪法和《国防法》的规定相悖,而且容易混淆真正转入战时和语言应用上隐喻战争的区别。不久后,我们注意到,很多相关部门注意到这一点,就不再使用这一用语,而是要求各区各部门、各单位要进入应急状态,以更坚定的态度、更严密的措施,应对多点零星散发病例,遏制疫情扩散。[1]

此文表述已经相当清楚。这样的问题是一般人不容易发现的"从众"性误用,发现问题的人需具备相当冷静的头脑和多学科素养。疫情报道中,媒体对各地一些新规、行为的传播,是否于法有据,限度在哪儿,分寸如何把握,都是值得注意和研究的、具有实践意义的课题。

"专业素养"从来不是空话

2021年5月5日从"长江"公众号看到报道注册某平台的官方

---

[1] "传媒茶话会".转"止弋敬言"(原创 庶民):《"进入战时状态"的表述不应滥用》(2020-12-28)

号公开道歉、已处罚编辑和主管的链接，文章指出，面对近日出现的极端灾害性天气，30多家媒体短视频不恰当配乐遭网友批评。[1]这其实也不是新问题，稍有经验和把控力的专业人员头脑中应该有这根弦。但在新媒体传播，人人"发言"，处处平台，公众媒介素养空前提高的今天，有些做媒体的人仍有很大的业务素养欠缺，不走心，根基不牢、政治意识大局意识的缺失与不足，总会在某个时候引发必然的"疏忽"或不经意间暴露短板。这样就会出现"新闻素养不高，敏感性不强，审核把关不严"的问题。然而，随着时过境迁，这样的事情会是最后一例吗？不经过一定的磨练，未注意从此类事件中"吃一堑长一智"，各类"失误"与"低级错误"就随时有再现的可能。坚持学习，大概率不必非要经过"血的教训"才换来成长、成熟！

如此"事与愿违"

做媒体，应谨防"低级红、高级黑"的陷阱，这类情况随着网络生态的变化而日益显现，引起媒体和各方关注。这一概念成网络热词，应源于2019年2月27日发布的《中共中央关于加强党的政治建设的意见》，其中明确指出，要以正确的认识、正确的行动坚决做到"两个维护"，不得搞任何形式的"低级红""高级黑"。当年第4期《党建》刊发桑林峰的文章，连举4例，指出，"这些例子，有的用力过猛，授人以柄；有的主观臆断，偏离实际；有的行为极端，适得其反；有的乱扣帽子，混淆视听。说到底，黑的是党的形象，党的威信。"[2]这是评论这一现象有影响力的文章，用于

1　长江传媒研究. https://www.600757.com.cn（2021-5-5）
2　桑林峰. 严防"低级红""高级黑" 观察者网.【长安街知事按】转引《党建》2019年第4期. https://user.guancha（2019-4-16）

传播行为也很贴切。

我认为，与传播有关的"低级红、高级黑"类问题，不排除有意为之、别有用心，相信更多的失误是属于"一腔热情"帮了倒忙还不自知的情况。那些极端的、夸大的、有悖常识伦理的、无原则吹捧的传播，在今天异常敏锐的网络环境下，极易引发反感。很多是传播者政治意识欠缺而"稀里糊涂"犯下的低级错误。像前述文里列举的，某女连续28天加班而不换衣服、不洗头，某领导吃上了自己掏钱买的月饼，因洗澡4分钟未接重要电话受警告处分……这类黑了自己、予人笑料的"实例"，从各类报道中流出来的绝非个别。

我还曾收集过一个实例，《这篇"低级红"时评文章再次发出了工作警示》一文指出，继此前外省权威网站刊发《党员干部落实"三孩"政策要做到"三带头"》引发全网舆论翻车后，仍未能形成有效的舆情警示，再次出现了《落实三孩政策，党员干部应见行动》这类低级红时评文章。作者认为，评述这类政策性极强的问题，应保持头脑清醒，把握好必要的限度与边界，否则容易使人误读从而引发负面舆论。因此作者建议：一是重新筛选约稿作者队伍；二是加强编辑舆商素养培训，即加强舆情反应及舆情研判等能力；三是建议编审团队要俯身融入网络舆论，只有了解，才能避免"翻车"。

其实"高级黑、低级红"的传播实例挺多，但往往因其比较敏感，不少"圈里人"时常发出用于"业务探讨"，所以不便在此铺陈更多，点到为止，表明适当关注这类实践案例，在今天与以往大不相同的传播环境里，这对于传播个体是个新考验，也是值得进一步注意和思考的问题。

2022年5月21日

参考文献

[1] 陈振国：冯文炳研究资料[M].福州：海峡文艺出版社，1990.

[2] 陈建军.废名年谱[M].武汉：华中师范大学出版社，2003.

[3] 周作人.《竹林的故事》序[M]//陈振国.冯文炳研究资料.福州：海峡文艺出版社，1990：183.

[4] 张吉兵.流连而不执着于人生的生命主体——废名诗歌主体论[C]//纪念废名诞辰120周年学术论文研讨会论文集，2021.

[5] 陈建军.说不尽的废名[M].北京：商务印书馆，2021.14-16.

[6] 眉捷.文学史上的"偏将""僻才"，故纸堆中的他竟有汪曾祺念念不忘的影响力[N].文学报，2019-12-27（3）.

[7] 废名：废名谈读书，郑州：河南电子音像出版社，2020.142-169.

[8] 王风.废名集（全六卷）[M]，北京：北京大学出版社，2009.

[9] 周大新.天黑得很慢[M].北京：人民文学出版社，2018.

[10] 王东岳.物演天论[M].北京：中信出版集团，2015.

[11] 余华.活着[M].北京：作家出版社，2012.

[12] 钱江. 自我剖析高产"卫星"第一人 [EB/OL]. 公众号"钱江说当代史"(2021-01-24).

[13] 钱江. 自我剖析高产"卫星"第一人("高产"新闻女记者给钱江的复信)[EB/OL]. 公众号"钱江说当代史"(2021-01-24).

[14] 梁衡. 觅渡 [M]. 北京:中国人民大学出版社,2004.

[15] 汤显祖著,周育德解读. 中华传统文化百部经典·牡丹亭 [M]. 国家图书馆出版社,2021.

[16] 雅克·阿塔利. 未来简史 [M]. 王一平,译. 上海:上海社会科学院出版社,2010.

[17] 黛安娜·马尔卡希. 零工经济 [M]. 陈桂芳,译. 北京:中信出版集团,2017.

[18] 武志红. 为何家会伤人 [M]. 北京:世界图书出版公司,2007.

[19] 新华社总编室. 让创新要素充分涌流 让创造活力不断迸发——新华社"揭榜挂帅"创意征集机制的实践与思考 [J]. 中国记者,2022(4):59.

[20] 吕白. 爆款抖音短视频 [M]. 北京:机械工业出版社,2021.

图书在版编目（CIP）数据

从外公废名身边走来：去探寻生活的"诗与远方"/文璐著.—武汉：华中科技大学出版社，2023.1
ISBN 978-7-5680-9048-3

Ⅰ.①从… Ⅱ.①文… Ⅲ.①随笔—作品集—中国—当代 Ⅳ.①I267.1

中国版本图书馆 CIP 数据核字（2022）第 238187 号

从外公废名身边走来：去探寻生活的"诗与远方"	文璐 著

Cong Waigong Feiming Shenbian Zoulai：Qu Tanxun Shenghuo de "Shi yu Yuanfang"

策划编辑：陈心玉
责任编辑：程 琼
封面设计：三形三色
责任校对：张会军
责任监印：朱 玢

出版发行：华中科技大学出版社（中国·武汉）　电话：（027）81321913
　　　　　武汉市东湖新技术开发区华工科技园　邮编：430223
录　　排：孙雅丽
印　　刷：湖北新华印务有限公司
开　　本：880mm×1230mm　1/32
印　　张：8.25
字　　数：191千字
版　　次：2023 年 1 月第 1 版第 1 次印刷
定　　价：56.00 元

本书若有印装质量问题，请向出版社营销中心调换
全国免费服务热线：400-6679-118 竭诚为您服务
版权所有 侵权必究